八閩文庫

八閩文庫

要籍選刊

94

留庵詩文集

[明]盧若騰 撰

吴島 莊唐義 葉鈞培 點校

海峽出版發行集團
THE STRAITS PUBLISHING & DISTRIBUTING GROUP
福建教育出版社

二〇一九年八閩文庫出版工程領導小組

組　長　梁建勇

副組長　楊賢金

成　員　施宇輝　馮潮華　賴碧濤　陳熙滿
王建南　黃　誌　卓兆水　葉飛文
陳　强　林守欽　王秀麗　蔣達德

二〇二〇年八閩文庫出版工程領導小組

組　長　邢善萍

副組長　郭寧寧

成　員　施宇輝　馮潮華　賴碧濤　陳熙滿
肖貴新　王建南　黃　誌　卓兆水
葉飛文　陳　强　林守欽　王秀麗
林義良

二〇二二年八閩文庫出版工程領導小組

組　長　張　彦

副組長　鄭建闓

成　員

林端宇　鄭家紅　顔志煌　黄國劍

許守堯　肖貴新　林　生　黄　誌

卓兆水　吴宏武　陳　强　張立峰

鄭東育　林義良　林　彬

二〇二三年八閩文庫出版工程領導小組

組　長　張　彦

副組長　王金福

成　員

林端宇　鄭家紅　顔志煌　黄國劍

許守堯　肖貴新　黄　誌　陳熙滿

吴宏武　林　生　李　潔　張立峰

鄭東育　黄葦洲　林　彬

八閩文庫總序

葛兆光　張　帆

一

在傳統中國的文化史上，福建算是後來居上的區域。經歷了東晉、中唐、南宋幾次大移民潮，浙、閩之間的仙霞嶺，早已不是分隔内外的屏障，而成了溝通南北的通道。歷史使得福建越來越融入華夏文明之中，唐宋兩代，特别是在「背海立國」的宋代，東南的經濟發達，海洋的地位凸顯，福建逐漸從被文明中心影響的邊緣地帶，成爲反向影響全國文明的重要區域。在七世紀的初唐，詩人駱賓王曾説「龍章徒表越，閩俗本殊華」（駱臨海集箋注卷二晚憩田家，陳熙晉箋注，上海古籍出版社一九八五年，第三六頁），前一句説的是華夏的衣冠對斷髮文身的越人没有用，後一句説的是閩地的風俗本來就與華夏不同，意思都是瞧不起東南。但是，到了十五世紀的明代中期，黃仲昭在弘治八閩通志序裏卻説，八閩雖爲東南僻壤，但自唐以來文化漸盛，「至宋，大儒君子接踵而出」，實際上它的文明程度，已經「可以不愧於鄒魯」（四庫全書存目叢書史部一七七册，齊魯書社一九九六年，第三六四頁）。

的確，自從福建在唐代出了第一個進士薛令之，而且晉江有歐陽詹，福清有王棨，莆田有徐寅、黃滔這些傑出人物之後，到了更加倚重南方的宋代，福建出現了蔡襄（一〇一二—一〇六七）、陳襄（一〇一七—一〇八〇）、游酢（一〇五三—一一二三）、楊時（一〇五三—一一三五）、鄭樵（一一〇四—一一六二）、林光朝（一一一四—一一七八）、朱熹（一一三〇—一二〇〇）、蔡元定（一一三五—一一九八）、陳淳（一一五九—一二二三）、真德秀（一一七八—一二三五）等一大批著名文人士大夫。這些出身福建或流寓福建的士人學者，大大繁榮和提升了這裏的文化，甚至使得整個中國的文化重心逐漸南移，也許，就像程頤説的那樣「吾道南矣」（宋史卷四二八道學楊時傳，中華書局一九七七年，第一二七三八頁）。也就是説宋代之後，原本偏在東南的福建，逐漸成了中國重要的文化區域。

不過，習慣於中原中心的學者，當時也許還有偏見。以來自中心的偏見視東南一隅的福建，那時福建似乎還是「邊緣」。雖然人們早已承認福建「歷宋逮今，風氣日開」（黄虞稷閩小紀序，撰於康熙五年，續修四庫全書史部七三四册，上海古籍出版社二〇〇二年，第一二七頁），但有的中原士人還覺得福建「僻在邊地」。像北宋樂史的太平寰宇記，一面承認「此州（福州）之才子登科者甚衆」，一面仍沿襲秦漢舊説，稱閩地之人「皆蛇種」，並引十道志説福建「嗜欲、衣服，别是一方」（樂史太平寰宇記卷一〇〇江南東道一二，中華書局二〇〇七年，第一九九一頁）。所以，歷史上某些關於福建歷史、文化和風俗的著作，似乎還在以中原或者江南的眼光，特别留心福建地區與核心區域不同的特異之處，筆下一面凸顯異域風情，一面鄙夷南蠻鴃舌。但是從大的方面説，我們看到宋代以降，實際上福建與中原的精英文化越來越趨向同一，正如宋人祝穆方輿勝覽所説，「海濱幾及洙泗，百里三狀元」，前一句裏所謂「洙泗」即孔子故鄉，這是説福建沿海文風鼎盛，幾乎趕得上孔子故里；後一句裏「三狀元」是指南宋乾道年間福建登第的三個狀元，即乾道二年（一一六六）的蕭國梁、乾道五年的鄭僑和乾道八年的黄定，他們都是福建永福（今永泰）這個地方的人（祝穆新編方輿勝覽卷一〇，施和金點校，中華書局二〇〇三年，第一六三頁）。

文化漸漸發達，書籍或者文獻也就越來越多，福建文獻的撰寫者中不僅有本地人，也有流寓或任職於閩中的外地人。日積月累，這些文獻記録了這個多山臨海區域千年的文化變遷史，而八閩文庫的編纂，正是把這些文獻精選並彙集起來，爲現代人留下唐宋以來有關福建的歷史記憶。

二

福建鄉邦文獻數量龐大，用一個常見的成語說，就是「汗牛充棟」。那麽多的文獻，任何歸類或叙述都不免挂一漏萬。不過，我們這裏試圖從區域文化史的角度，談一談福建文獻或書籍史的某些特徵。

毫無疑問，中國各個區域都有文獻與書籍，秦漢之後也都大體上呈現出華夏同一思想文化的底色，但各區域畢竟有其地方特色。如果我們回溯思想文化的歷史，那麽，唐宋之後福建似乎也有一些特點。恰恰因爲是後來居上的文化區域，所以福建積累的傳統包袱不重，常常會出現一些越出常軌的新思想、新精神和新知識。這使得不少代表新思想、新精神和新知識的人物與文獻，往往先誕生在福建。衆所周知的方面之一，就是宋代儒家思想的變遷。應當說，宋代的理學或者道學，最初乃是一種批判性的新思潮，一些儒家士大夫試圖以屬於文化的「道理」鉗制屬於政治的「權力」，所以，極力强調「天理」的絶對崇高，人們往往稱之爲道學或理學，也根據學者的出身地叫作「濂洛關閩之學」。其中，「閩」雖然排在最後，卻應當説是宋代新儒學的高峰所在，以至於後人乾脆省去濂溪和關中，直接以「洛閩」稱之（如清代張夏雒閩源流録），以凸顯道學正宗，恰在洛陽的二程與福建的朱熹，而道學最終水到渠成，也正是在福建。因爲宋代道學集大成的代表人物朱熹，雖然祖籍婺源，卻出生在福建，而且相當長時間在福建生活。他的學術前輩或精神源頭，號稱「南劍三先生」的楊時、羅從彦（一〇七二—一一三五）、李侗（一〇九三—一一六三），也都是南劍州即今福建南平一帶人，他的提攜者之一陳俊卿（一一一三—一一八六），則是興化軍即今莆田人，而他的最重要的弟子黄榦（一一五二—一二二一）是閩縣（今福州）人，陳淳是龍溪（今龍海）人。

正是在這批大學者推動下，福建逐漸成爲圖書文獻之邦。慶元元年（一一九五），朱熹在福州州學經史閣記中曾經説，一個叫常濬孫的儒家學者，在福州地方軍政長官詹體仁、趙像之、許知新等資助下，修建了福州府學用來藏書的經史閣，即「開之以古人歎學之意，而後爲之儲書，以博其問辨之趣」（朱文公文集卷八〇，朱子全書第二四册，上海古籍出版社、安徽教育出版社二〇一〇年，第三八一四頁）。宋代之後，經由近千年的日積月累，我們看到福建歷史上出現了相當多的儒家論著，也陸續出現了有關儒家思想的普及讀物。大家可以從八閩文庫中看到，這裏收録的不僅有朱熹、真德秀、陳淳的著述，也有明清學者詮釋理學思想之作，像明人李廷機性理要選、清人雷鋐雷翠庭先生自恥録等等，應當説，這些論著構成了一個歷經宋元明清近千年的福建儒家文化史。

三

説到福建地區率先出現的新思想、新精神和新知識，當然不應僅限於儒家或理學一系。更應當記住的是，從宋代以來，中國政治、經濟和文化的重心，逐漸從西北轉向東南，一方面由於中原文化南下，被本地文化激蕩出此地異端的思想，另一方面海洋文明東來，同樣刺激出東南濱海的一些更新的知識。

我們注意到，在福建文獻或書籍史上，呈現了不少過去未曾有的新思想、新精神和新知識。比如唐宋之間，福建不僅出現過譚峭（生卒年不詳）化書這樣的道教著作，也出現過像百丈懷海（約七二〇—八一四）、溈山靈佑（七七一—八五三）、雪峰義存（八二二—九〇八）那樣充滿批判性的禪僧，還出現過禪宗史上撰於泉州的最重要禪史著作祖堂集。又如明代中後期，那個驚世駭俗而特立獨行的李贄（一五二七—一六〇二），有人説他的獨特思想，就是因爲他生在各種宗教交匯融合的泉州，傳説他曾受到伊斯蘭教之影響，當然更因爲有佛教與心學的刺激，使他成了晚明傳統思想世界的反叛者。而另一個莆田人林兆恩（一五一七—一五九八），則是乾脆開創了三一教，提倡「三教合一」，也同樣成爲正統的政治意識形態的挑戰者。再如明清時期，歐洲天主教傳教士「梯航九萬里」，也把天主教傳入福建，特別是明末著名傳教士艾儒略（一五八二—一六四九）應葉向高（一五五九—一六二七）之邀來閩傳教二十五年，從而福建才會有「三山論學」這樣的思想史事件，也産生了三山論學記這樣的文獻。無論是葉向高，還是謝肇淛，這些思想開明的福建士大夫，多多少少都受到外來思想的刺激。最後需要特别提及的是，由於宋元以來，福建成爲向東海與南海交通的起點，所以，各種有關海外的新知識，似乎都與福建相關，宋代趙汝适撰寫諸蕃志的機緣，是他在泉州市舶司任職；元代汪大淵撰寫島夷志略的原因，也是他從泉州兩度出海。由於此後福州成爲面向琉球的接待之地，泉州成爲南下西洋的航線起點，因而福建更出現了像張燮東西洋考、吳朴渡海方程、葉向高四夷考、王大海海島逸志等有關海外新知的文獻，這一有關海外新知的知識史，一直延續到著名的林則徐四洲志。老話説「草蛇灰線，伏脈千里」，歷史總有其連續處，由於近世福建成爲中國的海外貿易和海上交通的中心，所以，這裏會成爲有關海外新知識最重要的生産地，這才能讓我們深切理解，何以到了晚清，福建會率先出現沈葆楨開辦面向現代的船政學堂，出現嚴復通過翻譯引入的西方新思潮。

甚至還可以一提的是，近年來福建霞浦發現了轟動一時的摩尼教文書，這些深藏在道教科儀抄本中的摩尼教資料，説明唐宋元明清以來，福建思想、文化和宗教在構成與傳播方面的複雜性和多元性。所以，在八閩文庫中，不僅收録了譚峭化書，李贄焚書續焚書、藏書續藏書，林兆恩林子會編等富有挑戰性的文獻，也收録了張燮東西洋考、趙新續琉球國志略等關係海外知識的著作，讓我們看到唐宋以來，福建歷史上新思想、新精神和新知識的潮起潮落。

四

在八閩文庫收録的大量文獻中，除了福建的思想文化與宗教之外，也留存了有關福建政治、文學和藝術的歷史。如果我們看明人鄧原岳編閩中正聲、清人鄭杰編全閩詩録收録的福建歷代詩歌，看清人馮登府編閩中金石志、葉大莊編閩中石刻記、陳棨仁編閩中金石略中收録的福建各地石刻，看清人黄錫蕃編閩中書畫録中收録的唐宋以來福建書畫，那麽，我們完全可以同意歷史上福建的後來居上。這正如陳衍（一八五六—一九三七）在閩詩録的序文中所説「余維文教之開，吾閩最晚，至唐始有詩人，至唐末五代中土詩人時有流寓入閩者，詩教乃漸昌，至宋而日益盛」（續修四庫全書集部一六八七册，第四一一頁）。可見，宋史地理志五所説福建人「多向學，喜講誦，好爲文辭，登科第者尤多」，「今雖閭閻賤品處力役之際，吟詠不輟」（杜佑通典州郡十二），真是一點兒不假。

清代學者朱彝尊（一六二九—一七〇九）曾説「閩中多藏書家」（曝書亭集卷四四淳熙三山志跋，四部叢刊初編集部二七九册，上海書店一九八九年，第六〇一頁）。

千年以來的人文日盛，使得現存的福建傳統鄉邦文獻，經史子集四部之書都很豐富，翻檢八閩文庫，就可以感覺到這一點，這裏不必一一敘說。需要特別指出的是，福建歷史上不僅有衆多的文獻留存，也是各種書籍刊刻與發售的中心之一。福建多山，林木蔥蘢，具備造紙與刻書的有利條件，從宋元時代起，福建就成爲中國書籍出版的中心之一。宋元時代福建的所謂「建本」或「麻沙本」曾經「幾遍天下」（葉夢得石林燕語卷八，侯忠義點校，中華書局一九八四年，第一一六頁），更有所謂「麻沙、崇安兩坊産書，號稱『圖書之府』」的説法（新編方輿勝覽卷一一，第一八一頁）。版本學家也許將它與蜀本、浙本對比，覺得它並不精緻，但是，從書籍流通與文化貿易的角度看，正是這些廉價圖書，使得很多文化知識迅速傳向中國四方，也深入了社會下層。淳熙六年（一一七九），朱熹在建寧府建陽縣學藏書記中曾説到，「建陽版本書籍行四方，無遠不至」，可當時嘉禾縣學居然藏書很少，「學於縣之學者，乃以無書可讀爲恨」，於是一個叫姚耆寅的知縣，就「鬻書於市，上自六經，下及訓傳、史記、子、集，凡若干卷以充入之」。當地刊刻的書籍，豐富了當地學者的知識，也增加了當地文獻的積累，甚至扭轉了當地僅僅重視「世儒所誦科舉之業」的風氣（朱文公文集卷七八，朱子全書第二四册，第三七四五頁），這就是一例。到了清代，汀州府成爲又一個書籍刊刻基地，近年特别受到中外學者注意的四堡，就是一個圖書出版和發行中心，文獻記載這裏「以書版爲産業，刷就發販，幾半天下」（咸豐長汀縣志卷三一物産）。所以，美國學者包筠雅（Cynthia J. Brokaw）文化貿易：清代至民國時期四堡的書籍交易（劉永華、饒佳榮等譯，北京大學出版社二〇一五年）就深入研究了這個位於汀州府長汀、清流、寧化、連城四縣交界地區的客家聚集區的書籍事業，繼承宋元時代建陽地區（如麻沙）刻書業，這裏再一次出現中國書籍出版史上佔據重要位置的福建書商群體。

可以順便提及的是，福建刻書業也傳至海外。福建莆田人俞良甫，元末到日本，由九州的博多上岸，寓居在京都附近的嵯峨，由他刻印的書籍被稱爲「博多版」。據説，俞氏一面協助京都五山之天龍寺雕印典籍，一面自己刻印各種圖書，由於所刊雕書籍在日本多爲精品，所以被日本學者稱爲「俞良甫版」。

從建陽到汀州，福建不僅刊刻了精英文化中的儒家九經三傳、諸子百家以及文選、文獻通考、賈誼新書、唐律疏議之類的典籍，也刊刻了很多大衆文化讀本，諸如西廂記、花鳥争奇和話本小説。特别在明清兩代書籍流行的趨勢和作爲商品的書籍市場的影響下，蒙學、文範、詩選等教育讀物，風水、星相、類書等實用讀物，小説、戲曲等文藝讀物，在福建大量刊刻。如果我們不是從版本學家的角度，而是從區域文化史的角度去看，這種「易成而速售」（石林燕語卷八，第一一六頁）的書籍生産方式，使得各種文獻從福建走向全國甚至海外，特别是這些既有精英的、經典的，也有普及的、實用的各種知識的傳播，是否正是使得華夏文明逐漸趨向各地同一，同時也日益滲透到上下日常生活世界的一個重要因素呢？

五

八閩文庫的編纂，當然是爲福建保存鄉邦文獻，前面我們説到，保存鄉邦文獻，就是爲了留住歷史記憶。

這次編纂的八閩文庫，擬分爲三個部分。第一部分是「文獻集成」，計劃選擇與收録唐宋以來直到晚清民初的閩人各種著述，以及有關福建的文獻，共一千餘種，這部分採取影印方式，以保存文獻原貌。這是八閩文庫的基礎部分，按傳統的經史子集四部分類，這是爲了便於呈現傳統時代福建書籍面貌，因而數量最多。第二部分是「要籍選刊」，精選一百三十餘種最具代表性的閩人著述及相關文獻，以深度整理的方式點校出版，不僅爲了呈現歷代福建文獻中的精華，也爲了便於一般讀者閱讀。第三部分則爲「專題彙編」，初步擬定若干類，除了文獻總目之外，還將包括書目提要、碑傳集、宗教碑銘、官員奏折、契約文書、科舉文獻、名人尺牘、古地圖等，我們認爲，這是以現代觀念重新彙集與整理歷史資料的一個新方式，它將無法納入傳統的四部分類，卻是對理解福建文化與歷史至關重要的文獻，進行整理彙集，必將爲研究與理解福建，提供更多更系統的資料。

經歷幾年討論與幾年籌備，八閩文庫即將從二〇二〇年起陸續出版，力爭用十年時間，經過一番努力，打下一個比較完備的福建文獻的基礎。

當然，不能說八閩文庫編纂過後，對於福建文獻的發掘與整理就已完成。八閩文庫僅僅是我們這一兩代人的工作，還有更多或更深入的工作，在等待著未來的幾代人去努力。無論從舊材料中發現新問題，還是以新眼光發現新材料，都是建立在前人的基礎上，而又對前人的工作不斷修正完善的過程。還是朱熹寫給陸九齡的那句廣爲流傳的老話：「舊學商量加邃密，新知培養轉深沉。」用舊的傳統融會新的觀念，整理這些縱貫千年的歷史文獻，也就無論「人間有古今」了。

八閩文庫要籍選刊出版説明

福建自唐代以降，名家輩出，著述繁興，流傳千載，聲光燦然。遺存之文獻，多可彰顯福建歷史發展脈絡，展示前賢思想學術及文學藝術成就，爲研究福建區域文化之基本典籍。八閩文庫「要籍選刊」擇取重要之閩人著作及相關福建文獻百數十種，予以點校。其中具備條件者，將採用編年、箋注、校證等方式整理。諸書略依經史子集分部編次，陸續出版。

二〇二一年八月

整理前言

一、盧若騰生平

盧若騰，字閒之，一字海運（韻），號牧洲（州），又號留庵，別號四留居士，世居福建泉州府同安縣翔風里十九都賢聚（今屬金門）。其生於萬曆中葉之浯洲，其地其時，正處於一個科甲輝煌的時代，公卿碩儒輩出，人才鼎盛，「八鯉渡江」「五桂聯芳」「會元傳臚」「探花宰相」……在在顯示，當時浯洲人物「乃山川之間氣所鍾，天下之文物攸寄」，爲這座神奇島嶼的黃金時代，彰耀「溟渤汪洋，亦靈矣哉」（明洪受：滄海紀遺人才之紀第三）。先生出生在這樣的時代環境，自然會拿他與其他同鄉先賢相比較。不過，無論就現有文獻還是傳説資料來看，先生中舉之前，似乎没有什麼特殊的表現。他既不像許鍾斗「九歲能文，多驚人之語」（金門志卷一〇人物列傳二文學許獬傳），也不似蔡清憲「年十二，下筆萬餘言」（金門志卷一〇人物列傳二宦績蔡復一傳），反倒是在科舉的第一關應童子試時，曾三次見擯於督學使者。所幸先生有一位慧眼獨具的祖父盧一桂，他認爲「早厠黌序，狃於小售，竟艱大就」，這樣的試煉，正是「造物以屢蹶此子，蓋將苦其心，練其識，沉其旨，而後奢其報」（留庵文輯雜文誥贈通議大夫、都察院右副都御史雲逵暨配誥贈淑人許氏行略）。正是抱着這樣的心態，祖父對先生的教育，自是要求從根抓起，極其講究「基本功」。先生十三歲時，祖父尚不許讀時文，日令講究經書性理，熟讀歷代史、秦漢文及唐宋諸大家集，曾經説道：「經以貫理，史以該事，事理流通，心地靈澈，然後摹倣時文，不過費一歲之功耳。若胸中先有時文爲主，以浮詞障蔽性靈，縱速掇科名，終是無根之華，何裨世用？」並且在日常生活對先生繩束甚嚴，時或戲玩，輒加楚撻，曰：「不如此，無以變化氣質。」（同前）這使得先生自幼至長，形塑了一股嚴謹客觀的態度，爲日後正色立朝、堅貞復國的事業奠基厚植。

除了不是早慧先發的天才人物外，先生在成名前的交遊似乎亦未及遠，僅止於本鄉若干人物。其中浯洲平林蔡獻臣對先生有知遇之識，他對尚爲諸生時的先生所寫「制義」贊譽有加，言道：「予閲其經書義，則詞縝理邃，不復作角丱伎穎。而二三場諸作，則談事談理，靡不自出胸臆，而斐然成一家言，非今之抄策套襲舊說，僅取飾觀者比也。」（明蔡獻臣：清白堂稿卷五題文元盧海韻制義，明崇禎刻本）這點正合先生祖父教育之理，證明先生場屋之作不是無根之華，而是底蘊充沛之文，怒飛衝天，乃指顧之間事耳。蔡獻臣與先生亦有交流，聽其言、觀其行，認爲「海韻論天下事，洞若觀火，而嚴取予、忘恩怨，徒步鄉市依然諸生時」，即預言先生「異日之所樹立，又可不龜決矣」。（同前）可見知之甚深，期望之殷。

另外，晋江蔡道憲，則是與先生相識於崇禎癸酉鄉試歸途中，兩人「偶談契合，遂同行共宿」，並彼此「出文字相質，互相許可」，而成莫逆之異姓兄弟，最後更結爲兒女親家。（留庵文輯雜文賜進士湖廣長沙府推官殉難贈太僕寺卿謚忠毅蔡公傳）至於其他早年諸友，現僅見有浯洲後浦許家之許雲衢、許夢梁二位庠友（留庵詩輯五言律哭許雲衢、夢梁二庠友遇害詩），以及同安東埔張朱佐這位盟友（留庵文輯序醉綠齋外課敘），餘則未有隻言片字，推想先生成名前，或家教繩束甚嚴，故其步履未敢及遠，是其交流僅本鄉、本邑、本郡人物耳。

相對於先生成長過程的「大雞晚啼」，先生的爲宦經歷，則可以算是「一鳴驚人」。先生通籍於崇禎十三年（一六四〇），歲次庚辰，時年四十一歲。當年明廷内外多事，邊釁尤險，崇禎皇帝召對策進呈者四十八人於文華殿，問曰：「邊隅多警，何以報仇雪恥？」先生應對稱旨，特授兵部主事。入朝第一語即簡知帝心，且令朝堂志士爲之矚目，因而譽望大起。黃道周、沈佺期、范方引爲同志，並以氣節相尚。初登仕版未及半年，許多人尚且憒如木雞，進退應對顛倒失據，然先生意氣亢揚，不没「言官」職命，直疏劾參時以東閣大學士身份督師湖廣的楊嗣昌「不能討賊，只圖佞佛」。這個以六品初任微末小員直刺當朝宰輔的「怪誕」「妄舉」，遭到皇帝嚴旨切責，批駁「新進小臣妄詆元輔」。（崇禎朝野紀、烈皇小識卷六、金門志卷一〇人物列傳二宦績盧若騰傳合參）可是細覽先生參督輔楊嗣昌疏，其中言論，對「性疑任察，好剛尚氣」（明史卷三〇九列傳第一百九十七流賊）的崇禎皇帝有没有造成搖撼不得而知，不過皇帝批語道：「盧若騰瀆奏沽名，姑不究。」（留庵文輯疏參督輔楊嗣昌疏）這樣的口吻不像切責，倒有些似是驕傲的父母對自己兒子有所表現時那種寓小懲於贊賞的欣悦語氣。

自此先生仕途可謂順遂，通籍隔年，就由兵部正六品的主事升爲從五品的郎中，兼統京衛武學。先生升官，但進言直諫的意氣依然不減，在朝三次上書彈劾定西侯蔣惟禄。這樣直切的個性與做法，自然不易見容於當朝執柄者，於是先生爲官場的「潛規則」所迫，明升暗降，於崇禎十五年（一六四二）外遷爲從四品的浙江布政使司左參議，分司寧波、紹興巡海兵備道。自此遠離京師的權力核心，展開了他人生第一個經世濟民的事業。其間先生即施展布，遇有不平猶不改本色，隨即因上疏參劾太監田國興攬帶貨船，濫用人伕，凌辱州縣，阻滯閘口，終致朝廷下旨召回田國興，論之如法。

先生上任寧紹道，天下方亂，即練兵無虛日。適時轄内奉化雪竇山胡乘龍私署年號「天萌」，勾結寧波作亂之徒，欲圖乘機叛亂。先生不動聲色，私授方略於太守陸自嶽，不經旬即平定之。當時寧波四周各郡生靈塗炭，但先生治下却晏然如常。治安既定，先生安撫吏民尤爲篤摯，其剔奸弊，抑勢豪，峻絶餽遺，輕省贖鍰，風裁凜凜，讓這一方水土樂生之意萌發，贏得愛戴。更於稍暇之時，與當地知識分子雅歌投壺，論文講業，養士風，勵節操，遺風留澤，浙東人百年猶爲去思，並專祠奉祀，尊之爲「盧菩薩」。（見全祖望尚書前浙東兵道同安盧公祠堂碑文）按：有關先生在浙江寧紹事業之記載，看似極爲傳統的對循吏的贊譽，然而若細究寧紹一地的士風（刀筆之風冠於諸省），以及清初史學家全祖望「前此一試吾鄉者，不足展其底藴也，而已足垂百世之去思」的評價，那麽先生在此的事業，似宜「加成」觀之。

寧紹道卸任時，方值明思宗殉國之際，大明帝都先後爲闖王、滿洲鐵騎所陷。聞國家大變，先生「悲憤填膺，泣盡繼血，伏枕三月，奄奄瀕死」（留庵文輯疏辭浙撫疏）。國事身事俱已頹圮，先生乃有解綬歸田之念，即歸鄉返里。

而此時明朝都城雖遭陷落，然清廷尚未掌控整個華夏神州，爲延續政權，福王於南京繼立爲帝，年號弘光，史稱「南明」。弘光帝登極之始，即召先生爲都察院右僉都御史，督理江北屯田，巡撫鳳陽。然先生眼見南明朝堂中馬士英和阮大鋮把持朝政，他們非但不思挽國家喪亂，反大亂綱紀，權臣間彼此明争暗鬥，先生故而以疏辭，未獲允，復又稱病劇，拒不赴任。時嘗與劉宗周書云：「自古未有文武不和能成大功者。今文武相貳，文又與文貳，武又與武貳，勇私鬥，怯公憤，將來正不知所稅駕耳。」（金門志卷一〇人物列傳二宦績盧若騰傳）正是此中情狀之深刻揭示。

果不其然。弘光政權僅維繫了一年稍餘，復又遭顛覆。此刻先生本已打消辭意，欲前赴中都鳳陽接任新職，共赴國難。然行至浙江錢塘，即聞此噩耗，遂又黯然返櫂回里。緊接着又是一幕江山歷史重演，南明部分有實力的大臣於此時擁立唐王，並奉之入閩，建立了隆武政權。爲收拾江山，刷新朝野，即位於福州的隆武帝也起用了相當多有志之士，先生此時復又受命爲都察院右副都御史，巡撫溫、處、寧、台之職。

時先生山中養病，身體孱弱，痊無可期，爲免瞞欺誤事，方始求代，乃上疏懇辭。此舉當然不爲新立伊始的隆武朝廷所許，切旨言道：「國恥未雪，豈大臣高臥之時？」要求「速來陛見，馳赴浙任」（留庵文輯疏辭浙撫疏）。然時朝廷已命孫嘉績、于穎巡撫於浙東，復又命先生「馳赴上任」，可見事權不專，「一瓢衆輿，十羊九牧」，於調兵、徵餉等，將吏奉行，各撫協調，皆非計之所得。先生奏請朝廷「確擇一人，畀以撫聯浙東、恢討浙西之任，庶事權不相牽制，而功業較便責成」（留庵文輯疏辭浙撫疏），雖未獲解，不過依舊「依旨」赴任，然而這却是一段「巧婦難炊」痛苦經歷的開始。

在浙撫任上，或許是先生這一輩子最糟糕的從官經驗。首先面對的是一個危難之局，南明政權早已風雨飄搖，萬里江山，百年家國，所剩幾何？在這樣的時代氣氛中，「識相」的人早已知道要如何選擇了，選擇「逆流」而上的人必須要有大擔當、大勇氣，這條路難走的程度，超乎想象。先生蒞任，一意挽局，爲國爲民，於兵於政，宵旰焦勞，終因内外失調，大勢難回，只得兵敗自劾，轉退草莽。

尤有難堪。國土失守，已然羞愧難釋，朝堂君父，復遭俘被殺。一生所繫之廟堂頃刻間不知所終，悲憤羞愧之情，交加迭至，除死之外，又有何圖？先生乃跳水自殺。後雖爲同官救起，但念已灰，力已盡，壯志消磨，不得不悲觀地喟嘆：「是不欲成我也。」（金門志卷一〇人物列傳二宦績盧若騰傳）雖言如此，然一息尚在，一念猶存，對已選擇之路，先生仍堅持到底，乃招集義兵，相機恢復。與郭大河、傅象晉等屯兵望山，欲乘間起義，復因在地仕紳絶其餉道，興師出戰不利。從此往後，先生對復國志業即再無親身參與，轉而歸鄉隱遁。

有謂：「德不孤，必有鄰。」先生退返鄉里，除與曷山舊部仍通音息，時南明重臣亦於此時雲集金、廈，間復有鄭氏武力，彼此相接，在閩南形成另一股重要的反清力量。雖然此後先生不親力恢復事業，但仍爲當時有識人士所重，每爲諮議禮敬。這段時間，先生有志同道合的師友，又已閲盡人事千帆，遂轉其事功於立言大業，筈畢之勤，亦與其人品、事功同等齊觀。

二、盧若騰著作探微

有關先生著作，金門志載稱：「（先生）風情豪邁，當時士夫幸博一第，則近地山海之饒，率擁爲世業，或以爲言，夷然不屑。晚一意著述，自天文地理，下逮蟲魚花草，宏通博雅，品藻古人成敗得失，反覆淋漓，斷制嚴謹。至於身世感遇、憂愁憤懣之什，皆根於血性注灑。人比之蔡忠毅道憲。所著有方輿圖考（一作方輿互考）、浯洲節烈傳、留庵詩文集、學字、與畊堂值筆、島噫詩、島居隨録、島上閒居偶寄各若干卷。」（金門志卷一〇人物列傳二宦績盧若騰傳）

這段描寫，大致已將先生一生著述的風格、時間以及作品勾勒明白。唯爲進一步知人論世，特就先生著作再細論之。

據金門古典文獻探索一書所録，「明清鼎革之際，金門先賢著作，共計有十二家廿五種。在家數與數量上來觀，比之嘉靖時期（金門先賢）十二家十七種作品，與萬曆時期十四家六十八種作品而言，家數没有明顯的增減，而數量則介於二者之間。就此數量來説，這一時期金門先賢，承萬曆士風大振之餘緒，著述數量仍然相當可觀，惟於江山易主、風雨飄摇之刻，亦屬不易，然終究已離萬曆黄金時代，有所間距」。該書並進一步闡述這個時期金門先賢著述的特色，有二：

其一，這一時期的著述，隱然可見一位核心人物，即賢聚盧若騰。此一時期著作，共計有十二家廿五種，其中盧若騰自己的著作，即有十二種之多，幾佔了這個時期的一半數量。而許而鑒、盧君常、蔡諍虎、駱亦至四家五種，是因留庵文集有序可考，因而存目著録得以傳世。另外盧饒研、蔡采藻夫婦，則是盧若騰的子與媳。總計共七家十九種（家數佔百分之五十八，作品數佔百分之七十六）與盧若騰有關。這個現象表面上看來，盧若騰是這一個時期金門的士林領袖，然而若是細究其間，可以發現更深層的意義。明清鼎革之際，江山易主，金門人嚴民族氣節、重義氣然諾的個性，復又張揚。盧若騰本身就不必講，他於明末清初的史册地位，早有論述。而許而鑒、盧君常、蔡諍虎、駱亦至之所以見諸留庵文集，也是因爲其節操與志業和盧若騰相若，故而爲之作序，是以金門志稱「爲志節之士，又當詩以人重矣」（金門志卷一四藝文志著述目録）。而盧若騰之子盧饒研「承先志，爲釋衲裝，灌園自給，不問榮辱」（金門志卷九人物列傳一隱逸盧饒研傳）。其妻爲晉江蔡忠烈道憲之女，蔡道憲氣節與盧若騰相契，而結爲兒女親家。蔡采藻家學淵源，復又與盧饒研唱詠相隨，其氣節亦可推知。

除了崇尚氣節之外，在這一時期尤有一個值得關注的現象，即有相當比例的金門作家，似乎都已經開始外遷。例如，陳觀泰已遷居同安陽翟，楊期演、楊秉機父子與楊能玄等彤埕（赤庭）楊氏家族移居中左所（厦門），還有駱亦至也「出其貫籍居厦門半山寺」（金門志卷一四藝文志著述目録），蔡國光也「流寓厦門」，盧若騰則晚年終老於澎湖。

這段時期金門精英開始内遷外渡，倉皇奔走，確係時代形勢所致。因爲金門人不屈於異族，與明鄭王朝有地緣之親，是以依附鄭氏者多有，其足跡遍於金、廈、臺、澎也是理所當然。另外，雖無直接證據證實，但這段時期金門世家巨族内遷落户，或爲「遷界」「禁海」所致，這又是一個值得注意的議題。（金門古典文獻探索，金門縣宗族文化協會編，金門：金門縣文化局，二〇一一年，第二〇八—二一〇頁）

這兩個特點，其實在某一程度上也就是先生著作的主要背景與風格的展現。若再就先生著作細緻考論，更可明白這點。依現存目録來看，先生著有留庵文集十八卷、留庵詩集二卷、島噫詩一卷、方輿互考四十卷、浯洲節烈傳（不分卷）、與畊堂值筆七卷、島居隨録二卷、與畊堂印擬（未知卷數）、島上閒居偶寄（未知卷數）、制義一卷、焚餘（未知卷數）、與畊堂學字二卷十二種。

這其中詩文集屬個人别集，自然最能反映出先生精神狀況與人生品味，不過現今尚未見其留庵文集與留庵詩集，僅有島噫詩一卷以及由李怡來（金門人）裒聚以上詩文集而成的留庵詩文集二種。留庵詩文集中，原留庵文集所示書諸葛士年預書遺囑後、記庚子星異記、楊翹楚事記、僧笑堂遺蹟、記辛卯三月事、記丙申三月六日事、記庚子五月十日事、記島上兵擾事、初第紀事、浙東罪狀諸篇均佚。又據金門縣志載，一九五七年「紹興許如中編新金門志時，於先生後裔處，覓得留庵文集寫本，大半蠹殘，卷首有乾隆四十年上諭一道，言：『朱璘明紀輯略，並無誕妄不經字句，可毋禁燬。外省所以一體查繳者，祇緣從前浙江省因此書附記明末三王年號，奏請銷燬』云云。是則留庵文集必亦遭受查繳，有抵觸忌諱處必以毀棄。殘本難睹全貌，未能考其究竟，惟見文應提及胡虜滿洲等字之處，均係空白。」（一九九二年增修金門縣志卷一三藝文志明著書目）想見文集中内容，應多爲先生抗清、島居時之作，均關緊要之史，爲南明重要之史集。這一點亦可由島噫詩及李怡來裒聚的留庵詩文集中窺得端倪。是以先生别集仍以傳統士大夫立言之尚，只不過因其所處時代所堅持的理想，其内容别有民族情操與鼎革風霜。

再者，先生其他十種著作方輿互考、浯洲節烈傳、與畊堂值筆、島居隨録、與畊堂印擬、島上閒居偶寄、制義、焚餘、與畊堂學字，則反映先生治學方法與個人興味所至。其中最特别的一點，當屬先生治學，勤於筆録所得。例如方輿互考、與畊堂值筆、島居隨録、與畊堂學字四種，是手書録存匯合纂輯而成之著作，這反映先生治學之要，在於「博蒐比觀，聚類相從」。

另外，先生這十種著作的内容，則又説明先生「正學」「正事」之餘的個人興趣，例如史地之書，是先生經濟實事的講求，是以有方輿互考、與畊堂值筆；而鄉梓之情，爲無可抛荒之志業，乃有浯洲節烈傳；書法篆印、小學字書，則爲個人怡情養性之門，故有與畊堂印擬、與畊堂學字；還有淹洽博雅，爲先生致知格物之作，則有島居隨録。這些亦足窺先生於功業之外爲人的另一端倪。

總之，先生人處喪亂之世，職兼倥傯之務，而其著作能如許豐富，内容又如許博雅，實爲另一值得擲筆而嘆的大成就，惜論者少與哉。

三、點校説明

本書凡分爲留庵詩輯、留庵文輯及附録浯洲節烈傳、盧若騰相關資料。點校整理時，留庵詩輯，以臺灣銀行經濟研究室所編臺灣文獻叢刊中的島噫詩爲底本（簡稱「文獻本」），校以李怡來先生裒聚的留庵詩文集（簡稱「李本」）。計收有五言古四十三首、七言古四十首、五言律二十九首、七言律三十六首，共一百四十八首詩。留庵文輯，以李怡來先生裒聚的留庵詩文集爲底本，校以臺灣銀行經濟研究室所編臺灣文獻叢刊中的島噫詩之附録，間亦以金門志及民國十年（一九二一）金門縣志文徵、二〇〇六年仲秋金門賢聚盧氏族譜、乾隆乙亥浯卿陳氏世譜及福建省圖書館藏本（簡稱「省圖本」）等爲之校對。輯録的文章部分，計收有疏十四篇、序十九篇、記五篇、書九篇、雜文五篇（内有傳兩篇，行略、議、露布各一篇），共收文五十二篇。

本書附録部分，浯洲節烈傳，是個人數年前於黄鏘補録的滄海紀遺中所引浯洲節烈傳之「貞、烈、節、孝」人物鈎逸輯纂而成之本。此書已佚，唯是録副本尚未發表，於此首發初現。盧若騰相關資料，分爲隆武帝詔書、方志傳記、盧若騰著述考、盧若騰年譜簡編。隆武帝詔書，以李怡來先生裒聚的留庵詩文集爲底本，校以二〇〇六年仲秋金門賢聚盧氏族譜。方志傳記，録自福建通志、金門志、全祖望結埼亭集及二〇〇六年仲秋金門賢聚盧氏族譜中有關先生之傳記。盧若騰著述考，引録自金門古典文獻探索。盧若騰年譜簡編，爲點校者所撰。另，全書末附有參考文獻。

浯鄉後學吴島於網寮祖居
壬辰祧月

後學莊唐義修訂於金門
壬寅荔月

留庵詩文集目次

附録

壹、留庵詩輯

一、五言古

失馬

吾從大夫後，徒行疇云可。貧來出無輿，款段僅未跛。人馬頗相稱，出入遵道左。官軍昨南征，括馬忽及我。此非絶塵足，奚堪載驍果。兼無致遠力，五石詎能荷？奪我代步資，立意殊瑣瑣。榮辱本無關，失馬固非禍。吾老當益壯，習勞未敢惰〔一〕。安步以當車，達觀理自妥。輿馬日相逢，對之無懡㦬。

【校勘記】

〔一〕「勞」，李本作「習」。

林子濩寄詩見懷，次韻答之

去秋把君臂，芝蘭欣同趣。裘葛忽更非，江雲隔渭樹。幽人嘆索居，形影相談吐。況乃嬰疾病，杜門惜跬步。翹望古人來，風波不可渡。近傳胡兒馬，遠避漢人戍。日夕舟楫通，不妨任去住。遺我詩百篇，何如一惠顧？

責子詩，次陶淵明韻〔一〕

里中細人從軍，其父咆哮無忌，感而賦此〔二〕。

臧穀均亡羊，達人考名實。世亂重干戈，空復事紙筆。嗟予及衰憊，孑焉寡儔匹。爾力幸方剛，克家貴擇術。所見鄰里人，從軍去十七。各各庇阿翁，睚眦人股栗。爾猶讀父書，定知是蠢物。

【校勘記】

〔一〕「陶淵明」，李本作「陶靖節」。

〔二〕「賦」，李本作「作」。

勸世

莫涎他人田，莫覬他人屋。涎田爲種穫，覬屋圖棲宿。人生如寄耳，修短安可卜？一物將不去，底事空勞碌。況奪人所寶，内外咸怨讟。或云田屋在，堪作兒孫福。豈知機心萌，已中鬼神鏃。縱使營置多，終當破敗速。但看已前人，後車勿再覆。

病馬

入門作病人，出門騎病馬。可堪貧如洗，兩病都著啞。我馬不能言，主人筆代寫。所病病在饑，消瘦剩兩髁。無復霜雪蹄，遲遲行其野。感主相憐意，垂鞭不忍打。他人富芻粟，食多恩恐寡。願守主人貧，忍饑伏櫪下。

遣馬

久矣勞爾力，不能充爾食。爾意亦良厚，忍饑依我側。我貧日以甚，爾饑日以逼。中夜聞悲鳴，使我心悽惻〔一〕。我無媚俗骨，宜與窮餓即。忍併爾軀命，市我弊帷德。贈將愛馬人，剪拂生氣色。努力酬芻豢，馳驅盡若職。道途倘相逢，長嘶認舊識。

【校勘記】

〔一〕「我」，李本作「人」。

識病

稚子愛弄影，翻爲影所弄。凡事因應間〔一〕，亦如形影動。影雖有起滅，形本無迎送。寂感皆自然，體用並空洞。一念涉安排，諸緣齊鬭鬨。説與才智人〔二〕，須識此病痛。

【校勘記】

〔一〕「間」，李本作「問」。

〔二〕「才」，李本作「方」。

夜驚

瀕海諸村落〔一〕，處處聞夜驚。暴客暗窺覷，出没何縱横。所恃槳力疾，加以船身輕。輕疾在舟楫，製造豈難成？鳩工兼募士，旬日得勝兵〔二〕。撲滅赴火蛾，何須刁斗鳴？惜兹小勞費，坐令賊勢勍。竊恐載北騎，夜渡寂無聲。弗摧虺爲蛇，貴有先見明〔三〕。

【校勘記】

〔一〕「瀕」，文獻本作「瀨」，據李本改。

〔二〕「日」，李本作「月」。
〔三〕「貴」，李本作「實」。

多悔

平生多悔事，尤多文字悔。樂道人之善，筆墨無匿彩。所期勵姱修，臭味芬蘭茝。乃因習俗移，面目幻傀儡。遠者十餘年，近僅三兩載。多少深情者，抵掌笑吾騃〔一〕。人具聖賢資，詎可逆憶待〔二〕？吾自存吾厚，雖悔不忍改。

【校勘記】

〔一〕「抵」，原本均作「抵」，應爲形訛，逕改。
〔二〕「憶」，李本作「億」。

荒蕪

薄田僅數畝，而不免荒蕪。世亂多豪彊，兼并恣狂圖。膏腴連阡陌，猶復爭區區。我雖不得食，何愧首陽夫？視彼飽欲死，無乃類侏儒〔一〕。傷哉時與命，誰肯辨賢愚？

【校勘記】

〔一〕「無乃」，李本作「無仍」。

石言

鼓岡湖旁諸石〔一〕，爲董沙河劖刻殆盡，感而作此〔二〕。

我家南溟濱，湖山隱荒僻〔三〕。日月幾升沈，雲烟相疊積〔四〕。何來沙河翁，僑寓事開闢。欲以文字位，易我混沌席。臥者劖其腹，立者雕其額。伏者琢其背，蹻者鐫其跖。湖光照山容，傷痕紛如列〔五〕。我頑亦何知〔六〕，聞之屐遊客。不誇筆墨奇，但歎湖山厄。勝事未足傳，我骨碎何益？願言風雅人，高文補其隙。

【校勘記】

〔一〕「旁」，文獻本無，據李本補。

〔二〕「感而作此」，文獻本無，據李本補。
〔三〕「隱」，李本作「忍」。
〔四〕「疊」，李本作「壘」。
〔五〕「臥者劓其腹」以下六句，李本無。
〔六〕「何知」，李本作「何如」。

詠史（三首）〔一〕

其一

智伯有三臣，茁國與庇耳。豫讓何爲者，而遇以國士。當伯貪愎日，緘默坐相視。人已飲其頭，乃始謀反爾。所爲者極難，獨愧中行氏。未聞主臣間，有論報施理。縱以衆人報，不死亦足矣。反面事仇讎，安得與人齒？區區報伯恩，此道亦近市。勁悍雖足多，始終非全美。置之刺客傳，直哉龍門史。

其二

韓非韓公子，説秦欲亡韓〔二〕。謀策未見用，身先死説難。李斯師荀卿，燔書發難端。富貴三十年，三族並誅殘。非死因斯譖，斯死墜高奸。中懷既不祥，禍伏似鋒攢。偉哉張子房，報韓心力殫。功成從赤松，身退名亦完。悠悠千載下，去取隨所安。

【校勘記】

〔一〕「三首」及下文「其一」，文獻本無，據李本補。

〔二〕「亡」，李本作「忘」。

其三此首留庵詩集題目乃是「往恨」。〔一〕

剛直孔文舉，鬼操豈能容？中懷欲殺之，猶畏衆論訩。郗慮發其鏑，路粹助其鋒。遂使天下士，悼失人中龍。慮本師鄭元，粹亦學蔡邕。表表皆名下，甘作權門傭。殺人以媚人，終爲禍所鍾。尤恨荀文若，竭智佐奸兇。汲汲興漢業，阿瞞笑其惷。及至加九錫，勢成不可壅。瞋目除異己，噬臍悔無從。上哲睹未形，伊人吾所宗。

【校勘記】

〔一〕此段注文，李本無。

稱謂

自有達尊三，交接情方啓。尋常通名刺，稱謂存典禮。等級肅森森，風俗淳濟濟。陋矣輕薄子，觀天坐井底。矜其富貴容，幾同漫刺禰〔一〕。時或謁尊者，傲然相兄弟。不聞鄘之詩，相鼠猶有體。

【校勘記】

〔一〕「禰」，李本作「稱」。

村塾

彈丸海中島，淳風鄒魯儔。雖經喪亂餘，絃誦聲尚留。村村延塾師，各有童蒙求。鄰寓豪家子，般樂狎倡優。揮金市狡童，蜩沸習歌謳。歌聲與筆聲〔一〕，異調乃相仇。驅遣師生散，不肯容讙咻。村人問塾師，怪事前有不？塾師曰固然，儒術今所尤。相彼倡優輩，揚揚冠沐猴。或握軍旅符，或司會計籌。多有衣冠者，交驩不爲羞。學書效迂緩，學優利速售。今日分手去，及早善爲謀。村人笑相謝，先生滑稽流。吾兒不學書，只可事鋤耰。

【校勘記】

〔一〕「筆」，李本作「書」。

夢夢

酗狼鄭伯有，彊死能爲厲。況於忠義士，魂氣孰能制？吾師建義旗，激烈兼愷悌。將士爭用命，四海望攸繫。乃觸同舟忌，狂猘忽反噬。身首葬魚腹，舉家就殲殪。當時天地昏，一軍皆流涕。謂宜排九關〔一〕，疾呼訴上帝。頃刻伸顯戮，用以警人世。夫何十餘載，皁白全奄翳。凶人蕃子孫，仍保首領斃。將無應運生，天實鍾其戾。抑種罪業深，厥報在後裔。赫赫與夢夢，勞人長引睇。

【校勘記】

〔一〕「關」，李本作「闕」。

小寒日大雷雨

今日小寒節，雷雨互相奔。雷聲如伐鼓，雨水若傾盆。陰候合嚴凝，陽氣反吹歕。造化節宣理，田家熟討論。謂今大發洩，入春必膏屯。惜此𦬁麥苗〔一〕，芊芊滿平原〔二〕。秀實未可保，何以足饔飧？吾家倍八口，聞之欲斷魂。況乃時令忒，天心類晦昏。生民亂未已，豈獨憂田園？戚戚懷悲憫，孤情孰與言？

【校勘記】

〔一〕「䴵麥苗」，李本作「麥䴵田」。

〔二〕「芊芊」，李本作「芋苧」。

冷竈

猶憶十年前，糲飯足飽噍。六七年以來，但糜亦歡笑。去年艱粒食，饑賴山薯療。今年薯也無，冷竈頻斷燒。有田不得耕，耕熟復遭剥。若望人解推，譬之瓠無竅。舉世尚武功，不聞需智調。亦或飾文名，未解賞墨妙。衆方悦諧媚，而余孤且峭。每懷杞人憂，持論中其要。以此觸忌諱，乏絶誰相弔？今年既如此，明年可預料。問余服未服，仰天頭自掉。

庚子除夕

除夕轟爆竹，百鬼盡驚號。窮鬼獨倔彊〔一〕，不隨諸鬼逃。髣髴見形影，庭前嘯且翺。慇懃謝窮鬼，微軀久相勞。謂爾增我德〔二〕，我德故不高。謂爾忌我才，我才亦不豪。兢兢保方寸，僅不效時曹〔三〕。胡爲長嬲我，愁緒日抽繅。近得滇南信，王師新奮鏖〔四〕。逐北出黔楚，剋期蕩腥臊〔五〕。氣運漸光昌，威福自上操。行當覈名實，屈伸變所遭。料爾鬼伎倆，安所用絲毫？鬼聞而慙懼，跳走如猿猱。兒童争逐之，嗾犬噬其尻。門庭幸肅清，來朝省畫桃。

【校勘記】

〔一〕「彊」，李本作「疆」。

〔二〕「增」，李本作「憎」。

〔三〕「曹」，李本作「曾」。

〔四〕「奮」，李本作「舊」。

〔五〕「剋期」，李本作「封期」。

獨醒

人於天地間，號爲萬物靈。禍福所倚伏，貴在睹未形。未形衆所忽，而我偶獨醒。彼醉醉視我，我言詎足聽。彼醉醒視我，我乃眼中釘。徒令明哲士，勸誦金人銘。交態閲歷徧，何殊水上萍？頃刻聚還散，風來不得寧。昔者阮嗣宗，率意轍靡停。當其路窮處，哭聲震雷霆。道傍人大笑，何事太伶仃。寸心不相踰，雙眼幾時青？擬作哭笑圖，張之堂上屏。

老乞翁

老翁號乞喧，手攜幼稚孫。問渠來何許，哽咽不能言。久之拭淚訴，世居瀕海村。義師與狂虜，抄掠每更番。一掠無衣穀，再掠無雞豚。甚至焚室宇，豈但毀籬藩。時俘男女去，索賂贖驚魂。倍息貸富户，減價鬻田園。幸得完骨肉，何暇計饔飧？彼此賦役重，名色並雜繁。苦爲兩姑婦，莫肯念疲奔。朝方脱縶圄〔一〕，夕已呼在門。株守供敲朴，殘喘豈能存？舉家遠逃徙，秋蓬不戀根。渡海事行乞，冀可活晨昏。我聽老翁語，五内痛煩冤。人乃禽獸等，弱肉而強吞。出師律不肅，牧民法不尊。縱無惻隱心，因果亦宜論。年來生殺報，皎皎如朝暾。胡爲自作孽，空負天地恩。

【校勘記】

〔一〕「脱繫」，李本作「繫脱」。

文章

文章自有神，立言貴創獲。傖父浪結撰，視之如戲劇。不惜涴屏障，兼嗜災木石。矢口任雌黄，名篇供指摘。非關膽氣麤，祇爲眼界窄。秦世吕不韋，陽翟大賈客。懸書咸陽市，一字莫能易。人豈不愛金，相國威自赫。目前無定價，未是文章厄。

古樹（二首）〔一〕

其一

古樹不計春，其中應有神。傲兀立道傍，豈解媚富人？富人侈遊觀，精舍結構新。不重嘉賓集，惟羞花木貧。於花愛美麗，於木愛輪囷。古樹遭物色，那能安其身？百鍤一時舉，根柢離岸垠。樹神俄震怒，役夫壓不呻。二命易一樹，道路悲且嗔。移樹入精舍〔二〕，主人動笑嚬。植之軒墀前，詑獲瓊琪珍。哀樂與人殊，天道豈泯泯？

【校勘記】

〔一〕「二首」及下文「其一」，文獻本無，據李本補。

〔二〕「入」，文獻本作「人」，據李本改。

其二

移借島中寓，移植島中樹。跨城以爲梯，撤屋以爲路。若道家在島，忍招鄰里怒。若道島非家，花木豈忍務？念此彈丸地，顛危在旦暮。一移此中來，再移何處住？譬之群燕雀，屋下安相哺。突決棟宇焚，懵然罔知懼。

盆松

吾兒學種松，不取長大幹。植之以盆缶，列之於几案。手擬纔如指，尺量尚歉半。只此眇小姿，堪作希奇玩。枝低不畏風，本固不憂旱。觸目翠且蒼，會心幽而粲。昨見移松者，百夫揮雨汗。高株培厚土，朝夕勤溉灌。惟恐根柢枯，況望淩霄漢。用意殊匆忙，安在游泮奐。兒趣較爲優，老夫自讚歎。

刊名

我生大亂際，不幸兼兩累。人識我姓名，我復識文字。雖無金石詞，亦或動痂嗜。而皮裏陽秋〔一〕，未免觸猜忌。耿耿王烈婦，從容死就義。立碑表貞娉，敘述頗詳備。巍巍太武山，孕毓多瑰異。警句頌山靈，標之山頭寺。我名署其後，今皆遭剷刜〔二〕。若笑文字劣，何不以名示？姓名果不祥，何不並人棄？陰陽避就間，畢竟同兒戲。木伐跡且削，大聖有斯事。似我今所遭，未須生忿恚。

【校勘記】

〔一〕「皮裏陽秋」，文獻本作「皮裏陽秋」，據李本改。

〔二〕「剿刖」，李本作「刖剿」。

感歎

顔淵食埃墨，子貢望見之。豈非仁廉士，而以竊食疑。同在大聖門，註誤猶若斯。況於世人目，易爲形跡移。杯中弓蛇影，誰能辨毫釐？君子自信心，禮義無欠虧。雖有流俗謗，囅然付一嗤。

識務

凡識時務者，共稱爲俊傑。瞻風而望氣，則鄙其卑劣。請問兩種人，從何處分別？時務重補救，正道天所閟。風氣在好尚，邪運人所竊。惟此天人界，辨之苦不晢。一從人起見，何事不決裂？繁華能幾時，千秋汙名節。亦或騁巧慧，邪正皆締結。平居無事日，逢人美詞說。及其臨利害，判然分兩截。獨有耿介士，不肯灰心血。念念與天知，誰能相毀缺？

却病

昔歲遇異人，嘻笑談却病。不必覓醫藥，不必勞祭禜。外身而身存，此方用不竟。夜睡先睡心，百念盡清淨。心睡夢不驚，念淨物何競？水既能勝火，遂脱陰陽穽。閒中時體驗，良是養生鏡。揆之聖賢教，理未全中正〔一〕。有樂亦有憂，胞與在吾性。神仙縱不死，不及吾孔孟。

【校勘記】

〔一〕「全」，文獻本作「金」，據李本改。

春寒

去冬已立春，共喜春來早。今春寒過冬，却疑冬未老。寒風凄且烈，漁舟多翻倒。不雨空陰晦，麰麥垂枯槁。大意欲何如，惻惻傷懷抱。

桀犬

桀犬慣吠堯，於堯何所傷？假令不吠堯，於桀何所償？既飽桀芻豢，應喻桀心腸。桀感日以熾，犬吠日以揚。桀竟南巢去，犬亦喪家亡〔一〕。無復聲如豹，祇覺膽似麞。四顧乞人憐，搖尾在道傍。叮嚀世上犬，勿效主人狂。

【校勘記】

〔一〕「亡」，李本作「忙」。

見鬼

昨日剛見人〔一〕，今日忽見鬼。猛然悟我愚，遲矣知人匪。人情深於淵，人貌厚於甕〔二〕。劇談天下事，顧盼一何偉〔三〕。小小得喪間，便同慕羶螘。假令臨死生，能無犯不韙。鬚眉本丈夫，胡爲畏首尾？松柏獨也青，歲寒今存幾？

【校勘記】

〔一〕「日」，文獻本作「人」，據李本改。

〔二〕「飄」，李本作「飃」。

〔三〕「盼」，李本作「盻」。

送曾則通扶櫬歸江右〔一〕

按：「則通」爲二雲先生子。〔二〕

君昔侍吾師，宦遊入閩甸。吾師蒙難時，舉家危懸線。君年未及壯，飄泊經百鍊〔三〕。島棲十七載，苦淚揮霜霰。談盡島中心，識盡島中面。人面皆如昨，人心半遷變。經權惟所適，忠孝從其便。況有佳題目，救民息爭戰〔四〕。天地瘖無聲，是非任顛眩。遊子孤所望，決計歸鄉縣。吾師忠義骨，一紀羈淺窆。於今遂首邱，遠道將裧輤〔五〕。遠道風景殊，腥臊帀地徧。死者而有知，豈忍須臾見？君應體此志，去同離弦箭。貞操衆所欽，孝思誰能先？我本狂戇人，多招流俗譴。聲氣託君家，兩世相慕戀。怱怱忽別去，值我貧病洊。無金餽君贐，無酒飲君餞。贈君貧者言，言言心血濺。行矣尚勉旃，勿以規爲瑱。

【校勘記】

〔一〕詩題，李本作「送曾則通扶二雲師櫬歸江右」。

〔二〕此段注文，李本無。

〔三〕「鍊」，李本作「練」。

〔四〕「息」，李本作「自」。

〔五〕「裧輤」，李本作「輤裧」。

【補録】〔一〕

【校勘記】

〔一〕以下諸篇「五言古」，島噫詩未收，今據李本留庵詩文集補。

題太保廟壁

乙酉夏，將赴中都，行次錢塘，南都已不守矣。歸過黯淡灘，再題太保廟壁。

危灘數十丈，瀉作轟雷響。舟子熟操篙，視之平如掌。涉險貴有備，此理良非迂。如何同舟者，胡越分其黨。唇舌費蜩螗，肺腸盤蛇蟒。帆檣任傾摧，棄置舵與槳。倏忽遇風濤，胥溺葬漭瀁。哀哉行路難，去去將焉往。澤畔強行吟，何人共慨慷？

蘇行堯詩集見示，兼有贈言，次韻酬之

朱紫不可別，昔知亂所生。白黑不可別，今見亂所成。由來忠義士，生死不爲名。上爲報國恩，下以全吾貞。貞全恩未報，心摇如懸旌。恥隨温飽輩，識時誇崢嶸。天運雖未廻，名教賴干城。欣逢同志侶，途窮節不更。滿腔殷熱血，化爲墨汁傾。一湧萬斛泉，言言抒其誠。今人尚綺靡，脂粉隊中行。君獨慨以慷，諒直心怦怦。論詩與論人，不做兩樣評。一往無蹈襲，此爲吾所憑。

徐仲雅

滿天皆太保，滿地盡司空。惟有徐仲雅，敢告周行逢。古人重賜予，弊袴待有功。末世輕名氣，意在廣牢籠。臂之投摶黍，奔走諸兒童。肘後金印大，帳前牙纛崇。班資相頡頏，氣燄並豐隆。競爲豪華態，漸消慷慨風。丈夫志事業，開誠兼布公。若以勢利合，利盡術亦窮。豎子雖成名，人笑無英雄。

丙申三月初六日大風覆虜

雖有千萬卒，不如一刻風。卒多而毒民，歲月無窮終。風勁而殪敵，一刻成奇功。彼狡潛擣虛，乘潮騁艨艟。夜發筲江曲，朝至圍頭東。虜笑指三島，云在吾目中。陡逢巽二怒，進退俱冥瞢。隊隊艫舳接，打斷似飛蓬。齊擐犀兕甲，往謁蛟龍宮。亦或免淹溺，飄來沙土粽。猛獸傷入檻，鷙鳥困投籠。始知乾浄土，不容腥穢訌。效靈者風伯，仁愛屬蒼穹。謂宜荅天意，開誠兼布公。苟不救水火，發奮難爲雄。

東都行（有序）

澎湖之東有島，前代未通中國，今謂之東番。其地之要害處，名臺灣。紅夷築城貿易，垂四十年。近當事率師據其全島，議開墾立國，先號爲東都明京云。

海東有巨島，華人舊不争。南對惠潮境，北盡温麻程。紅夷浮大舶，來築數雉城。稍有中國人，互市集經營。虜亂十餘載，中原事變更。豪傑規速效，擁衆涉滄瀛。於此闢天荒，標立東都名。或自東都來，備説東都情。官司嚴督趣，令人墾且耕。土壤非不腴，區畫非不平。灌木蔽人視，蔓草罥人行。木杪懸蛇虺，草根穴狸鼪。毒蟲同寢處，瘴泉供飪烹。病者十四五，聒耳呻吟聲。况皆苦枵腹，鍬鍤孰能擎？自夏而徂秋，尺土墾未成。紅夷怯戰鬥，獨恃火器精。城中一砲發，城下百屍横。林箐深密處，土夷更狰獰。射人每命中，竹箭鉄鏢並。相期適樂土，受廛各爲氓。而今戰血濺，空山燐火盈。浯島老杞人，聽此憂惸惸。到處逢殺運，何時見息兵？天意雖難測，人謀自匪輕。苟能圖匡復，豈必務遠征？

庚子元夕

年來蕭條景，無如今元夜。簫鼓啞無聲，火樹光華謝。祠門乏膏粥，宴客缺酒炙。旱荒久爲虐，鄰不富禾稼。加之助軍興，箕斂無等差。丁壯及梢手，應募索高價。家家剜肉供，此例何時罷？悍卒猛於虎，縱横任叱吒。晝而攫通衢，夜則掠廬舍。十室九啼飢，椀燈問誰借？復傳滿州虜，數萬紛南下。狰獰喜啖腥，各各精騎射。舟楫非彼長，水戰我所服。云胡謀此去，海來群税駕。哀我島上人，如獸在罟擭。翻羨草無知，豈憚蟲沙化？上帝匪不仁，鑒觀寧無訝。呵護有神機，孰得觀其罅？

庚子五月初十日破虜

彼虜非不狡，彼己知未真。舍陸趨大海，輕信我叛人。叛人懷觀望，欲前且逡巡。誤彼曳落河，血肉飽巨鱗。其被俘獲者，斧斤雜前陳。斷手或臏足，又或剜鼻唇。縱之匍匐歸，彼酋慚且嗔。而我賀戰勝，亦當究厥因。其時水上軍，矴舟膠不䟦。敵來何飄忽，矢集若飛塵。戰鬥無所施，空説不顧身。時哉東南風，蓬蓬起青蘋。驅潮上海門，奮擊似有神。遂使兔麋駭，一鼓入蹄罠。自是天意巧，非關人力振。我有一得愚，願與智者論。時時如敵至，此令當五申。

虜遷沿海居民

天寒日又西，男婦相扶携。去去將安適，掩面道傍啼。胡騎嚴驅遣，尅日不容稽。務使濱海土，鞠爲茂草萋。富者忽焉貧，貧者誰提撕？欲漁無深淵，欲耕無廣畦。内地憂人滿，婦姑應勃谿。聚衆易生亂，矧爲飢所擠。聞將鑿長塹，置戍列鼓鼙。防海如防邊，勞苦及旄倪。既喪樂生心，潰決誰能堤？虜運當衰歇，運籌自眩迷。豪傑好從事，時哉此階梯。

避氛南澳城中有虎

不信市有虎，終難却三人。而今城有虎，家家讋且顰。昨日過南園，虎跡印如新。夜來衆拒虎，喧豗震東鄰。茲島四斷絶，孤峙天地濱。虎從何處渡，況乃越城闉。理既窮思議，争疑天不仁。叛人勾夷虜，蛇豕禍洊臻。猛獸復狂逞，助虐應有神。余獨謂不然，物怪匪無因。滿目同舟者，肥瘦隔越秦。遂使熊羆旅，敗衄在逡巡。乖氣合致異，冀爾懼而悛。不戒將胥溺，苦口復何陳。

自注：癸卯十月，虜犯嘉、浯二島。余以十八日浮家抵南澳，借寓城中，二十二日作此詩。已而漸聞人言守將杜輝謀叛，然未有跡。十一月十五日，忽遇虜差官於市，悟其事已成，亟挈家登舟。杜遣兵遮阻，不許出城。余執大義，力與之爭，更深始得脱，夜半解維。次日，諸避難在城在舟者，盡被俘獻虜矣。

二、七言古

寄答蔡仲修，時與其友洪阿士同避思山〔一〕

仲修原同起義，近埋名思山，與其友洪阿士，共撰易使象璣若干卷，以詩寄余，即韻答之。〔二〕

西山東海幾千里，精衛方殫心未死〔三〕。縱使千山木石空，目中忍見波濤起。波驚濤亂蛟螭飛，苦雨凄風日夜吹。洲島晦冥滿天愁，蓬萊復淺思悠悠。嗚呼，脈脈此情誰共語〔四〕，萬年手眼歸吾子。應與思山修史人，一口吸盡東海水。

【校勘記】

〔一〕詩題，李本作「答蔡仲修」，並有序。「洪阿士」，李本作「洪阿土」。

〔二〕此序，文獻本無，據李本補。

〔三〕「方」，李本作「力」。

〔四〕「共」，李本作「與」。

觀劇偶作

老人年來愛看戲，看到三更不渴睡。所喜離合與悲歡，末後半場可人意。模糊世界誰忍真〔一〕，滿前臉花兼眉翠。嗔喜之變在斯須，倏而猙獰倏嫵媚。抵掌談論風生舌〔二〕，慷慨悲歌泉湧淚。豈有性情在其間，妝點習慣滋便利。無數矮人場前觀，優孟居然叔敖類。插科打諢態轉新，竟是收場成底事。老人雖老眼未眊，見此面目增怒恚。我欲逃之無何鄉，雲海茫茫乏羽翅。我欲閉户學聾啞，百病交攻難久視。祇應飽看梨園劇，潦倒數杯陶然醉。

【校勘記】

〔一〕「忍真」，李本作「認真」。

〔二〕「抵」，原本均作「扺」，應爲形訛，徑改。

薄俗

居無宿糧出無馬，久安義命伏草野〔一〕。鼎沸乾坤未廓清，豈有短長争難舍？霸陵道上故將軍，醉尉呵止亭下宿〔二〕。將軍與尉昧平生，夜行何以辨真假？此尉執法良可嘉，後來殺之非罪也。又如獄中中大夫，死灰欲然遭溺灑。一日起爲二千石〔三〕，獄吏就官不傷雅〔四〕。漢家獄吏故自貴，虐囚何妨任苟且。如今薄俗殊不然，加大凌貴等土苴。伯夷盜跖無定名，信口翻掀唇舌哆。□□□□□□□，□□□□□□□。□□□□□□□，□□□□□□□。〔五〕爲小爲賤何敢爾，發縱恃有大力者。厥性既殊毒復陰，鼎不能鑄圖難寫。招群引類排所憎，鬼彈狐沙暗中打。頃刻之間市虎成，欲令白璧同碎瓦。瓦礫珠玉終自分，萬目未眯口未啞。

【校勘記】

〔一〕「義命」，李本作「蟻命」。

〔二〕「亭下宿」，李本作「宿亭下」。

〔三〕「一旦」，李本作「一日」。

〔四〕「獄」，文獻本作「嶽」，據李本改。

〔五〕此處所缺之四句，李本在下文「發縱恃有大力者」句下。

甘蔗謡

嗟我村民居瘠土，生計強半在農圃。連阡種蒔因地宜，甘蔗之利敵黍稌。年來旱魃狠爲災，自春徂冬暵不雨。晨昏抱甕争灌畦，辛勤救蔗如救父。救得一蔗值一文，家家喜色見眉宇。豈料悍卒百十群，嗜甘不恤他人苦。拔劍砍蔗如刈草，主人有言更觸怒。翻加讒蠛恣株連，拘繫搒掠命如縷〔一〕。主將重違士卒心〔二〕，豢而縱之示鼓舞。仍勸村民絶禍根，爾不蒔蔗彼安取？百姓忍饑兵自静，此法簡便良可詡。因笑古人拙治軍，秋毫不犯何其腐。

【校勘記】

〔一〕「搒」，李本作「榜」。「命如縷」，李本作「如命縷」。

〔二〕「重違」，李本作「重逢」。

聽人解律

讀書萬卷必讀律，此語偶自坡公出。其實二者匪殊觀，治心救世理則一。書之注疏多於書，律亦如是貴詳悉。後生聰明且輕薄，瞥眼看律如馳驛。句可割裂字可删，頓令本文無完質。律文尚遭劊子手，區區民命復何有？民命縱爲君所輕，舞文無乃露其醜。君久自負讀書人，只恐讀書亦失真。

借屋

借屋復借屋，屋借惡客主人哭。本言借半暫居停，轉瞬主人被驅逐。亦有不逐主人者，日爨主薪食主穀。主人應役如奴婢，少不如意遭鞭扑。或嫌湫隘再遷去，便將主屋向人鬻〔一〕。間逞豪興構新居，在在隙地任卜築。東鄰取土西鄰瓦，南鄰移石北鄰木。旬日之間慶落成，四鄰舊巢皆傾覆。加之警息朝夕傳，土著盡編入冊牘。晝不得耕夜不眠，執殳荷戈走僕僕。此地聚廬數百年，貧富相安無觳觫。自從惡客逼此處，丁壯老稚淚盈目。人言胡虜如長蛇，豈知惡客是短蝮？

【校勘記】

〔一〕「主屋」，李本作「主人」。

發塚

發塚復發塚，無數白骨委荒茸。高堂大厦密於鱗，更奪鬼區架柱栱。輪奂構成歌舞喧，夜深却聞鬼聲訩。此屋主人皆壯士，聞之恬然稀怖恐。壯士一去不復還，血濺原草無邱壟。生存華屋幾何時，俄見因果同一種。新鬼歸覓來故居，舊鬼揶揄笑且踊。

駱亦至將歸錦田，以詩告别，次韻送之〔一〕

雙眼欲穿亂未平〔二〕，忽話别離轉心驚。豈無王粲登樓賦，誰有鄭莊置驛情？轍魚望水只升斗，待激西江總不成。我亦蕭然多一身，肘見踵決甑生塵。平時不減壯士色，此日送君始恨貧。逃貧非難富亦易，美酒肥肉應能致。雖饑未肯食嗟來，仍留瘦骨待君至。

【校勘記】

〔一〕詩題，李本作「送駱亦至」，「亦至將歸錦田，以詩告别，次韻送之」作爲詩序。

〔二〕「眼」，李本作「目」。

眼孔篇

恒歎世人眼孔小，一飯睚眦大分曉。英雄眼孔如簸箕，感恩知己豈輕眇？貧者一飯艱一金，富者一飯等一針。若得一飯一般看，富兒容易買人心。馮驩慷慨歌長鋏，不使孟嘗券盈篋〔一〕。假饒收得債錢多，安得齊秦並震讋？美人頭謝躄者門，賓客從此歸平原。丈夫所重在意氣，白璧黄金安足論？財交恐與豕交埒，况復惜財如惜血。豚蹄盂酒祝篝車〔二〕，合祇淳于冠纓絶〔三〕。

【校勘記】

〔一〕「券盈篋」，李本作「券篋盈」。

〔二〕「篝」，李本作「筩」。

〔三〕「合」，李本作「車」。

拗歌

拗叟性拗好必天，天可必乎恐未然。若道天終不可必，何以今年異去年？去年争構連雲宅，去年争置膏腴田。去年二八娉婷女，明珠争買不論錢。得隴望蜀意未足，營謀最巧禍最先。良田廣宅皆易主，娉婷伴宿阿誰邊？狐死兔悲亦何益，後視今猶今視前。此翁留得記性在，雖無急性總無偏。轉禍爲福固有道，惟應刻刻念好還。人敢欺天天必怒，人解畏天天自憐。聽我長歌洩天秘，莫笑拗叟拗而顛。

哀烈歌，爲許初娘作〔一〕

哀矣乎，哀婦烈。烈婦之操霜比潔，烈婦之骨堅於鐵。烈婦之冤天地愁，鬼神環視皆泣血。幼承閨訓本儒風，長遵禮義無玷缺。結髮嫁得名家子，有志四方遠離別。別婿歸寧依父母，晨夕女紅忘疲苶〔二〕。世亂窮鄉靡安居，豪家攙入争巢穴。瞥見如花似玉人，多銜金珠買歡悦。不成歡悦反成嗔，羅敷有夫詞決絶。夜深豪客強相逼，拒户罵賊聲不輟。一時喧譁鄰里驚，客翻賴主勾盜竊。舉家拷掠無完膚，女呼父母從茲訣。我死必訴上帝知，莫患仇家怨不雪。千箠萬棓不乞憐〔三〕，甘心玉碎花摧折。哀矣乎，哀婦烈。夫婿歸來訟婦冤，婦冤不白夫縲絏。道路有口官不聞，半畏豪威半附熱。我欲伐下山頭十丈石，表章正氣勒碑碣。我欲磨礪匣中三尺劍，反縛凶人細磔剟。時當有待志未伸，慷慨歔欷歌一闋。哀矣乎，哀婦烈。

【校勘記】

〔一〕詩題，李本作「哀烈歌」，並注曰「爲許初娘作」。

〔二〕「茶」，李本作「荼」。
〔三〕「棓」，李本作「掊」。

【附】許初娘傳〔一〕

許氏初娘，後浦文衡女。美姿容，年十八，適陽翟陳京。京貧，順治十二年從軍去。初娘歸寧其父，父留焉。秋，大兵復晉江，安平諸豪携家止後浦，奪民廬居之。文衡宅分前後院，前院爲鄭泰家奴所據。鄭泰者，僞遵義侯鄭鳴駿兄，尤横暴，奴又泰心腹用事。初娘恐遭侮，啓文衡，扃其門，於屋後開户出入。一日，奴窺初娘美，以告泰子纘緒。纘緒故無賴，大悦，遣女奴致金珠，通殷勤，初娘拒之。纘緒度不可利誘，謀於奴，夜踰墻直抵其寢。初娘聞聲唤父，大呼有賊，鄰人皆緼火至，纘緒懼而逸。旦日，命僕毁垣裂笥報泰，言室亡金，訪盜由文衡引。旋拘文衡，考掠陷獄。纘緒遣人諷初娘曰：「若順我，父命可活；不則，並逮若。」初娘叱之，纘緒恚甚，紿母吕氏拘初娘至，初娘指吕駡曰：「爾子盜人妻不得，反誣人盜，真盜不若也。」吕怒以白泰，命諸惡奴叢擊之。初娘流血被體，厲聲曰：「鄭助，爾家横暴如此。我死當爲厲鬼，滅汝門。」助，泰小名也。泰益怒，踢之立死，尸無完膚。懼人見，出棺衾殮而瘞之。越數日，口語藉藉，泰始知纘緒謀命，釋文衡。已而京歸，控於官，鄰里畏泰，莫敢言。京坐誣，得重譴。尋呂見初娘來索命，暴卒。越二年，泰自縊死，纘緒爛喉死。

【校勘記】

〔一〕此文引自金門志卷一三列女傳烈婦。

番薯謡

番薯種自番邦來，功均粒食亦奇哉。島人充飱兼釀酒，奴視山藥與芋魁。根蔓莖葉皆可啖，歲凶直能救天災。奈何苦歲又苦兵，徧地薯空不留荄。島人泣訴主將前，反嗔細事浪喧豗。加之責罰罄其財，萬家饑死孰肯哀？嗚呼，萬家饑死孰肯哀？

【附】盧司馬惠朱薯賦謝〔一〕　沈光文

隔城遥望處，秋水正依依。煮石煙猶冷，乘桴人未歸。調饑思飽德，同餓喜分薇。舊德縈懷抱盧昔爲我郡兵憲，于兹更不違。

【校勘記】

〔一〕此詩引自臺灣府志卷二三藝文四。

驕兵

驕兵如驕子，雖養不可用。古之名將善用兵，甘苦皆與士卒共。假令識甘不識苦，將恩雖厚兵意縱〔一〕。兵心屢縱不復收，肺腸蛇蝎貌貔貅。嚼我膏血堪醉飽，焉用捨死敵是求。

【校勘記】

〔一〕「兵意」，李本作「兵心」。

疑猜

盟誓變爲交質子，春秋戰國風如此。末世上下相疑猜，更質妻子防逃徙。此法只可羈庸奴，若遇梟雄術窮矣。妻可再娶子再育，安能長坐針氈裏？我贈一法君記存，推心置腹人知恩。衆人畜之衆人報，幾個國士在君門？

腐儒吟

藏舟於壑夜半走，藏珠於腹珠在否？大凡有藏必有亡，幸我身外毫無有。我本海濱一腐儒，平生志與温飽殊。蹇遭百六害氣集，荏苒廿年國恩辜。未忘報國棲荒島，跕慎嫌疑不草草。逢人休恨眼無青，覽鏡自憐髮已皓。髮短心長欲問天，祖德宗功合緜延。二十四郡有義士，普天率土豈寂然？天定勝人良可必，孤臣夢夾虞淵日。西山薇蕨採未空，夷齊安忍軀命畢？

市人行

富貴之門市人多，貧賤之門雀可羅。達人自覺心如水，貧賤富貴皆爾耳。烏雀兮何憎，市人兮何喜？市人朝暮頻往來，側肩掉臂逐飛埃。翟公若能早擇客，安用署門謝客回？

抱兒行

健卒徑入民家住，雞犬不存誰敢怒？三歲幼兒夜啼饑，天明隨翁採薯芋。採未盈筐翁未歸，兒先歸來與卒遇。抱兒將鬻遠鄉去，手持餅餌誘兒哺。兒擲餅餌呼爹娘，大聲哭泣淚如雨。鄰人見之摧肝腸，勸卒抱歸還其嫗。嫗具酒食爲卒謝，食罷咆哮更索賂。倘惜數金贖兒身，兒身難將銅鐵錮。此語傳聞徧諸村，家家相戒謹晨昏。骨肉難甘生別離，莫遣幼兒亂出門。

行路難（有序）

白樂天歌云：「行路難，不在水，不在山，祇在人情反覆間。」余翻其語，使樂天今日見之，當不以爲刻耳。

行路難，不待人情反覆間。人情有正方有反，有仰方有覆。當其未反未覆時，尚覺彼此兩相關。如今人情首尾都險絶，安有正反仰覆之二端？呼天談節俠，指水結盟壇。芬芳可以佩，甘美可以餐。此時蜜中已藏劍〔一〕，豈有肝膽許所歡？吁嗟乎，吾不能如鹿豕之蠢、木石之頑，安能與人無往還？往還未竟凶隙成，閉門静坐不得安。行路難，念之使人心膽寒。

【校勘記】

〔一〕「蜜」，李本作「密」。

田婦泣

海上聚兵歲月長，比來各各置妻房。去年只苦兵丁暴，今年兼苦兵婦強。兵婦群行掠蔬穀，田婦泣訴遭撻傷。更誣田婦相剥奪，責償簪珥及衣裳。薄資估盡未肯去，趣具雞黍進酒漿〔一〕。兵婦醉飽方出門，田婦泣對夫婿商。有田力耕不得食，不如棄去事戎行。

【校勘記】

〔一〕「進酒漿」，文獻本作「通酒漿」，據李本改。

唾面

唾面拭之逆人意，不拭笑受人亦忌。謂怒常情笑不測，曲曲揣我心中事。當其揣我我已危，我心虚舟知者誰？祇宜匿影深林裏，莫將此面與人窺。不見我面自不唾，感君此意頻道破屢有諷余巖棲者。可憐骨肉都不關，單單躲下面一個。

南洋賊

可恨南洋賊，爾在南，我在北。何事年年相侵逼，戕我商漁不休息？天厭爾虐今爲俘，駢首疊軀受誅殛。賊亦諱不慙，爾在北，我在南。屢搗我巢飽爾貪，擄我妻女殺我男。我呼爾賊爾不應，爾駡我賊我何堪？噫嘻，晚矣乎，南洋之水衣帶邇，防微杜漸疎於始。爲虺爲蛇勢既成，互相屠戮何時已？我願仁人大發好生心，招彼飛鴞食桑椹。

烏鬼

烏鬼烏肉烏骨骼，鬒髮旋捲雙眼碧。慣没鹹水啖魚蝦〔一〕，腥臊直觸人鼻嗌。汎海商夷掠將來，逼令火食充厮役。輾轉鬻入中華土，得居時貴之肘腋。出則驅辟道上人，入則誰何門前客〔二〕。濟濟衣冠誤經過，翩翩車蓋遭裂擘。此輩殊無驍勇材〔三〕，不任戰鬥揮戈戟。獨以猙獰鬼狀貌，使人見之自辟易。厚糈豢養作爪牙，威嚴遂與世人隔。如此威嚴真可畏〔四〕，棄人用鬼亦可惜。

【校勘記】

〔一〕「没」，李本作「吸」。

〔二〕「誰何」，李本作「譙呵」。

〔三〕「饒勇」，李本作「驍勇」。

〔四〕「真」，李本作「良」。

海東屯卒歌

故鄉無粥饘，來墾海東田。海東野牛未馴習，三人驅之兩人牽。驅之不前牽不直，債轅破犁跳如織。使我一鋤翻一土，一尺兩尺已乏力。那知草根數尺深，揮鋤終日不得息。除草一年草不荒，教牛一年牛不狂。今年成田明年種，明年自不費官糧。如今官糧不充腹，嚴令刻期食新穀。新穀何曾種一莖，饑死海東無人哭。

馬語

士卒方閒暇〔一〕，清野窮晝夜。獨有嚴令下，牧馬禁傷稼。均是百姓之膏脂，士飽欲死馬偏饑。民謂縱士梠我腹〔二〕，馬謂借我塗民目。民聲偯，馬語誹。誰解者，陽翁偉。

【校勘記】

〔一〕「士卒」，李本作「士率」。

〔二〕「腹」，李本作「腸」。

石尤風

石尤風，吹捲海雲如轉蓬。連艘載米一萬石，巨浪打頭不得東。東征將士饑欲死，西望糧船來不駛。再遭石尤阻幾程，索我枯魚之肆矣。噫吁嚱，人生慘毒莫如饑。沿海生靈慘毒偏，今日也教將士知。

長蛇篇

聞道海東之蛇百尋長，阿誰曾向蛇身量。蛇身伏藏不可見，來時但覺勃窣腥風颸。人馬不能盈其吻，牛車安足礙其肮?鎧甲劍矛諸銅鐵，嚼之糜碎似兔麞。遥傳此語疑虚誕，取證前事亦尋常。君不見巴蛇瘞骨成邱岡，岳陽羿迹未銷亡。當時洞庭已有此異物，況於萬古閉塞之夷荒。夷荒久作長蛇窟，技非神羿孰能傷？天地不絕此種類，人來争之犯不祥。往往活葬長蛇腹，何不翩然還故鄉？

殉衣篇，爲許爾繩妻洪氏作〔一〕

妾爲君家數月婦，君輕別妾出門走。從軍遠涉大海東，向妾叮嚀代將母。妾事姑嫜如事君，操作承歡毫不苟。驚聞海東水土惡，征人疾疫十而九。猶望遥傳事未真，豈意君訃播人口？茫茫白浪拍天浮，誰爲負骨歸邱首？君骨不歸君衣存，攬衣招魂君知否？妾惟一死堪報君，那能隨姑長織罶〔二〕？死怨君骨不同埋，死願君衣永相守。骨可灰兮怨不灰，衣可朽兮願不朽。妾怨妾願只如此，節烈聲名妾何有？

【校勘記】

〔一〕詩題，李本作「殉衣篇」，並注曰「爲許爾繩妻洪氏作」。

〔二〕「罶」，李本作「留」。

【附】洪氏傳〔一〕

洪氏和娘，烈嶼青崎人。後浦許元妻。年十九于歸，善事寡姑。甫半載，元從戎東征，爲偏裨記室，客死。訃至，適歸寧，泣與父母訣。歸見姑，將死，姑以夫訃未真慰之。既得確耗，慟屢絶。顧姑防甚密，則強爲笑語以懈之。日對靈几低聲細祝，夜則自治殮服。一日，姑往園中，遂乘間沐浴服新衣，襲以夫遺衣，襲不盡者，束而負之背，示欲殮殉意。以羅巾自縊，面色如生。年二十。

【校勘記】

〔一〕此文引自金門志卷一三列女傳烈婦。洪和娘事跡，盧若騰所撰浯洲節烈傳亦有載録。

石丈

石丈石丈，何不化形輕舉便來往？呼之即行叱即止，推之即下引即上。爲山爲塢爲亭臺，豪家頤指給欣賞。胡爲月費千夫力〔一〕，長途輦運飛塵坱。金谷平泉不讓奢，役人豈惜千萬鏹？可憐青青𪎊麥田，邪許聲中成腐壞〔二〕。石丈過處田父哭，誰能聞之不痛癢？方知此石真頑物，虛説爲怪夔蝄蜽〔三〕。

【校勘記】

〔一〕「月」，李本作「日」。
〔二〕「壞」，李本作「壤」。
〔三〕「夔」，李本作「變」。

哀漁父

哀哉漁父性命輕，扁舟似葉汎滄瀛。釣絲垂下收未盡，颶風乍起浪縱橫。月落天昏迷南北〔一〕，衝濤觸石飽鯢鯨。是時正值歲除夜，家家聚首酣酒炙。惟有漁父去不歸，妻子終宵憂且訝。元旦江頭問歸舟，方知覆溺葬東流。二十餘舟百餘命，妻靠誰養子誰收？人言島上希殺掠，隔斷胡馬賴海若。那料海若漸不仁，一年幾度風波惡。風波之惡可奈何，島上漁父已無多。

【校勘記】

〔一〕「月」，李本作「日」。

鬼鳥（有序）〔一〕

洪興佐，世家戚也。性本凶暴，兼倚勢作威，屢以小過殺婢僕。來寓浯之後洲村，村民偏受毒虐。婢新兒觸怒，搒掠無完膚〔二〕，復縛投深潭，溺而殺之，裸瘞沙中。踰年，興佐病，吐血垂危〔三〕。有鳥花色短尾，紅目長嘴，厥狀殊異，來宿興佐屋後樹間〔四〕，更不他適。興佐病久，燥火愈熾，求睡不得，而鳥日夜嘲哳聒擾之〔五〕。已徑升其堂，視興佐，皷翼伸爪作啄攫狀，發矢放彈擊之，終莫能中。時有巫能視鬼，召令視之。巫作鬼言曰：「吾新兒也，枉死不瞑，今化爲鳥，索命耳。」於是家人呼新兒，則鳥隨聲而應，興佐始惶懼禱祝。鳥去三日，而興佐死，死之日，即去年殺婢之日也。村民轉相傳述，謂死者有知，人不可妄殺。余聞而悲之，亦快之，作鬼鳥詩。歲壬寅三月。

鬼鳥鬼鳥聲何悲，非鴉非鵬又非鴟〔六〕。何處飛來宿村樹，晨昏噪聒不暫移。忽復飛入病人屋，跳躍庭中啾啾哭。病人扶向堂前看，張嘴直欲啄其肉。群將矢石驅逐之〔七〕，宛轉迴翔無觳觫。假口神巫説冤情，舉家驚呼故婢名。鬼鳥應聲前相訝，似訴胸中大不平。病人惶恐對鳥祝，我願戒殺爾超生。鬼鳥飛去只三日，病人殘喘奄奄畢。知是冤魂怨恨深，拽赴冥司仔細質。年來人命輕鴻毛，動遭磔剮如牲牢。安得化成鬼鳥千萬億，聲聲叫止殺人刀。

【校勘記】

〔一〕詩題，李本作「鬼鳥篇」。「有序」二字，李本無。

〔二〕「搒」，李本作「榜」。

〔三〕「吐」，李本作「咯」。

〔四〕「宿」，李本作「棲」。

〔五〕「哳」，李本作「晣」。

〔六〕「鵬」，李本作「鵬」。

〔七〕「逐之」，李本作「逐去」。

泰山高

壬寅仲夏壽魯王。

泰山高，群嶽之長帝所褒。眷來烟霧相虧蔽〔一〕，叢薄時聞狐虎嗥〔二〕。風景一至朱明盛，碧空澄霽妖獸逃。五十餘盤天孫座，俯臨萬象見秋毫。十洲三島在咫尺，召集仙人奏雲璈。仙人手酌流霞杯，薦以三千度索桃。桃花桃子開又結，泰山之高高莫埒。

【校勘記】

〔一〕「眷來」，李本作「春來」。

〔二〕「狐虎」，李本作「狼虎」。

葉茂林（有序）

葉茂林，晉江張維機之僕也。甲申三月，闖賊入京師，先帝殉難。賊令京官盡赴點名，不至者斬。維機時爲宫詹，年七十餘矣。其僕曰：「主年高而位尊，宜早自引決，以全君臣之義，豈可逐隊謁賊，爲天下萬世羞？」不聽，竟爲賊械繫拷掠，勒索賂金。至縫皮箍其首，而以木杙插之，痛楚萬狀。僕不勝悲憤曰：「不聽某言，致此戮辱，請先主死，願主決計。」遂奪賊刀自刎。維機贓私狼藉，飽賊所須，得全殘喘。虜至賊遁，南人踉蹌逃還，僅以身免爲幸。而維機尚運數千金抵家。蓋素多智數，危難中猶能與財相終始也〔一〕。歸又數年，方病死，愧其僕多矣。每詢此僕姓名，未有知者。壬寅七月入鷺門〔二〕，飲馮參軍家，其庖人能言京師甲申三月事，蓋當時事維機在京者，因言義僕姓葉名茂林云。作此弔之。

葉茂林，報主頸血怨主心，心心愛主翻成怨，爲主不死辱更深。慷慨刎喉先主死，焉能視主湯火燖？嗟哉纍纍若若輩，身濡鮮血獻黄金〔三〕。緩死須臾竟死矣，遺臭萬年詎可任？惟有茂林終不死，長使忠義發哀吟。

【校勘記】

〔一〕「相」，李本無此字。

〔二〕「七」，文獻本作□，後括注「七」字之疑，李本徑作「七」，據補。

〔三〕「黄金」，李本作「萬金」。

暴客行壬寅九月初五日夜

青燈熒熒照讀書，暴客惠然入吾廬。吾廬蕭索何所有，兩篋敝衣盡贈渠。主人不怒客不喜，一場得失僅爾耳。人言廉士只虛聲，今日幸有君知己。按劍相盼戲耶真，我本非君之仇人。

【補録】〔一〕

【校勘記】

〔一〕以下諸篇「七言古」，島噫詩未收，今據李本留庵詩文集補。

築埭〔一〕

築埭復築埭，捍海成田自宋代。梁相不壅潮汐道浯州後浦埭始於宋相梁克家。桑田豐熟四百載。後人吞海畫地利，更築長堤作外塞。海若忿怒頻思泄，虎侯助決之其礙。戊子歲〔二〕，興寧侯楊耿勒餉不遂，決堤淹田。水口瀦爲蛟龍宫，不可揭厲色如黛。壬辰以後八年間，畚鍤如雲築者再。雖有木石縱横填，外堅中瑕勢易潰。糜費金錢不可稽，履畝而征誰敢喙？我有荒田十餘畝，捐以贈人人不愛。剜却心肉塞追呼，斥鹵依然拒鋤耒。懸知來歲秋濤發，射潮無人堤岸碎。古蹟復之堪永逸，幸聽金言勿憒憒。

【校勘記】

〔一〕盧若騰另撰有修築後浦埭議一文（詳後留庵文輯雜文），可相互參考。

〔二〕「戊子歲」，二〇〇七年續修金門縣志兵事志、繹史、許氏家譜均作「丁亥年」。

輓鄭定國

公薨之日，所乘馬先悲鳴跳躍而死。

公昔讀書破萬卷，多得英分神斷剸。兩榜科名稱得人，文足經邦武定變。邊陲敭歷露一班，老宿見之經百鍊。便擬冰成葉河舟，等閒霧浄天山箭。北都傾後南都傾，大江鏖戰虜憚名。倉皇途次識真主，手扶赤日奠福京。四方翕然奉正朔，倚公一門作長城。厄運纏綿忠計詘，東南半壁一擲輕。天崩地坼心無改，叔侄義旌蔽閩海。一時忠義靉雲屯，南連粤中皆營壘。緊余有臂僅如螳，亦附同舟相欸乃。江右代北遠聞風，飛檄横戈耀鍪鎧。天子特嘉首義勳，雲台位次懸相待。天未悔禍事參差，往往幾成忽復隳。亦有三表五餌策，狡奴之狡未可縻。一紀尚睎陵京夢，公每念及憤且悲。痛飲求醉憂難寫，長歌當哭血欲灑。陰陽遂乘七情傷，赤星芒冉隕城下。三呼過河不及家，指揮步伍更索馬。馬受豢養戀主恩，知主欲行先候門。載公直抵黄龍府，磔盡蠢逆腥臊魂。生事未了死方了，正氣浩然萬刼存。國家養士三百載，云胡目擊此乾坤。誰能媿公復媿馬，有恩不報節不敦。嗚呼，有恩宜報節宜敦，我哭公兮白晝昏。

贈吴貞甫

貞甫忽然有悟，祝髮爲僧，歌以贈之。

島上相從多歲月，辛苦爲爭數莖髮。盡道有髮便有心，誰知髮長心轉滑？人人靡艾收灌鄗，個個夷齊採薇蕨。美鬈隊裹誇二天，高髻城中透三窟。心不如髮但如面，俄見同舟分胡越。羊因挾筴讀書亡，家以大儒詩禮發。髮乎髮乎，旌爾之功罪不掩，數爾之罪功不没。爲功爲罪髮何知，截髮之人自鶻突。吾愛吴生氣岸高硉矶，轗軻亂世遭齮齕，忽悟此身似幻泡，削落鬚鬢尋休歇。猛力脱離生龜筒，慧眸照破乾屎橛。恩怨功罪了無關，那有怪事旁咄咄？從今唤作自明僧魯王賜號「自明」，自明無明莫恍惚。纏縛盡解得真如，定應頭痛撫頂骨。

神霧

辛卯三月朔，胡騎蹂禾山。雖飽未颺去，迴指滄浯灣。滄浯不可到，糢糊煙靄間。援兵次第集，神霧始飛還。當時水師盡入粤，倉卒一矢無人發。若非螣蛇挾霧遊，全島生靈化白骨。歲歲給軍民力空，臨危偏藉神霧功。安得學成張楷裴優之奇術，晏然高卧孤島中。

嗔羊山

羊山之羊不可捕，捕之往往逢神怒。我聞古昔有神羊，觝觸能令奸邪怖。此山此羊即稱神，云胡降罰有差誤。八月水天一色青，我師北伐山下渡。乘風揚帆疾於箭，帆影咫尺三沙樹。黑雲一片起東北，倏忽昏霾轉狂颯。浪湧濤翻島嶼没，蛟螭跳躍天吴鶩。大艘小艇碎似萍，争歸魚腹作丘墓。傷哉虜亂十五年，仗義之師幾處聚。東南惟我一軍張，舳艫連咽士如雨。戈矛劍戟耀日光，條條悉出歐冶鑄。神機巨砲相續發，霹靂萬聲四塞霧。健兒渾身鐵包裹，不數犀兕六七屬。以此制敵罔不摧，人盡快心神曷妬。長年三老股栗言，此變百年希一遇。多因饞卒輕食羊，牲幣雖虔神其吐。又不吁嗟此説是耶非，一沉萬命豈細故。君不見王閎斫水罵子胥，錢塘之潮平如布。又不見陳茂拔劍叱水府，交海龍王驚失措。自古精神格鬼神，不信羊山獨不悟。我舟雖壞可再造，我卒雖溺可再募。沿海物力任搜羅，桑榆之收在旦暮。誓竭忠誠洗腥羶，鼓行而前無退步。來歲春盡南風駛，搜船重回羊山路。羊山之神不效靈，蠢爾妖邪何足懼。直須屠盡山中羊，一軍人人恣飽哺。

金陵城

金陵城，秦漢以來幾戰争。戰勝攻取有難易，未聞不假十萬兵。閩南義旅今最勁，連年破虜無堅營。貔貅三萬絶鯨海，直泝大江不留行。瓜步丹徒鏖戰下，江南列郡並震驚。龍盤虎踞古都會，佇看開門夾道迎。一朝胡騎如雲合，百戰雄師塗地傾。金陵城，城下未歇酣歌聲，蘆葦叢中亂屍横。咫尺孝陵無人拜，人意參差天意更。單咎不能知彼己，猶是常談老書生。

澎湖文石歌

茫茫元氣虛空鼓，長波汗漫蛟龍舞。忽然蓬萊失左股，幻結澎湖護仙府。秀靈磅礴孕扶輿，滄桑閱歷成今古。遂有寶氣磨青蒼，知星奎星墮紗緒。雷電追取勅神丁，冰霜琱鏤運鬼斧。合則成璧分如珪，圓成應規方就矩。蘚斑隱躍清璘璘，螺文屈曲旋楚楚。或如端溪鴝鴿眼，或如炎州翡翠羽。蒼然古色露精堅，秀絶清安工媚嫵。几案有時烟雲供，光怪猶作蛟龍吐。底用珊瑚採鐵網，那復夜光誇懸圃？我來海外搜奇材，誰料眼中盡塵土？塵土塵土何足數，此石奠共匣劍處。惟恐神物不自主，夜半飛騰作風雨。

三、五言律

門人林壽侯、升甫昆仲招遊大巖雲塔院有賦

偶移遊客屐，來過野僧寮。山是舊清淨，地多新賦徭。戰風千樹葉，催雨五更潮。無限感時緒，暫將杯酒澆。

次韻答駱亦至〔一〕

亦至，義士也。去而爲僧，志行之苦極矣。渡海訪余，有詩見贈，次韻酬之。〔二〕

茅齋來勝友，如挹古人風。苦節死生外，孤蹤儒釋中。無詩不愛國，有策足平戎〔三〕。知爾懷悲憤，逃空未得空。

【校勘記】

〔一〕詩題，李本作「次韻酬駱亦至」。

〔二〕此序，文獻本無，據李本補。

〔三〕「足」，李本作「可」。

蔡生過我即别

契闊十年許，蛩然到我旁。話心猶未了，遊興一何忙。贈卷留冰雪〔一〕，驅車去草堂。那堪遥訂約，隔歲望來航。

【校勘記】

〔一〕「留」，李本作「毗」。

次韻答莊友

相逢大亂際，頓覺話言新。悲甚古興廢，恥隨人笑嚬。詩文窮愈富，氣誼離偏親。未許漁樵輩，伴君去避秦。

贈鷺門林烈宇，次徐闇公韻（二首）〔一〕

其一

虎谿曾眺望，蚤識此翁賢〔二〕。勒石巖棲跡，懸壺市隱年。奇方能卻老，好句或堪傳。茗椀静相對，煩襟一灑然。

【校勘記】

〔一〕「二首」及下文「其一」，文獻本、李本均無，爲點校者所補。

〔二〕「蚤」，文獻本作「早」，據李本改。

其二

際茲衰且亂，愛爾隱而賢。藜杖收佳句，棠巢飲小年。君公形影近，韓伯姓名傳。但得棲真意，市廛亦曠然〔一〕。

【校勘記】

〔一〕「廛」，李本作「塵」。

魯王將入粵，賜詩留別，次韻奉和〔一〕

恥作池中物，春風護去檣。身原關治亂，跡不礙行藏。碧水連雲駛，丹心向日將。翠華今漸近，攀附即飛翔。

【校勘記】

〔一〕「奉和」，李本作「奉呈」。

浯中佳泉，蟹眼、將軍與華巖而三耳。華巖地僻名隱，偶過淪茗，賦以表之〔一〕

石罅流涓涓，幽香自可憐。未經嘗七椀，幾失第三泉。跡古僧銘在，源深海眼傳。冷然逢夙契，欲去更流連。

【校勘記】

〔一〕詩題，李本作「華巖泉」，此詩題作爲序。另盧若騰撰有浯洲四泉記一文（詳後留庵文輯記），可相互參考。

舊馬過門

別去經春夏，偶然過我門。望中生急步，立久轉悲喧。不怨貧相失，長懷舊有恩。人情多愧爾，惆悵更何言。

秋日庚子答時人〔一〕

四序雖流轉〔二〕，曠觀理自同〔三〕。金行露欲白，火德日猶紅。蛩韻喧堦下，螢光閃草中。惟應松與柏，不肯畏秋風。

【校勘記】

〔一〕「秋日庚子」，李本作「庚子秋日」。

〔二〕「四序」，李本作「四時」。

〔三〕「觀」，李本作「視」。

夜寒〔一〕

霜月太淒清，不聞風葉聲。愁多追淺夢，影瘦照寒檠。青史信疑案，碧翁顛倒情〔二〕。駁翻殊未解，啁哳桀雞鳴。

【校勘記】

〔一〕詩題，李本作「寒夜」。

〔二〕「翁」，李本作「公」。

將士妻妾汎海，遇風不任眩嘔，自溺死者數人，作此哀之〔一〕

少婦登舟去，風濤不可支。眩眸逢蝄蜽，艷質嫁蛟螭。盡室爲遷客，招魂復望誰？化成精衛鳥，填海有餘悲。

【校勘記】

〔一〕詩題，李本作「哀溺海」，此詩題作爲序。

戲效疊字體（其四）〔一〕

隱隱藏春塢，明明映水霞。一聲聲語鳥，萬朵朵飛花。酒茗朝朝館，笙歌夜夜衙。誰知愁怨築，户户又家家。

【校勘記】

〔一〕「其四」二字，李本無。

留雲洞，次前人刻石韻〔一〕

雲是何方物，任人説去留。靈蹤波共渺，静意石相猶。世事棼難定，勞生老未休。偶來空洞坐，寥廓得真遊。

【校勘記】

〔一〕「韻」上，李本無「石」字。

【補録】〔一〕

【校勘記】

〔一〕以下諸篇「五言律」，島噫詩未收，今據李本留庵詩文集補。

哭許雲衢、夢梁二庠友遇害

己巳年七月初五日，海寇李魁奇破後浦土堡，殺數百人。

不識桃源路，竟逢草澤氛。干戈曠代變，玉石同時焚。血化城頭碧，愁連海角雲。哭君還仰笑，天道總紛紜。

乙亥九日，偕諸同社登嘯臥亭，還飲寶月庵題壁

海峰高絶處，偏愛路逶迤。地僻無雞犬，秋深老薜蘿。亭供嘯臥闊，社結清狂多。不待白衣送，醵尊定放歌。

過華巖庵遇雨夜宿

遂有今宵聚，真成冒雨來。山眉濃淡出，佛舌廣長開。望共三農畏，懽兼賢主陪。爲貪窮勝地，此興未堪裁。

壬午季秋之浙海，黄河曉發，次黄泰階韻

曉發黄河曲，蓬窗月正明。勞人圓枕覺，貧宦小舠輕。隔夜風雲態，近村雞犬聲。怒濤憑偶爾，夷險適吾情。

許毓江自朝陽歸，過丹詔賦別

蹤跡皆萍梗，君歸我亦忙。頭因歧路白，葉見此山黃。兵革三秋淚，琴書四海囊。行行重握手，日落森林旁。

丹詔別陳錫爾

共作歲寒客，歸思不可闌。霜花迎劍碎，別恨逐旌蟠。雙鯉經年約，一杯昨夜歡。那堪日暮處，雲水盡悲酸。

乙酉春日病中，友人招憩寶月庵，即席次舊韻

避病來孤寺，追隨曲徑過。寶光浮月嶼，春色到烟蘿。別久談宜劇，情深酒且多。日曛興未盡，倚聽漁人歌。

贈達宗上人

達宗上人，建安伯春宇萬公之弟，原住長林寺。春宇萬公即萬禮，原姓張名要，平和小

溪人。崇禎間，鄉紳肆虐，百姓苦之，衆謀結同心，以萬爲姓，推要爲首，率衆距二都。至永曆三年，歸鄭國姓，永曆封爲建安伯。

君家兩俊傑，異道却相謀。以爾津梁法，爲人幃幄籌。心惟存選佛，骨不羨封侯。軍旅喧闐處，長林未改幽。

次韻和興安王傷亂（四首）

其一

自泣新亭後，經營負所期。風聲驚漸改，歲月去如馳。呼我馬牛皂，望人熊虎旗。偷生成底事，懊悔轉增悲。

其二

忍云袖手是，坎壈百難禁。藏石宋人眼，敝軒秦士心。風波生近浦，霧雨集孤岑。何以支晨夕，占晴又卜陰。

其三

浮家雖浄土，措足總荒榛。癩啞妻難識，迂疏友不親。乞師迷去路，蕃馬愧前身。嘗恐雲臺上，芳蹤獨古人。

其四

萋萋春草長，蹇蹇王孫遊。四顧無同澤，何方隱一丘？天應終不醉，俗豈暫堪儔？我亦多愁者，相逢畏説愁。

即韻奉和魯王初伏喜雨

神龍乍致雨，初伏送新凉。潤得風雲助，甘生草木香。黄埃袪宿霧，白晝沐晨光。因悟化工妙，及時澤自長。

送人之臺灣

臺灣萬里外，此際事紛紜。物力耕漁裕，兵威戰伐勤。水低多見日，涯遠欲無雲。指顧華夷合，歸來動聽聞。

寄門人戴某時在臺灣。

憐子經年別，遠遊良苦辛。定交多俠客，流恨託波臣。厭亂人情劇，亡胡天意新。從戎舊有約，莫待魚書頻。

四、七言律

哭熊雨殷老師

出師未捷事蹉跎，胡越舟中俄反戈。爲喜音跫鼪鼬徑，終悲血灑鱷鯨窩。劉琨誤殺冤猶薄，孟玖讒成恨不磨〔一〕。搆禍者，閹人李輔國。剩得同山畏壘在，遺黎幾度哭經過。

【校勘記】

〔一〕「孟玖」，李本作「孟枚」。

同沈復齋、黃石庵、張希文遊萬石巖，次壁間韻

憂亂愁懷鎖未開，偶攜勝友上高臺。層層寺向雲霄出，片片花從水石來。身世寄將洞口棹，道心清似雪中梅。何時便作太平逸，長此茗甌又酒杯。

仲秋初登太武巖，次蔡發吾韻〔一〕

奇觀十二豈虛哉，衰亂誰珍能賦才〔二〕？興到狂歌頻看劍，人來載酒且銜杯。夜闌獨伴雞聲舞，曉望何多蜃氣臺。弧矢半生成底事，可堪白髮鬢邊催〔三〕。

【校勘記】

〔一〕詩題，李本作「庚寅仲秋初度登太武巖，次蔡發吾前輩韻」。

〔二〕「衰亂」，李本作「喪亂」。

〔三〕「催」，李本作「摧」。

【附】九日登太武巖〔一〕　蔡守愚

縹緲之峰亦壯哉，登臨況復有群才。十年馳騁餘雙眼，萬事浮沈共一杯。日照山嵐飛錦繡，雲收海氣起樓臺。與君重約知何日，爲報昏鐘且莫催。

【校勘記】

〔一〕此詩引自金門志卷一四藝文志詩。

哭曾二雲師相閣部諱櫻。

峻嶒品望著朝端，一木獨支顛厦難。誤倚田横棲海島，忍看胡馬渡江干〔一〕。何曾先去爲民望，虜尚未渡海〔二〕，中左守將鄭芝莞先運貲入舟爲逃計，人心大摇，去不可止。師相姑遣家眷出城，而自誓必死，芝莞反出示自解曰：「曾閣部先去，以爲民望。」惟有舍生取義安。慙愧不才蒙寄託，展覩遺札涕汍瀾。

【校勘記】

〔一〕「胡馬」，李本作「塞馬」。

〔二〕「尚」上，李本有「兵」字。

重遊萬石巖，次舊韻〔一〕

山靈應喜混沌開，絶頂新成縹緲臺。歷落人烟堪指數，微茫海市欲飛來。石峰競簇參差筍，泉溜長濺不謝梅。到此幽奇看未足，僧雛何事促傳杯？

【校勘記】

〔一〕「次」，李本作「緣」。

林子濩別後見懷寄詩，次韻酬之，用相勉勵「共保歲寒」（二首）〔一〕

其一

俠氣稜稜露筆端，十年不放愁腸寬。談來千古心逾壯，別去孤舟興未闌。車笠已盟新雉坫〔二〕，鼎鐘須憶舊漁竿。太元新論並傳世，難掩低昂楊與桓。

【校勘記】

〔一〕詩題，李本作「次韻酬林子濩」，此詩題作爲序。「二首」及下文「其一」，據李本補。

〔二〕「坫」，李本作「堞」。

其二

依然碧水與青山，城郭人民改昔顏。畏爾後生如鶴立，慙余疎拙伴鷗閒。文章字字關倫理，寤寐時時可往還。識得安身立命處，何妨辛苦寄人間。

再贈林子濩，用前韻

人情太似石尤風，偏向急程阻去篷。鍾釜誰聆百步外，淄澠未辨一杯中。雲迷碧海魚龍醉，國在華胥蝴蝶通。時得同心相慰藉，滿腔愁緒散空濛。

次韻答卞生（其二）〔一〕

波中寶鼎棘中駝，風景令人感恨多。須信天心能轉換，可堪世事尚蹉跎。憐君元豹深霧隱，老我白駒迅隙過。一段襟期相領略，不虛聚首此山阿。

【校勘記】

〔一〕「其二」二字，李本無。

次韻答莊伏之

何處穩棲一畝宮〔一〕，腥羶未洗怒群雄。綱常全賴好男子，名譽半歸亡是公。破屋琴書風瑟瑟，空山薇蕨雨濛濛。知君不是耽枯寂，成敗興衰慧眼中。

【校勘記】

〔一〕「穩」，李本作「隱」。

莊伏之以詩贈别，次韻酬之

高士逸棲烟與霞〔一〕，我來幸接掛星槎。鍾山良玉炊難變，鮫室素綃染未加。已識淡交心似水，兼饒佳句筆生花。亂離悵爾音徽隔，頻望飛鴻到海涯。

【校勘記】

〔一〕「逸」，李本作「隱」。

莊伏之夢余相過，作詩見寄，次韻答之

山烟海霧黯無邊，久矣津梁望杳然。髀肉復生悲我老，身名不辱憶君賢。偏於幻夢存真契，更以長懷託短牋。讀罷新詩增慨恨，掀髯抵掌是何年〔一〕？

【校勘記】

〔一〕「抵」，原本作「抵」，應爲形訛，徑改。

過曷山舊隱，贈諸門人繼隱其中者

憶昔龍蛇此蟄身，重來爽氣拭秋旻。澗泉曲遶新門户，山鳥争呼舊主人。削玉石峰奇作丈，凌霜松樹老爲鄰。已聞逐鹿高才出，莫向桃源久避秦。

送曾屺望歸豫章二雲師相長公。〔一〕

誰云異姓不同根，曾立君家深雪門。節義文章神作合，死生患難道長存。饑寒十

口天邊路，風雨孤墳海上邨師相死難，權厝死島〔二〕。憐爾還鄉仍旅寓，幾人心事細相論。

【校勘記】

〔一〕此段注文，李本無。

〔二〕「死島」，李本作「浯島」。

次韻答達宗上人

憶昔相逢臭味親，誰分德士宰官身？遭時翳景蒼天醉，老我繁霜白髮新。喪亂傷心空有淚，淒涼説法向何人？開椷喜接舊朋侶，偈語傳來字字真。

己亥元旦喜雨

一年舊緒夢中刪，侵曉簷前新水潺。旱魃潛蹤隨臘去，雨師灑道迓春還。洗兵應識天心切，潤稼漸紓民力艱。童叟懽呼今歲好，三杯婪尾亦開顔。

庚子元旦（二首）〔一〕

其一

庚子生來花甲勻，今朝庚子又回春。輪翻歲月催人老，鼎沸乾坤值我貧。清濁案中防別案，菀枯身外覓真身〔二〕。黃金青史都無用，惟有靈明足自珍。

【校勘記】

〔一〕「二首」及下文「其一」，文獻本無，據李本補。

〔二〕「菀枯」，李本作「榮枯」。

其二

鬢髮星星白欲勻，懶隨里社慶新春。拙招俗擯終須拙，貧畏人知故未貧。蝸角厭觀蠻觸國，蝶魂忘記牧君身。老莊大易一般旨，羞學小儒席上珍。

太文巖貴人設醮

謾言報應事紛紜，早白到頭終自分。每恨無人誅國賊，今知有腹負將軍其人患腹脹殊劇。鬼神懺偏皆供案，牲幣陳空總穢聞。驚聽奏章道士説，熊公訴帝怒如焚。

辛丑仲夏，恭賀魯王千秋

瞻望壽星光陸離，岱宗祥靄亘天池。神呵十斛丹砂鼎，客醉千年白玉巵。鶴背吹笙來子晉，螭頭獻藥集安期。謾言好道非雄略，潛見躍飛貴及時。

辛丑仲秋初度，王孟鄰茂才以詩寄贈，次韻答之

不羨道家丹訣精，秋來剩得影衾清。年華荏苒隨流水，世態紛紜任沸羹。未死猶期天寤醉，雖貧莫與命爭衡。昔人風月思元度，我亦懷君同此情。

辛丑春，重建太武海印巖，其秋落成矣。冬閏，洪鐘特姻丈招同王愧兩、諸葛士年來遊，次蔡清憲舊韻〔一〕

勝賞雖遲猶小春，同遊況復有芳鄰。不深花木枝枝秀，無大洞天曲曲新。泉故噴香供茗客〔二〕，石爭呈面訪詩人〔三〕。雨奇晴好都經眼〔四〕，澆盡世間萬斛塵。

【校勘記】

〔一〕詩題，李本作「遊太武巖」，此詩題作爲序，文字略有不同：「辛丑春，重建海印巖，其秋落成矣。冬閏，洪鐘特姻丈招同王愧兩、諸葛士年二先生來遊，次蔡清憲先生舊韻。」

〔二〕「供」，李本作「迎」。

〔三〕「訪」，李本作「待」。

〔四〕此句之下，李本有段注文：「時久旱喜雨，旋即晴霽。」

【附】九日登太武巖〔一〕　蔡復一

仙嶼孤懸雪浪春，桑麻舊話課鄉鄰。飲從十日抽身暇，山別多年入眼新。小鳥呼名時報客，幽花迷徑却依人。雲巖月照香泉好，一酌松風濯世塵。

【校勘記】

〔一〕此詩引自金門志卷一四藝文志詩。

相識

相識白頭渾似新，識他誰假又誰真。客歌下里宜居郢，漁愛桃源豈爲秦？争李道傍群小子，買瓜取大衆貧人。自憐醜拙天生定，羞效西施病裏顰。

【補録】〔一〕

【校勘記】

〔一〕以下諸篇「七言律」，島噫詩未收，今據李本留庵詩文集補。

乙酉孟夏，將赴中都，次大横驛諸公韻

拂樹行旌高復低，溪山屈曲望中迷。妖螭翻覆頻成雨，瘦鶴清真未隱棲。率土懽傳萬乘將閲邸報有親征之記，雄關競請一丸泥。會須迅掃烽煙絶，三徑重尋舊草萋。

乙酉仲夏，舟次錢塘，邂逅田孺雋年丈，周旋數日，聞南都之變，悲賦奉呈爲别

邂逅胥江足勝遊，那堪忽報怒濤秋。連年國破羞青史，此日傷心易白頭。半壁撑持驚再誤，兩京尅復望同仇。定須江左夷吾出，高展中興第一籌。

庚寅九日遊將軍泉〔一〕

兜鍪峰下淺深龕，高興翻從僻處探。石壁湧開□雪液，海門流合紫金潭。火試龍團歌七碗，泉同蟹眼誌雙甘。他山縱有菊花酒，争似將軍茗戰酣？浯人舊傳蟹眼、將軍兩泉最勝。

【校勘記】

〔一〕盧若騰有浯洲四泉記一文（詳後留庵文輯記），可與之相參考。

太武巖次丁二守刻石韻（二首）

其一

溟渤之奇萃此山，欲舒望眼一躋攀。幽巖舊是神仙窟，絶島今爲虎豹關。隔海鼓鼙猶日競，勤王羽檄幾時閒？山靈未厭懷柔德，應護周家故物還。

其二

悲秋思動强登山，峭壁懸崖次第攀。拂柱看詩憐苦韻，逢人闊論破愁關。見猜猿鶴偏因亂，徧識石泉總未閒。最喜客傳朝報至，捷書新自秦中還。

【附】太武山題詩（二首）〔一〕　丁一中

其一

泉南萍跡遍群山，太武從來猶未攀。此日乾坤一俯仰，浮生身世幾間關。碧池浸月諸天静，白石眠雲萬慮閒。獨坐翠微空闊甚，夕陽吟嘯不知還。

其二

奇勝誰登絕頂山，嶙峋偏自愛躋攀。滄波四顧浮瓊島，青壁千尋護玉關。北望五雲天闕遠，南瞻萬里海邦閒。令威舊識蓬萊路，便擬乘風駕鶴還。

【校勘記】

〔一〕此二詩引自滄海紀遺詞翰之紀第九。

次韻酬張玄著〔一〕

會見中興績業新，爲君屈指數奇人。不教胡虜天同載，羞效楚囚淚滿巾。名世精神倂海嶽，元勳地位配星辰。留侯應悔少年事，力士相從便擊秦。

【校勘記】

〔一〕此詩民國十年金門縣志文徵亦有收，於詩題下有注文：「名煌言。」

恭瞻魯王「漢影雲根」石刻

峭壁新題氣象尊，蛟龍活現跳天門。銀潢盪漾多分影，玉葉葳蕤自有根。夾輔勳同山骨老，登臨興與墨香存。懸知底定東歸後，南國甘棠一樣論。

庚子秋前三日，太武山登眺，次甯靜王壁間韻

四顧波光盡到門，仙山不亞蓬瀛尊。煙霞縹緲飡堪飽，島嶼蹁躚起復蹲。變海成

田頻歲事，登高作賦幾人存？傷心老眼峰頭望，猶見臨江萬騎屯。

海印巖觀劇，次和諸葛士年

名山蠟屐莫嫌同，髣髴桃源徑暫通。踏壁飛行鏁子骨，逢場作戲禪家風。知音豈在誤能顧，怯飲何妨時一盅。喧寂醉醒皆幻跡，竢看滄海日輪紅。

澎湖（二首）

其一

海上三山未渺茫，竹灣花嶼鬱蒼蒼。白沙赤嵌紅毛地，緑葦黄魚紫蟹莊。仰首但瞻天咫尺，稱名合在水中央。古今多少滄桑刼，留得殘雲照夕陽。

其二

六六沙灣小似舟，須彌大界一萍浮。收羅日月狂瀾裏，零落雲山古渡頭。春水漲時村撒網，曉星明處客停舟。蓬瀛不信人間路，猶認仙源是夢遊。

金雞曉霞

立石金雞唱曉聲，曙光紅泛早潮平。暖蒸春髓浮元氣，小結仙壺幻赤城。捧日天真瞻咫尺，應時海亦象文明。晴霞五色濤千丈，穩載長更十二程。

哭錢希聲先生〔一〕

眼中又見泰山傾，局促終知未可爭。霜雪滿天人在夢，荊榛匝地步難行。平原欲繡絲誰買，少伯無錢寫不成。落落束芻驅白馬，夜臺何處起先生？

【校勘記】

〔一〕此詩文獻本與李本俱未收，據羅元信金門藝文訪佚補。

貳、留庵文輯

一、疏

參督輔楊嗣昌疏〔一〕

兵部武庫清吏司主事臣盧若騰謹奏：爲輔臣失告君之正，舉朝疎叛道之防，特懇聖明嚴禁將來，以醒人心，以維世道事〔二〕。

臣於本月初六日閱邸抄，見督師輔臣楊嗣昌祈年一疏，不覺愕然駭嘆曰「異哉」。計稽歷前史，未有身爲輔弼大臣，而盛侈佛經之神應以獻其君者，乃於今日見之乎？計臺省諸臣，必有倡言其失〔三〕，以爲溺邪背正之防者。不謂半月以來，竟爾寂寂，臣於是不忍不言矣。臣聞君相不言命，君相所以造命也。水旱之災，堯湯不免，而人事克盡，則乖沴自消。伏見皇上軫念民艱，焦勞罔懈，蠲賦緩徵，賑錢濟米，積禱雨之誠，行捕蝗之賞，虔修人事，不一而足。輔臣以皇上人事爲已盡乎？則普天之下，雨降蝗絶，皆當歸之皇上之德，而不宜使華嚴經分其功。如以爲未盡乎，則嘉謀入告，宜有以仰佐皇上之高深者，奈何徒以一卷華嚴經了事也？誦經而致雨殺蝗，即偶有其事，斷不宜確信其理。即民間有行之者，亦祇付之不論不議，而何至以輔臣之尊、按臣之重，爲之檄傳，爲之刊布，且爲之奏聞，以博大其説也[四]？華嚴經果爾神應，將誦之而並可以滅寇滅虜，以爲宋之閉門修齋誦經者解嘲乎？恐未必爾矣。輔臣原疏有云：「河北、山東，俱苦旱魃，祈年誦經，非涉怪誕，敢具奏聞，少寬至尊南顧之萬一。」是勸皇上廣華嚴之傳於河北[五]、山東也。幸皇上明並日月，不行其説；設復行之，正恐至尊南顧之憂方大耳。何也？事之相類者，氣一動則易滋；術之移人者，勢過盛則難返。今白蓮無爲之教，煽惑愚民，所在蘊積，若以佛經之靈驗，爲之證佐，使之吠聲而起；更以朝端之信崇，爲之倡導，使之望表而趨，左道繁興，深根固蒂，將來禍患，必有更甚於旱蝗者，烏可不爲寒心哉？臣不避忌諱，直攄戇愚，竊謂憂民一念，雖可爲輔臣諒，而怪誕二字，萬難爲輔臣寬也。往者即不深求，將來者所宜預杜。伏懇皇上嚴敕中外大小臣工，凡不根據聖賢經傳，不關繫切實經濟，而以荒唐詭異之談冒昧入告者，必以誑上誣民之罪罪之。則道德一，風俗同，而太平之業可以垂之永久矣。臣無任激切惶悚，懇祈待命之至。爲此具本，謹具奏聞〔六〕。

崇禎十三年七月二十三日具奏。聖旨：「已有旨了，盧若騰瀆奏沽名，姑不究。該部知道。」〔七〕

【校勘記】

〔一〕此疏文獻本未收，今據李本，並以民國十年金門縣志文徵相參校。

〔二〕「道」，民國十年金門縣志文徵作「運」。

〔三〕「倡」，民國十年金門縣志文徵作「昌」。

〔四〕「博」，民國十年金門縣志文徵作「張」。

〔五〕「勸」上，民國十年金門縣志文徵有「明」字。

〔六〕「爲此具本，謹具奏聞」，民國十年金門縣志文徵無。

〔七〕此段注文，民國十年金門縣志文徵無。

參内使田國興疏〔一〕

原任武庫司郎中、今浙江巡視海道布政使司右參議兼按察使司僉事臣盧若騰謹奏〔二〕：爲直糾不法内臣事。

臣於七月廿九日辭朝領敕，給兵部良字勘合，繇水程前去浙江到任。自北直、山東，所過廬舍坵墟，傷心慘目。所幸今秋頗熟，餘糧棲畝。因念陛下日施寬恤之政，使内外臣子守法奉公，而無貪婪殘暴之政，即復覩富庶之舊易易耳。八月二十四日抵臨清州東閘口，方欲泊舟，忽有内員彎弓放彈，率百餘人，擁舟狠打，轎傘俱碎，家人衣服，罄被搶散。時有赴任南京工部主事臣陳以遠，泊舟相連，亦被打搶。臣倉皇問故，據内員稱：「奉欽差往南，見帶船二十四隻，過閘未完，不許别舟泊此。」臣徐察内員姓田名國興，所攬帶皆民船，滿裝違禁貨物，載重行遲，次日仍未盡過閘。臣等恐又違憑限，乃於第三日駕舟前進。國興率衆喊攻，瓦石亂抛，彈丸雨下，以遠當先被打，臣乃同赴南京户部主事臣黄慶星登岸，諭以「臣等奉敕赴任，不宜相阨」。國興益肆訶叱。監閘道臣周沂水束手無可奈何，以遠、慶星二臣可問也。臣入山東界，即聞前有内臣沿途擾驛，至是果見國興行牌開座船二十四隻，每隻派夫三十七名，外仍索鼓吹手一十六副，通計用夫九百餘名。嗔州官未辨，鎖拏兵房書手，重責幾斃，該州可問也。夫臨清設立鈔關，原以察奸而兼榷稅，國興受賂攬船，使察與榷俱無所施，撓關政，罪一。貨船連日塞閘，南來糧船未免稍費停待，妨漕運，罪二。臣叨陞監司，已列方面，捧敕赴任，君命所寄，國興於衆人屬目之地，彈擊而凌轢之，辱朝廷，罪三。合各官歷用夫馬，奉有欽定額數，國興不遵勘合，徑行私派，違明旨，罪四。山東兵荒之後，孑遺幾何，國興派夫至九百餘名，實用則偏瘁其筋力，折乾則並竭其膏血，戕民命，罪五。臣原荷簡擢殊恩，捐糜矢報，今目擊此不法之狀，倘隱忍不言，誰復爲陛下言者？乞敕諸臣，據實具奏，如果臣言不虛，即將内臣田國興付法司律擬示戒。並祈陛下垂察，一應差務，非萬不得已，勿輕遣内員，以致滋擾，則聖德沾濡益普，而太平旦夕可期矣。臣無任待命之至，爲此具本專差義男盧忠賫捧奏聞。

崇禎十五年八月二十八日具奏。九月二十五日奉聖旨曰：「據奏田國興擾驛阻閘，大肆囂凌，不法殊甚。此係何差遣？原給勘合船隻夫馬額數若何？著司禮監察明，作速撤回。另奪其攬帶多船及貨物，著該撫按盤驗速奏，不許漏縱，並一路用過人夫及凌辱州縣等情，通著據實奏來。該衙門知道。」

【校勘記】

〔一〕此疏文獻本未收，今據李本補，並以一九六八年重修金門縣志相參校。

〔二〕「右參議」，其他各書均作「左參議」。

辭浙撫疏

原陞督理江北屯田巡撫鳳陽等處地方都察院右僉都御史、未任臣盧若騰謹奏：爲微臣積病經年，浙撫叨陞逾分，謹瀝血控辭，以全勿欺之義，以無誤恢復之圖事。臣中崇禎十三年進士，初歘歷樞曹〔一〕，繼備兵浙海，黽勉服官，幸免吏議。去歲五月内，聞北京之變，悲憤填膺，泣盡繼血，伏枕三月，奄奄瀕死，前後乞休七次，歲暮方入里門。旋聞屯撫江北之命，疏辭未允，竟以病劇，弗克疾馳抵任。本年五月内，復聞南京之變，痛乃滋深，病因加篤。臣雖通籍六年，貧無立錐，借寓山寺，調理殘軀。恭逢陛下受天人之交與，嗣大統以中興，臣於山間舉手加額曰：「自此以往，得未即填溝壑，作歌咏太平之民，有餘幸矣。」七月三十日，忽有走報人祝雲、桂培等到寺，報臣陞巡撫浙東都察院右副都御史，臣從牀褥間聞之，不勝驚感憂懼。夫欲復兩京，先復兩浙，欲復浙西，先復浙東，此萬不容緩之勢也。浙東士民□□□□糾集忠義，豫辦戰守，誓不與虜俱生〔二〕，用其朝氣，以規進取，此萬不可失之機也。臣初成進士，蒙先帝召對文華殿，奏對稱旨，特授兵部主事。去冬蒙聖安皇帝簡擢江北屯撫僉都御史，今復蒙陛下超遷浙東巡撫副都御史。累受殊恩如此，即自知才具駑劣〔三〕，亦當捐糜以圖報稱，此萬無忍辭之理也。惟是積虛積弱之疾，痊可實未有期。即今坐臥之際，恆見屋宇旋轉不定，纔一舉步，便顫戰欲仆，精神恍惚，筋力疲憊如此，而謂可以踐戎馬之場，理征剿之務乎？若不及早控辭，直至到任僨事之後，始呼籲求代，爲時已晚，於罪奚贖？伏懇陛下收回成命，亟敕廷臣別舉才望隆卓、精力強固之人，膺此重任，以成恢復奇勳。容臣病痊日，赴闕聽陛下驅使，以盡愚分。臣愚幸甚，封疆幸甚。臣不勝激切哀祈之至。

隆武元年八月初一日具奏。奉旨：「盧某以才望簡任浙撫，方今□□□□□國恥未雪，豈大臣高臥之時？其速來陛見，馳赴浙任。趁此義兵四起，□□□一刻千金〔四〕，不可少誤。若德濟生民，功存宗社，朕之感報豈□其微哉〔五〕？不准辭，更勿再陳，兵部馬上差官飛催衙門知道〔六〕。」

【校勘記】

〔一〕「驍」，李本作「剔」，據文獻本改。

〔二〕「與虜」，民國十年金門縣志文徵作缺字。

〔三〕「篤」，文獻本作缺字，李本與民國十年金門縣志文徵同作「篤」。

〔四〕缺三字，文獻本、民國十年金門縣志文徵作缺四字。

〔五〕缺字，文獻本、民國十年金門縣志文徵均無缺字。

〔六〕「衙」上，文獻本有一缺字，李本、民國十年金門縣志文徵均無缺字。

懇請專任責成疏

欽命提督軍務兼理糧餉巡撫浙東温、處、台、寧都察院右副都御史臣盧若騰謹奏：爲三撫一時併設，浙人莫知適從，特懇聖明裁擇專任，以杜諉卸，以責成功事。臣臥病山中，荷陛下簡任浙東巡撫，控辭弗獲，力疾陛見，指日星馳赴任，規避絶不敢萌。然事求可，功求成，竊謂撫權之聚散，關地方之疑信不小，有不得不從長計議者。先是陛下嘗因詞臣劉以修疏報，特命紹興鄉紳孫嘉績巡撫浙東矣，復允吏部之請，用原任紹興守道于穎巡撫浙東，而改臣巡撫浙西矣。及臣請給敕印，仍蒙欽定「撫聯浙東，恢討浙西」關防。是陛下固已灼見恢復浙西之事，須從浙東做起也，而此時浙東遂有三撫臣矣。假如一兵也，此撫調之，彼撫亦調之；一餉也，此撫徵之，彼撫亦徵之。在將吏之奉行，若於惶惑靡定，若各撫或爭執，必致嫌隙滋生。一瓢衆輿，十羊九牧，恐非計之得也。伏乞亟敕廷臣會議，就孫嘉績、于穎並臣三人中，確擇一人，畀以「撫聯浙東，恢討浙西」之任，庶事權不相牽制，而功業較便責成。臣從封疆起見，深爲愼始之慮，不勝激切懇祈之至。

元年八月二十五日具奏。奉旨：「盧某止因起用來遲，遂致任用不一，這奏內三撫併設，委宜確定地方，明委事權，還當如何柄不二操而事不窒礙，該部從長酌議，二十六日具奏。」

入浙境恭陳制勝要著疏〔一〕

臣自本月初八日啟行，倍道疾馳，於二十日抵浙之平陽縣。沿途體訪浙東情形，頗得其詳。魯藩意在率衆禦虜〔二〕，並無耦尊之心，紳衿兵民跂慕聖德，咸切歸戴之念。臣途中所遇，齎賀表赴行在者，不一而足。近日聞台州開讀詔書，童叟懽呼載道，寧、紹二郡，望詔書之至，尤切於台。此皆陛下至仁至公至明至斷之所感也。浙之與閩，精神血脈，流通無間，如此不須復費聯絡矣。

寧、紹官兵、鄉兵皆聚守西興關，靖夷伯方國安之兵，屯扎富陽，通計得十餘萬。虜之在杭州者〔三〕，不過四千，又皆黄得功、高傑之潰卒降附於彼。其中真虜不過二三百耳。夫以十餘萬之兵，當三四千烏合之虜，勝負之數，愚者辨之。而有識者，反以爲危急而大可憂，則何以故？兵多而不精，食難爲繼；將多而無統，渙不可使也。方紳士之起義也，惟患人不爲兵，見略似人形者，輒收之，強弱老少，都無揀擇。浙中兵餉，舊例日止三分，今每兵日食八分，浮過倍矣。起義之家，争以兵多相尚，而不顧餉之無所出，初猶取諸本年之徵輸，繼且再借下年之稅矣。家稍殷者，慮括借無所底止，多有挈妻子潛逃者。一二用事小人，各庇所私，凡管兵數百或止數十者，皆濫加以總兵、都督職銜。甚至總兵復自封其子弟爲總兵，都督復自署其部曲爲都督。西興關上稱總兵、都督者數十員，頡頏不肯相下〔四〕，嫌隙相尋，幾同胡越。所以日議進兵，而彼此觀望如故。間有不勝忿憤，逕以數百人當虜者〔五〕，徒取敗衄，無益於事。夫以有盡之餉，養不能戰之兵，復御之以不和之將，師日老，財日匱，竊恐再過兩三月，兵與民將有內潰之變，又何暇圖虜哉？伏懇陛下亟遣德望夙著、膽略素饒之閣臣兼中樞銜，賜尚方劍〔六〕，星馳至紹，大申節制，汰其兵之冗食而不堪戰者〔七〕，裁其將之奸懦而濫受職者。孰爲大將？孰爲偏裨？裒多益寡，分作數營，部署已定，尅期進發，直擣武林。有逗遛不前者〔八〕，即以賜劍從事。杭民受虜荼毒，如在湯火，聞大兵至城下，必群起而爲内應，不舉逆醜盡殲之不止。恢復首著，斷宜如此。惟陛下留意焉。

元年九月二十一日具題。十月初一奉聖旨：「覽奏具悉浙東情狀。台、紹既奉明詔，魯藩何無表到？朕待王如左右手，果能率衆禦虜，大家文武須聯絡爲一，呼吸相應，不可膜視。奏内『兵多不精，將多無統』，切中時弊。所請德望閣臣，果能彈壓諸鎮，黄道周已出關，果堪斯任，著吏、兵二部確議，初三日速奏。該部知道。」

【校勘記】

〔一〕此疏文獻本題作「微臣已入浙境恭報確聞情形兼陳制勝要著疏」。

〔二〕「虜」，民國十年金門縣志文徵作缺字。

〔三〕「虜」，民國十年金門縣志文徵作缺字。

〔四〕「不」，民國十年金門縣志文徵作「莫」。

〔五〕「逕」，文獻本作「經」。

〔六〕「膽略素饒之閣臣兼中樞銜，賜尚方劍」，民國十年金門縣志文徵作「膽略素饒之閣臣兼中樞，御賜尚方劍」。

〔七〕「冗」，李本作「紀」，據文獻本改。

〔八〕「逗遛」，文獻本作「逗留」。

備陳東甌匱亂情形請敕補要員疏〔一〕

臣以九月二十日入浙境，擇二十五日在温州府城公署到任，恭設香案，望闕叩頭謝恩訖。

竊思整頓兵餉，當從温郡做起，而孰意其匱亂有出於意料之外者。錢糧之挪移侵没，積弊多年，逝波不可復問，即今隆武元年，已透徵二年賦税矣。而臣一入署，士卒之呼庚癸者，趾日相錯於庭，斯則匱之極也。當聞虜變時，永嘉則百姓毆逐巡道、通判矣，平陽則所軍焚殺印官，佃户焚殺業主矣，瑞安則兵民互相格鬥，兵船二十餘隻並器械焚搶無餘矣。各縣鄉棍，僞傳虜欲均田，煽惑愚民，樹旗結黨，與業主爲難，不納租穀，至今黨與未散，斯則亂之極也。臣到任後，遍布榜諭，宣揚陛下德威，解散頑民，勸諭賦税，措餉覈兵，不遺餘力，而一時屬員多缺，共濟無人。聽勘知府許珖，才具雖略可觀，然設簿出示，斂金待虜，士民人人能言之。其心已爲衆所誅，豈可復令其靦然而居民上乎？或念其近日捐五百金，助肅虜伯黄斌卿兵餉，頗有急公好義之風，姑令罷閒而去，此已爲陛下浩蕩之恩矣。陛下曾命吴國杰以道銜知温州府事，而國杰已奉前此「行取」之旨，馳赴行在考選。其長才粹品，允宜處以清華，則知府一缺，所當敕部亟行推補者也。温屬五邑，今惟樂清有令，而永嘉、瑞安、平陽、泰順俱係縣佐署事，位望既輕，民心不服，百務日就廢弛。永嘉首邑，需人尤亟，部院臣楊文驄至温，力薦處州府青田縣知縣張倜才諝警敏〔二〕，堪理繁劇。適倜以公事謁臣，果見年青識透，條議多鑿鑿可行。臣敬遵便宜行事之旨，會同按臣郭貞一，檄調張倜補永嘉知縣矣。其瑞安、平陽〔三〕、泰順及處州之青田、龍泉、宣平，俱乞敕部速選補缺，速催赴任，庶地方有效力之人，而匱者可充，亂者可治也。

元年十月初二日具題。

【校勘記】

〔一〕此疏文獻本題作「備陳東甌匱亂情形亟請敕補要員以便整頓疏」。

〔二〕「知縣」二字，李本無，據文獻本補。

〔三〕「平陽」，李本作「陽平」，據文獻本乙正。

懇允便宜支餉以厚兵力疏〔一〕

竊見先後入浙宣諭聯絡諸臣，跰𧂐舌敝〔二〕，亦既不遺餘力矣。魯藩資本仁厚，病復委頓，實無自外聖代之意，而爲用事小人所逼，初心不得自遂。近見其所差學録李靖至處州宣諭，輒啟請窺踞險要，啟本業已流傳。吴廷猷忽欲入温，見據黄巖未退。又聞彼中差官赴行在，止以通好爲名，要求浙東八郡。蓋因江干師老財匱，懼力不支，而預爲退步之計也。

夫江干之師一潰，浙東必難爲守，若温、處二郡，實爲八閩切近屏蔽。近有因温餉不足，兵屢譁譟而爲裁減之議者。察温郡水陸額兵八千，當此之時，正宜核實，不宜核減。惟是本年温餉，欠六個月未給，計當發四萬餘金；戰船舊額一百六十隻，見在僅三之一，又皆破爛不堪，造船、修船計當費四萬餘金；衣甲、器械、火銃〔三〕、火藥，一無所有，從頭製辦，計當費五萬餘金。此十萬餘金之費，皆目前急需而不可缺〔四〕，將來按月給餉，又在其外。乃遍搜府、縣庫藏，並無錙銖之積。每見温人赴闕條陳，争言某項剩銀若干，某項餘銀若干〔五〕，見貯在庫，今乃知其大謬不然。蓋或入貪污囊槖，或係逋欠未完，既奉赦詔，總成逝波。至於民間賦税，自臣未到任以前，已徵隆武二年四五分。即今年能併完明年十分〔六〕，爲數亦已無幾，况未必完乎？伏懇陛下軫念封疆之危，鑒臣當局之苦，將温郡應起解正雜錢糧，容臣留爲兵餉、製器、造船之用。收支數目，逐項造册報明，事平，照舊限額起解。臣展布有資，庶幾得效鉛刀一割，不然，惟有束手坐困，以聽陛下之斧鉞耳。臣無任激切祈禱之至。

元年十月十一日具題。奉聖旨：「製器、造船委須浩費，温郡解京錢糧，准就便支用，明白造册奏報，務期立奏最績，毋令糜財坐失事機。該部知道。」

【校勘記】

〔一〕此疏文獻本題作「義師已有退轉之思，甌括宜修禦虜之備，懇允便宜支餉以厚兵力疏」。

〔二〕「跰」，李本作「跰」，據文獻本改。

〔三〕「火銃」，文獻本作「礮」。

〔四〕「缺」下，文獻本有「者」字。

〔五〕「餘」，文獻本作「剩」。

〔六〕「即」，文獻本作「即使」。

再懇更易督撫以惠地方疏〔一〕

臣於去年十一月初十日，具有督撫宜歸一柄等事一疏。奉聖旨：「浙東督撫多員，原於地方不便，這奏内事情〔二〕，應撤應留，候督師臣黄鳴俊到了地方，一聽輔臣酌妥奏奪。盧若騰不必預行辭卸。吏部知道。欽此，欽遵。」

近督輔黄鳴俊至甌，臣亟求其酌議去留，而鳴俊謬以臣未得罪地方，深以議撤爲難。臣竊惟今日事，與承平之日大不同，所急在招徠鷙鷩之材品〔三〕，鎮定觀望之人心，若拘牽文法，反覺其迂緩而不切於事情。敢悉顛末，爲陛下陳之〔四〕。

先是部院臣楊文驄受命恢剿，暫住處州。去年九月内，聞臣將至温州，忽疾馳抵温，與臣同日到任。嗣是調某營兵、提某縣餉，取某項器械，拘某事人犯，以至更調某官，委署某篆，文驄皆逕自行檄所司，並無隻字移會到臣，儼然以浙東總督自處，而視臣爲附贅懸疣之官矣。然文驄實未嘗奉總督浙東之命也。初題請留用處餉，既欲並支温餉，臣謂處餉除給本地兵糧外，不下六七萬金，儘已足文驄之用，温州見苦荒歉，難以應命。而文驄隨授意道臣董振秀，使稟臣云：「若不亟輸温餉，方兵必來打糧。」蓋文驄子鼎卿，與靖夷侯方國安締姻，見在軍中共事，故文驄挾國安爲重，以索温餉。未幾，而國安徵餉之檄至矣；未幾，而國安催餉之官至矣；未幾，而國安移兵就食之牌又至矣。頃文驄至温，與督輔鳴俊議，必欲得温餉四萬。且對鎮臣賀君堯、道臣林弘衍〔五〕，明露其欲代臣撫温、處之意，未嘗諱其有挾而來也。

臣察温州一府，通計新舊起存正雜錢糧，歲可得一十八萬。而其虚浮無著，及逋欠難完者三萬，留爲地方經費者四萬，其可以充餉者，僅一十一萬耳。今鳴俊已坐派剿餉五萬矣，文驄又取四萬，則本地數萬兵之餉，將安出乎？賀君堯靖海營之餉，又安出乎？況温郡饑饉異常，目今斗米價至二錢五分，百姓已喪樂土之心，縣官難行催科之法，文驄所索四萬金，實實未易接濟。萬一饑饉之後，復罹方兵打糧之慘，温之生齒立盡，陛下又安用其土地爲哉？若以文驄代撫兹土，温而有餉，固任其通融相濟〔六〕，温而無餉，亦無人攘臂相争，爲地方弭搶掠之禍，即爲陛下弘覆載之仁，豈非計之甚便者哉？

文驄素非純正之品，人所共知。然此時歸戴陛下之意甚堅，功名之念甚熱，其欲聯絡國安以效忠於陛下也甚切。願陛下審離合之情勢，伸鼓舞之機權〔七〕，立畀文驄以督撫浙東之任，撤臣另用，庶臣不終窮於無所展布，而文驄益且自奮於感恩知己矣。並稟陛下覽臣此疏〔八〕，留中勿發。蓋疏發而不罷臣，文驄將益恨臣；即疏發而罷臣，文驄將謂己所欲得者，朝廷明知之而明徇之，於國體又甚褻也。

隆武二年正月初二日具題。

【校勘記】

〔一〕此疏文獻本題作「人臣無避艱險之理，事務有當變通之時，再懇聖明更易督撫，以資聯絡、以惠地方疏」。

〔二〕「内」，李本無，據文獻本補。

〔三〕「鶩」，李本作「鶩」，文獻本、民國十年金門縣志文徵均作「鶩」，據改。

〔四〕「陳之」，民國十年金門縣志文徵作「密陳之」。

〔五〕「林弘衍」，李本作「黄弘衍」，文獻本、民國十年金門縣志文徵均作「林弘衍」，據改。

〔六〕「相」，李本無，據文獻本補。

〔七〕「伸」，李本作「神」，據文獻本改。

〔八〕「稟」，文獻本、民國十年金門縣志文徵作「祈」。

敬陳重權不可輕假誤局貴能急收疏〔一〕

臣伏見陛下推誠用人，真有包舉一世之宇量。而今日之用誠意伯劉孔昭也，得無謂世臣足以繫屬人心，恐其歸嚮魯藩，故隆寵漸加，冀彼傾心爲陛下用乎？臣愚竊謂陛下此舉大誤。夫孔昭何如人也？身爲操江大臣，胡騎渡江，抱頭鼠竄，敗軍之將，亡國之大夫，其爲人心所不與，明矣。擁戴聖安皇帝，而不能存聖安；即今歸嚮魯藩，亦豈遂能強魯？且既受陛下之敕，宜其一意奉行，無復貳心矣，不轉瞬而復受魯藩之劍，何爲也哉？其心不惟不爲陛下用，亦正不爲魯藩用，但欲藉陛下之敕與魯藩之劍〔二〕，恐喝吏民，使靡然胥爲己用耳。

先是孔昭航海逃歸，伏草間數月，一兵一器無有也。自陛下許其與楊文驄分用處餉，始募兵數百。及受魯藩之劍，又得陛下便宜行事之旨，而跋扈飛揚，不可方物矣。各縣倉庫，恣意攫取，郡邑長吏，訶叱之如奴隸。准理詞訟，虎差狼僕，四出噬人。紳衿商民，殷厚者封其房屋囷廩，勒貢數百金或數十金，破家相望，道路以目。逋賦頑民，犯罪亡命，歸之如流，旬日之間，有衆數千未已也。疏請令臣與文驄專任理餉，而以兵權盡歸於彼，又欲召胡來貢之兵，退守溫州，此其心爲恢復乎？抑第欲盤踞溫、處二郡，爲鄜塢畢老計乎？臣故曰：陛下此舉大誤也。然欲收伏之，亦非難事。陛下亟發手敕，趣孔昭率兵江上，與方國安會同剿虜。一敕不行，再趣之；再敕不行，則明責其逗留畏縮，而以處郡之餉，轉給國安。國安利於得處餉，必能控制孔昭，而殺其跋扈飛揚之勢，括蒼塊土，庶幾爲陛下有耳。

幾事貴密，臣此疏不具副本，伏乞留中省覽，臣愚幸甚。

二年二月初六日具奏。

【校勘記】

〔一〕此疏文獻本題作「重權不可輕假誤局貴能急收疏」。

〔二〕「何爲也哉」至「但欲藉陛下之敕與魯藩之劍」一段文字，文獻本無。

敬陳不戰屈人之著以爲善後良圖疏〔一〕

劉孔昭遣姚永昌率兵襲甌，而胡來貢、劉永錫復相繼而至。永昌以十七日敗遁，來貢等距郡城六十里而軍。臣與鎮臣賀君堯發兵逆之，連日接戰，來貢等不敢東下，退三十里，然終未肯引還〔一〕。察孔昭以初十日受魯藩金印，即於十一日發兵，其併吞温郡之意，路人知之。且非獨孔昭爲然，凡魯廷諸臣日夕議發兵就食温郡者，其意皆爲併吞計，但諱顯言操戈，而姑借索餉爲題目耳。何以明其然也？温州錢糧，通計起運、存留、加派，共一十六萬四千九百有奇；處州錢糧，通計起運、存留、加派，共一十五萬八千一百有奇。其額數之相去無幾也。目前處州米價止一錢以内，温州斗米價至五錢以外，豐稔既已懸絶，處餉涓滴不到江上，温餉已派四萬協濟方國安，裒益亦復失平。然止有議加兵於温者，絶無議加兵於處者，其故何也？處州見爲孔昭所據，魯廷諸臣以爲此魯之處州也，忮心可以不生，若温州則臣等爲陛下守之，魯廷諸臣以爲此非魯之温州也，即捐餉額之半以予之，而彼猶欲盡取版圖而後甘心焉。故我無自強之策，則捐餉之寡、捐餉之多，均無救於温州之危也。

自強之策，莫如進取，進取之著，莫如用水師。邇陛下命海上諸將，治舟備器，募兵裹糧，亦既有成緒矣，宜乘南風正迅，揚帆北上，舳艫相接，直搗蘇、淞〔二〕。若過六月而不到蘇、淞，雖有船、有器、有兵、有糧，無所用之。今蘇、淞二郡，義旅迭興，望我舟師如旱望雨，聲勢一聯，勇氣百倍，恢復江南，直旦暮間事。我師既遶出浙之背後，其勢足以包浙，浙中邪謀自當消寢。是於逆虜必戰以勝之，而於浙人直不戰以屈之而已。伏祈採納督發施行。

二年五月三十日具題。

【校勘記】

〔一〕此疏文獻本題作「括兵無悔禍之心，甌郡係必争之地，敬陳不戰屈人之著以爲善後良圖疏」。

〔二〕「君堯發兵逆之」至「退三十里，然終」一段文字，李本無，據文獻本補。

〔三〕「淞」，文獻本作「嵩」，下文亦同此。

泣陳失事緣由仰請聖明處分疏〔一〕

虜犯東甌，臣請援之疏凡七上，究竟援兵不至，温州府城遂於本月十二日陷矣。先是虜至盤石，温民鑒紹興屠戮之慘，皆諱言固守。本月初三日，百姓千餘擁臣署而呼曰：「願爲百萬生靈計。」臣泣，諭之曰：「若等欲降虜耶？國家豢養若等幾三百年，一旦反面事虜，亦復何忍？必欲降虜，幸先殺我。」百姓各涕泣散去。臣分委道、府、廳、縣各官，坐守七門，臣不分晝夜，騎馬徧歷巡察，目不交睫。然百姓畏虜心勝，登陴協守者寥寥。及水將林泰來進戰被殺，陸將黄應運被擒，民心惶懼益甚。而距郡城六十里，地名永嘉場，有項允師者，竟於初五日剃頭渡江降虜。允師本輕薄子，貪富貴，先通劉孔昭圖取温州，及孔昭敗，允師謬與之絶。嗣上因林夢龍之薦，有旨召用，臣謂是足以戢其不軌之心矣，不意見虜勢張，遂決裂至此。允師素結納鹽徒，至是盡率其船隻迎虜，虜渡江之計遂定。又有郡居逆紳王欽瑞，亦於初十日出城至海濱迎虜。十一日，虜騎數千，由永嘉場登岸。臣於是晚徧馳七門，約束官兵，並招民兵登城，民兵多私自遁下，臣夜半叩紳臣周應期、王瑞枏之門，哭謂之曰：「當共曉諭士民，固守桑梓。」二臣哭對臣曰：「人心已死，非口舌所能挽回也。」十二日黎明，臣傳令堅閉七門。巳時，虜以鐵騎二千薄城下，城内逆黨遽開門迎入。臣約鎮臣賀君堯，各率家丁巷戰。臣腰、臂各中一矢，家丁殺傷殆盡，勢已不支，乃入江就靖海營舟師，與賀君堯共議後圖。

伏念臣所處之地，三面受敵；所遭之時，一載奇荒。禦田仰、馬漢之兵於西，而虜旋乘其東，防虜之攻於外，而奸逆復壞其内。風鶴之驚沓至，催科之法難施。寺臣王瑞枏設處事例三千金，僅徵解二千；科臣李維樾設處事例二千金，僅徵解一千四百金。衢撫臣劉中藻奉命齎二千金入温賑饑，臣移書求其便宜移給兵餉，復書見許，而尚未解到。温區兵欠給六月分糧，靖海營兵欠給七月分糧，兵以糧盡而無鬥心，民以援絶而無守志，求封疆之無淪陷，其可得乎？合東甌之官吏、紳衿、兵民，必無一人謂臣有不盡之心，然業已失事至此，安敢自謂有可原之罪？謹席藁以待皇上斧鉞，一面招集義兵，相機恢復。賊之用兵，飄風驟雨，由平陽可抵福寧州，由泰順可抵壽寧縣。伏乞嚴敕兵將，及早扼險毖防，臣不勝戰慄待命之至。

隆武二年七月十四日具題。八月初六日奉聖旨：「盧若騰，已有旨了，著速圖復温自贖。該部知道。」

【校勘記】

〔一〕此疏文獻本題作「糧盡援絶，危疆不保，泣陳失事緣由仰請聖明處分疏」。

上永曆皇帝疏

原任提督軍務兼理糧餉巡撫温、處、台、寧兵部尚書加一級都察院右副都御史臣盧若騰謹奏：爲主恩莫酬，臣罪難逭，敬瀝血誠，還祈聖鑒事。

竊惟逆虜煽毒，爲前此史册所未經見，以皇上之憂勤惕厲，文武諸臣之嘔心戮力，而未奏恢復之效者，胡運未終，天心未轉也。今其時矣，虜酋暴殞，群孽相戕，中原豪傑，投袂競起。皇上命將出師，分道進發，則簞壺筐篚，立覩見休之迎，而廟貌鐘簴，聿新再造之慶矣。

臣自永曆元年舉義，從臣鄉諸臣之後，歷今十有五載，了無寸功，而得與諸臣蒙皇上一視同仁，温綸屢錫，捫心自責，愧恧奚堪？十三年夏，勳臣周金湯、監臣劉之清至閩，臣奉特敕勸勉延平王臣鄭成功率師入粵〔一〕。其時延平王業先進兵浙中，旋入長江，復瓜鎮，圍金陵，雖未克而還，亦可稱今日僅見之舉矣。至十四年五月初十日，虜悉精鋭窺島，遂被我軍斬獲虜官兵一千六百餘員名。自虜躪閩以來，無此大衄，斯延平王昭然之績也。此後臣鄉情形與其機宜，臣未敢懸度臆陳，以瀆宸聽。大都臣才庸識滯，性戇術疎，非惟不能轟轟而建撥亂之勳，亦復不能碌碌以成因人之事。所黽勉自盡以仰對我皇上者，惟此硜硜不變之節而已。

臣舉義後，所上章疏達御覽者僅三之一。十三年春，具疏附兵部郎中臣黄事忠；十四年春，具疏附勳臣周金湯，皆中道見執於虜。惟願皇上略臣疎遠之跡，而鑒其戀主之誠，臣筋力未憊，道路稍通，即間關赴闕〔二〕，以就斧鉞。

至於臣官銜，自隆武二年夏，已加兵部尚書。即永曆二年十一月，皇上在端州賜臣特敕〔三〕，亦是正樞臣之銜。近所奉特敕，乃「聯絡八閩義旅兵部右侍郎」銜。主憂臣辱之日，臣豈敢覬優異爲榮？但前後不符，不知爲原案遺失莫考，抑臣罪褫奪？宜加謹詳陳，以請聖裁。臣不勝惶悚待命之至。爲此具本附原奉使太僕丞臣潘默齎捧奏聞。

永曆十五年四月十五日具奏。

【校勘記】

〔一〕「鄭」，文獻本無。

〔二〕「間關」，李本作「閒關」，據文獻本改。

〔三〕「端州」，李本作「瑞州」，據文獻本改。

募建太武寺疏〔一〕丁酉

古所稱海上三神山，以其在人世之外，故神之也。若夫人世之內，海上之奇稱者〔二〕，我浯而外無兩焉。鴻漸一龍〔三〕，奔入大海，天霽水澄，石骨稜稜可辨。蜿蜒起伏，挺爲巨岩，盤結十餘里，全體皆石，狀類兜鍪，尊嚴莊重之勢，不屑與翠阜蒼巒争姸絜秀，名曰「太武」，厥有繇也。十二奇之目，聊以騷人韻士，點綴題詠，而其真奇處，乃在於氣脈龐厚〔四〕，孕毓英多。國朝科目初開，浯人便應運預薦，嗣是科甲蟬聯，迭登華膴。蓋浯地週廻不能五十里〔五〕，而同邑人物，浯幾居其半焉。文章德業，尤多焜耀，寰區至今而膺五等之封〔六〕，建大將之旗，雄姿偉略，後先相望，雲臺坐位，直挾左券以需之，孰非茲山之靈異所鍾萃而發越也哉？不特此也，國變以後，沿海厭苦兵戈〔七〕，浯獨不改净土。去歲三月六日，強師襲島，颶風發於俄頃，漂檝斷帆，盡葬魚腹，島人卒免於風鶴之震，山靈禦災捍患之功，又安可誣也。

山椒舊有棲神祠宇，籤卜極驗〔八〕，祈禱多應〔九〕。萬曆九年，邑獲劇賊越獄遁〔一〇〕，邑侯金公躬渡海詣祠禱焉，賊旋受縛〔一一〕，亟捐俸倡紳士新之。歲久漸圮，浯人節次修葺，終不能如昔之壯麗，今則傾頹極矣〔一二〕。念衷洪公、邦憲周公，皆浯産也，誠與神通，慨然爲興復之舉。顧猶欲鳩衆成之，非無説也。此時此地兩島爲恢復根本，太武雖浯之山，而是山之神非止浯之神也，蒙神之庇，答神之庥〔一三〕。蓋以生茲土、寓茲土、有事茲土者，人人皆有其心焉，即力之厚薄不一，而人人各有其力焉〔一四〕。使人人無不遂之心，無不殫之力，則功之就也必速，而澤之流也必長，此二公之志也。夫以二公均肩勞費，豈有所慊而嫌於私，神以徼福〔一五〕，抑尤懷獨，爲君子之恥焉。將諗是役於衆〔一六〕，而以疏屬僕，僕亦惟敬述二公之意〔一七〕，以慫恿諸有心有力者，有以知其無所強而欣然竟赴也。夫天下之事之藉人心力者多矣，誠師二公此志，引而伸之，即天下大事無難矣〔一八〕，區區岩宇云乎哉？

【校勘記】

〔一〕此疏文獻本未收，今據李本爲底本，並以金門志卷四規制志所録與福建省圖書館館藏本相校。「丁酉」，李本、金門志均無，據省圖本補。

〔二〕「海上」，省圖本作「海山」。

〔三〕「鴻」，省圖本作「黄」。

〔四〕「十二奇之目」至「乃在於」一段文字，李本、金門志無，據省圖本補。

〔五〕「國朝科目初開」至「迭登華膴。蓋」一段文字，李本、金門志無，據省圖本補。

〔六〕「寰區」，李本、金門志無，據省圖本補。

〔七〕「兵戈」，省圖本作「腥穢」。

〔八〕「籤卜極驗」，李本、金門志無，據省圖本補。

〔九〕「祈禱」，省圖本作「祈嗣」。

〔一〇〕「邑獲」，李本、金門志無，據省圖本補。
〔一一〕「受」，省圖本作「就」。
〔一二〕「浯人節次修葺」至「今則傾頹極矣」一段文字，李本、金門志無，據省圖本補。
〔一三〕「此時此地兩島爲恢復根本」至「答神之庥」一段文字，李本、金門志無，據省圖本補。
〔一四〕「即力之厚薄不一，而人人」，李本、金門志無，據省圖本補。
〔一五〕「夫以二公均肩勞費」至「神以徼福」，李本、金門志無，據省圖本補。
〔一六〕「役」，省圖本作「緣」。
〔一七〕「意」，省圖本作「志」。
〔一八〕「即天下大事」，省圖本作「興復帝室」。

【補録】

敕印已領戒行有期，敬瀝任事苦心，仰祈聖明垂鑒疏〔一〕

臣荷聖恩，簡任巡撫浙東，旋蒙欽定，專撫温、處、台、寧四府。臣業於前月二十九日到内閣領敕書一道，關防一顆，又到兵部領旗牌八面訖。擇本月初三日，循例到都察院任；初四日，即辭朝啟行赴浙矣。臣惟巡撫一官，原爲提督軍務兼理糧餉之職；浙撫駐劄省會，標兵原額五十名，俱淪陷□□；浙東諸郡，皆有額兵，向者聞□兵將至，縣官多棄印而逃。追徵久廢，庚癸之呼莫應，兵强半掉臂散去。臣處今日之勢，幾於無軍可督、無餉可理矣。臣一到地方，必首先補官吏之缺者，易官吏之貪者，設法勸百姓輸將，使糧餉還其舊額，次第募兵，練成勁旅。目前急著，首在聯絡鄉兵。然鄉兵出於賢紳義士之糾集豢養者，紀律自然嚴明，誠當加意鼓舞，若閭左奸黠之輩，借起義爲名，招誘亡賴，報復私讐，勒詐富室，此又當約束而馭伏之，始不至釀異日之大亂耳。

寧波海中金塘等山，祖制永禁開墾。去歲，奸鎮王之仁謀據其中爲窟穴，題請墾充兵餉，賄通奸輔馬士英，不行撫按勘議，旨下直許開墾。今開墾逾萬畝，而兵之支取官餉猶故，若徹底稽察，足爲招募數千精鋭之需，且之仁業已奉表降□，今仍偃然建大將旗鼓，其心叵測，實爲浙東大憂，容臣到彼細察情形，密切奏聞。至於魯藩拒命，不過一二小人慫恿其間，而賢士大夫不預焉。臣待罪寧紹時，與其鄉紳之賢者頗相契合，一入浙境，即馳書諸紳，宣揚陛下仁聖英武之概，堅彼歸向之心。然後親見魯藩，開陳大義，陛下忠孚遠格，賢王慕德投誠，感應之機，可以預卜。臣實心任事，艱危不避，微細必周，伏望陛下鑒其樸忠，假之便宜，臣不勝惶悚待命之至。時值倥偬，臣此後所上本章，多係緊切軍務，乞准從文書房封進，庶免遲滯。

元年九月初二日具題。奉旨：「盧某原以才望，簡撫危疆。若到地方，一切料理兵馬、錢糧、治兵、安民，簡用文武，凡有道、府、州、縣缺員，即准先補後報。所屬地方，俱准便宜行事，未屬地方，亦准相機勦撫節制。今日可爲之情形，止以□□驕淫，民心□□，朕以至誠至公待天下，真仁真惠救臣民，凡朕簡用之官，先辦交孚其志，況爾肩至重，尚何便宜之靳也。各官之奉魯王，是亦不忘太祖，原情必不加罪，有功實要垂恩。至於親親，朕之天性，但止其兩大難處之兵，朕之敦隆，何所不至？爾必確認四字，朕惟「雪祖愛民」。温州首順，更宜撫安，大創貪殘，立超廉卓，因類而廣，善推德意。初三日巳時，西便殿還來召對，有奏准從文書房封進。該衙門知道。

【校勘記】

〔一〕此疏李本、文獻本等俱未收，據民國十年金門縣志文徵補。

二、序

丘釣磯詩序〔一〕

吾邑丘釣磯先生，品著於宋末元初，論定昭代；既列祀鄉先賢，且配享紫陽書院矣。八閩通志齒之儒林傳中，以其曾著四書日講、易解疑、詩直講、書□義、春秋通義、禮記解、經世書、聲音既濟圖、周禮補亡等書，爲大有功經傳也。然其書悉被元人取去，今已無傳，僅存者惟周禮補亡及其詩集耳。學士家每用惋惜，而要之先生所以取重千秋者，不專在是。南宋以後，開闢未創見之變局也，一時名縉紳委身從塵者比比。先生草茅士耳，抗節不回，壁立千仞，辭騁一詩，胸中斧鉞凛然，終身以不挽江河爲恨，死誡諸子，勿治墳塋，謂其心不與日月争光可乎？故老又傳，先生遺一子，隨張世傑入粤，復讎熱腸，非但託諸空言，直見諸行事之實矣。其子後飄泊瓊山，遂占籍焉，丘文莊公即其裔也。文莊評史，每至春秋大義、内外之防，一篇之中，三致意焉，豈非有得於乃祖之訓而然耶？

夫爲學莫急於明理，明理莫大於維倫。先生倫完理惬，行誼堪爲後世楷模，即不著書立言，固足以俎豆學宫而無愧。矧其窮究天人，洞徹性命，晚年吟詠篇什，實見其大概，又何必以諸書亡失爲先生致惜也。通志不躋先生於道學，而廁之儒林，蓋猶有未盡之位矣。

先生一坏土，不立碑碣，入國朝二百餘年，無知之者。萬曆年間，或利其地形之勝，遂指爲祖兆而争之，官爲勘驗，劚地得志銘，乃加封而表識焉。馬鬣巍然，遂與先牛漁磯俱後天地老矣。先生不求身後名，而名卒不可掩，無意於徼天之報，而天卒昌其後。士生世上，其可不擇所以自處也哉？

周禮補亡，今流傳海内，詩集則惟其家有寫本。林子濩，吾邑志士也，借得之，喜而示余，讀之苦多亥豕，稍爲訂正，脱簡則仍缺之，擬俟他時梓行，非徒表彰吾邑人物，亦欲使後學知所興起也。近世小説家，有移先生辭聘詩爲楊廉夫辭我聖祖之詩者，子濩辯之甚詳，議論痛快，故當與先生並垂不朽云。

庚子春下弦日。

【校勘記】

〔一〕此序文獻本未收，據李本補。

【附】丘葵之辭聘詩及林子濩辯文〔一〕

御史馬伯庸與達魯花赤徵幣不出　丘葵

皇帝書徵老秀才，秀才懶下讀書臺。張良本爲韓仇出，黄石特因漢祚來。太守枉勞階下拜，使臣空向日邊回。牀頭一卷春秋筆，斧鉞胸中獨自裁。

辯文　林子濩

後學林霍曰：偶閲堯山堂外紀，見洪武初，太祖將召楊維楨用之，令近臣促入京師。維楨托疾固辭，作詩曰：「天子來徵老秀才，秀才懶下讀書臺。商山肯爲秦嬰出，黄石終從孺子來。太守免勞堂下拜，使臣且向日邊回。袖中一卷春秋筆，不爲傍人取次裁。」或勸上殺之，上曰：「老蠻子，正欲吾成其名耳。」遂縱之。

按：此詩乃吾鄉邱吉甫先生却聘作也，頷聯字有不同耳，不知外紀何從得此。考楊維楨傳，大明革命召諸儒修禮樂書，洪武三年至京師，有疾得請歸，非終不出者，乃敢有「秦嬰」等語，比擬不倫耶？吉甫先生一詩，斧鉞風霜，載在郡邑舊志，同安故老皆能誦之，且其遺集卓然在也。楊維楨前常出仕矣，吉甫先生故宋秀才也，是不可無辨。

【校勘記】

〔一〕此詩與文均引自丘葵釣磯詩集卷三。

曾二雲名櫻師奏章序〔一〕

吾師曾二雲先生，心純學正，識定力堅，窮究理解，亦復博通經濟，卓然有體有用之大儒也。平日衾影自盟〔二〕，直欲胞民與物；宦跡所至，吴、閩、齊、楚之人，罔不尸而祝之。使獲柄用於昇平之日，或蠱壞未甚之秋，杜漸防微，補偏救弊〔三〕，必有以繫宗社於苞桑，而登生靈於衽席者。惜也，治行累居卓異，遷擢未踰常格〔四〕。至隆皇正位閩中，始簡置先生於政府，亦已晚矣。先生奏草俱在，篇篇對症之藥，語語續命之膏，當時能用其言，尚可整頓撑持，以圖進取。又惜也，人心涣散，積重難反。忌先生者，力沮先生之用；即愛先生者，亦不能善成先生之用，卒至於潰爛而不可收拾，良可痛也。

讀先生奏章，可以知閩事之所繇壞，亦可以知先生之所繇死。夫中左之變，先生去之，非不獲免，而竟死之〔五〕，生死之無常，先生自爲之也。先生久以死自誓，但欲有所用，其未足而逼之，使不得以死自處，生死之必然，人爲之也。一死僅足畢先生之事，而未足竟先生之志，且孤一時忠臣義士之望，則天爲之也。嗚呼，天實爲之，謂之何哉？今上薪膽自勵，中興有期，褒贈之彝典自在，史册之芳名自在，然先生視此何有哉？長公子屺望〔六〕，忠誠倜儻，而軼時輩，必能激昂展布，以成先生之志。即此一卷奏章，長流天地間，使後世之人讀之，尚足以發忠義之氣，而資戡定之猷，則謂先生未嘗死也可。

【校勘記】

〔一〕「名櫻」注文，李本無，據文獻本補。

〔二〕「日」，文獻本作「月」。

〔三〕「偏」，李本作「褊」，據文獻本改。
〔四〕「常格」，李本作「當格」，據文獻本改。
〔五〕「而竟死之」，李本無，據文獻本補。
〔六〕「子」，李本無，據文獻本補。

林子濩詩序

國家喪亂，繇於文章盛而實行衰。即今梨棗之災，流入海島，得無謂郵聲傳采，易於傾動遠人乎？苟非其質，雖工弗貴〔一〕。余常持此以衡今日之詩若文，爲名士才人所迂，勿恤也。

吾友林敷卿，力學數奇，同輩咸爲惋惜。乃今幸矣，有子子濩，其高自樹立，蓋特出於尋常期望之外已。丙戌之秋，虜氛污閩，子濩是時年才十有六耳，憤鱗介之縱橫，悼冠裳之不振，遂隱淪自放，絶意進取。感時撫事，往往自鳴其不平，時復與同心知己，吟咏見意。積之十年，得若干首，出以示余，余讀而悲且異之。

夫宋末二士鄭所南、謝臯羽，世所目爲奇男子也。鄭曾居太學上舍，謝經佐丞相戎幕，均之誼無可逃，情亦難恝焉。子濩童穉之年，草莽貧賤，所處之地，與二公不侔，而嚴春秋夷夏之辨，守屯爻不字之貞，富貴功名不以動其心，困窮十稔不以易其節，豈非性植於天，而識克於學者乎？凡所爲詩，皆根心爲言，不待外借，行幅之間，生氣勃然，蓋與鐵函心史、晞髮集，並爲宇内真文字。中興有期，褒獎實行之士，直以是集爲券焉。若猶以詩家氣格聲調繩之，是尚未知詩之本領，又烏能知子濩之涯涘哉。

【校勘記】

〔一〕「貴」，李本作「費」，據文獻本改。

喜達集序

余起義武安時，諸生相從者十餘輩，郭子大河其一也。泣血相勵，積有歲月，已而事與心違，蹤跡萍散，大河則一意巖棲谷飲，時往來海島間，不復與腥氣毒霧相接。今遂決計西征，歸依行闕，何其壯也。

夫君臣之義，率土莫逃，然有白其心，即已盡其事者；有未成其事，終不可謂盡其心者，所處之地不同也。書生未沾一命，而苦節爲貞，十年不字，間關萬里，以酬從王之願，其於綱常名教，裨益宏多。若夫大河者，可謂之能白其心也已，可謂能盡其事也已。

余讀其所集贈行諸什，心甚快之，而又因以自愧也。心同此心，事異其事，度難實效報國，何取虛跡欺人？欲進趦趄之故，大河知之悉已。行矣。大河出門以後，聞見日廣，情形日熟，有可以免余輩之悲愁憤懣者乎？江鱗雲羽，跂余望之。

紀南書尚華集序

南書，余畏友也。其爲人，其爲文，其爲議論，俱自縱其識力所至，絶不隨人俯仰。人多目攝之者〔一〕，余獨欽其爲倔強倜儻之品。相交廿年，晤對間未常作一謔語。至丙戌、丁亥間，而南書之節概，始爲知與不知所共心折矣。腥氛匝地，薙髮如草，南書拊膺泣血，勗諸子誓死勿傷髮膚。僞官傳刺請見，峻拒之。陰集里中壯士，謀舉義，爲僞官所覺，索之急，乃渡鷺島，與賜姓公共事，尅復同邑，少酧初志，竟以勞瘁過當，病殞。知與不知，又無不共悲悼之。所遺尚華集，皆兩年間悲憤激楚之作。讀其詩文，並其自敍，而南書固未死也。

昔文文山集杜二百首，至今讀之，但覺其爲文山之詩，而不覺其爲少陵之詩。精誠噴薄筆墨間，無往不露其浩然之氣，豈獨正氣諸篇膾炙人口哉？南書固工詩，此時不復作文字想，而絕以忠義心血，注灑毫端，雖以極庸極懦人讀之，亦當慨然發其枕戈擊楫之壯懷，故曰南書未死也。

或曰：「南書以經行受知隆皇，不屈固其分耳。」余謂如南書平昔血性，與其學問，縱使雌伏菰蘆中〔二〕，仍作當年措大，亦決不肯蒙面喪心，污跡僞庭。令子石青，伉爽有父風，而週密殆過之。方與諸賢戮力恢復〔三〕，異日克成先志〔四〕，行當盡出其尊人平生著作，懸之國門，使天下後世〔五〕，知吾同節義文章，有南書其人焉。南書，真余畏友也。

【校勘記】

〔一〕「攝」，文獻本作缺字。

〔二〕「縱使」，文獻本作「致使」。

〔三〕「與」，李本無，據文獻本補。

〔四〕「異日」，文獻本作「異月」。

〔五〕「使」，文獻本作「知」。

望山義盟序

凡盟，非彼此要結之謂也，自矢其心焉耳。自矢之，自負之，孤衾隻影，叢刺如蝟，而況於人乎？況於鬼神乎？又況於傾覆之餘，興復爲心，非僅如安常處順之易於然諸塞責者乎？

余舉義望山，營壘初成，爰集智勇之士若干人，其初非同區而產，並轡而遊也。憤匝地之腥羶，痛彌天之荼苦，辱遺君父〔一〕，傷及膚髮，奮臂揮戈，期雪斯恥，豈有妻子田園之介其側，功名富貴之亂其中者耶？志嚮精專，真誠鬱勃，皇天后土、二祖列宗之靈，實式臨之。諸君之盟，固已久矣。今日者，萃驍路於一堂，編雁行以爲譜，質諸神明，申厥信誓，夫亦取其素所自矢者〔二〕，而服膺勿替焉。要之，不離義舉者近是。一事不義，不可以訓士卒；一念不義，不可以感紳民。志一氣動，禮足數通，寰宇廓清，乘輿反正，河山帶礪之盟，諸君取之如寄。余於是時酌酒以賀諸君曰：「今邇後，可謂不自負也已。諸君勉乎哉。」

【校勘記】

〔一〕「君父」，文獻本作「其父」。

〔二〕「素」，李本無，據文獻本補。

浯洲節烈傳自序〔一〕

婦人以節烈著，非家之福也，而不可謂非世道之幸。蓋五倫之所以不毀者，其道視諸此，非獨婦人事也。

吾浯，彈丸島耳，而石堅土厚，屹峙大壑之中，其人性淳而不儒，神王而不慓，士多光明俊偉之概，次亦勉以廉隅自飭。以至婦人女子，守貞從一，視死如歸者，肩項相望。然被當道褒旌，十僅一二焉；登郡城記載，十僅三四焉。其故何也？俗樸風淳，忘聲華之可貴，一也。地遥政阻，憚投牒之往還，二也。瘠貧儉嗇，或反以表門爲累，三也。衰亂相仍，無暇以采風爲急，四也。若然，則歷年愈久，事跡愈湮，雖死者未必因是怨恫，而生者漸至損其觀感，余滋懼焉。此浯洲節烈傳之所爲作也。

或短幅，或長章，各因其所聞之詳略。或彙集，或附見，用照其家範之源流。前志所已載者，核則仍其原文，未核則稍加訂定。異日續修邑乘者，或能採摭是篇，幸可備文獻之十一。即不然，而以涪人傳涪事，家談户説，不惟閨闥女流，聞風興起，凡具鬚眉者，亦倍知所奮勵矣。或曰：「子之意則善矣，間有一二受聘失偶，更嫁而始殉其夫者，概廁節烈，將無與例舛歟？」曰：「烏乎舛？未嫁殉夫，謂之烈女。已嫁殉夫，謂之烈婦。烈女資别而行奇，世不數見。今必責人人爲烈女，則爲善之途隘矣。淮南説林訓曰：『遺腹子不思其父，無貌於心也。不夢見像，無形於目也。』夫夫婦人合，不親於父子，況猶未始合也，而欲之鑽無貌之思，結無形之痛，是以不可以思議者望人，而反薄視情理中之真摯，豈大中至正之準乎？」曰：「適人之道，一與之醮，終身不改，其説非歟？」曰：「固也。然若知醮之義何昉乎？按禮昏義：『父親醮子而命之迎。』注云：『酌而無酬酢曰醮。』於是女子有行，父母亦醮而命之，然則未嫁固未醮也。昔宋人女，既嫁爲蔡人妻，夫有惡疾，其母將改嫁之，女以此語折其母。今引以繩未嫁之女，不惟失醮字之義，並昧此語之來歷矣，庸可乎？」或人之疑始釋。因請是篇而傳布之。顧余孤陋黯淺，敢自云已核且確乎？補漏正譌，尚望同志之惠而貽我矣。

【校勘記】

〔一〕此序文獻本未收，據李本補。

【附】浯洲節烈傳序〔一〕　王忠孝

節義之關於世也，大矣哉。蓋日星河嶽之氣，磅礴肇産。鍾於陽，則爲忠臣爲義士；鍾於陰，則爲烈女爲貞婦。其受清淑之氣維均，於以扶天常、植人紀，則皆有裨也。非是，則乾坤幾乎毁，人類幾於滅矣。

明興，首端風教，自徵辟孝義而外，歲令郡國採民間婦女節烈，直指核其事以聞，爲特下旌揚之典，誠重之也。然窮巷幽植，蓽門孤芳，誰則知之？故名湮没不稱者，十恆八九，余甚惜焉。則咨詢憑弔，亦有心世道者之責也。

一日，牧州盧先生以手編見示，曰：「此吾浯洲節烈傳也。」計五十餘人，人各有傳，情事犂然在目。余讀之，歎曰：「允矣。夫浯之稱海内名區也，非獨薦紳大夫賢，其女媛何多貞烈如是。」而因思其致此有由也。

浯之俗習，勤而儉，男敦於耕，女劬於織，具蟋蟀風。敬姜有云：「民勞則思，思則善心生，瘠土之民向義，勞故也。」名言哉。浯彈丸地耳，而嫻禮教媲德柏舟者，指不勝屈，豈非風俗之薰陶使然乎？時值昏亂，表章其誰？先生獨加意搜輯，闡幽勵俗，異時國史採風是編，其文獻之徵也夫？先生曰：「余將梓之，子爲我弁之。」余僑寓茲土，聞而知之，有同好也，遂不辭而爲之序。

壬寅孟秋之望日。

【校勘記】

〔一〕此序引自惠安王忠孝公全集卷一文類。

方輿互考自序〔一〕

少時慕司馬子長，周覽遠涉，講業觀風，卒成千古大著作手。而食貧菰蘆中，不能聚糧而適千里。一行作吏，便爲簿書案牘所桎梏，即几席間之名勝，有未盡過而問者已。其時方鋭意經營四方，尚子平敕斷家事，遍遊五岳名山，固將有待。亡何喪亂洊至，事與心違，荏苒十年，縈夢赤伏之符，寄身丹崖之島，舒眸縱步，以海爲際。嗟乎，桑弧蓬矢，生而懸之，鬱鬱久居此，不大慚負我鬚眉哉？愁憒無聊，曷消永日？輒披閲輿地諸書，而參證之以經傳史説，凡郡邑、山川、關梁、陵墓、古跡，同名異地也，並録存之。時有徵據，正其僞誤。以至象形之連貫，流峙之靈奇，動植之珍傀，幽明之變怪，各隨其捃摭所及，條分彙合，以資欣賞。次爲四十卷，命曰方輿互考。爰授兒曹，俾寓目焉。雖志在四方，所急非此，然開卷而具遨遊之致，抑猶賢於博弈者乎？若夫掛一漏萬之譏，故自知其必不免也。

【校勘記】

〔一〕此序文獻本未收，據李本補。

與畊堂印擬自序〔一〕

余夙有印章之癖，然未免逐影隨聲。登第後，於都下徧購字學諸書，時加考訂，始獲窺其藩籬。因歎字書一道，類多童習白粉。人但知王介甫字説，失之穿鑿附會，而不知徐鼎臣注説文，其穿鑿附會，有甚於介甫處。即許氏説文，學士家奉爲高曾矣，而鄭漁仲猶謂其止得象形、諧聲二書，以成其説。蓋六書亡三之二，自漢世已然。矧楷書既作，其體勢視篆籀益遠，學者遂不復尋究厥初。至施之印章，損益離合，尤難執滯。苟非真識本來面目，鮮不主輔乖張，形神違舛。微乎微乎，與口耳之學言之，彼且謂安用是規規者也。

余所用印章，俱託名手鐫鏤，而其體格十八出余意裁。兵燹之際，諸書悉化煨燼，獨印章小篋，豚犬負之而走，幸未遺失。近遘疾病，復稍有增益，用以遣愁紓憂。豚犬亦頗嗜此道，余不禁之。蓋緣是研窮字義，不但資廣學識，而亦可收攝其放心也。彙成一帙，命曰印擬。易不云乎，「擬議以成其變化」。今之寄趣此道者，率師心自用，侈談變化。而余獨刻意擬議，質諸真好古者，或當不嗤吾家學之迂闊也。

【校勘記】

〔一〕此序文獻本未收，據李本補。

許而鑒詩集序〔一〕

史載：田横與其徒五百人〔二〕，入居海島中，義之也。今考萊州志，謂島在即墨縣西北。登州志謂島在郡城北，淮安志謂島在海州。一島耳，而争之者三，非争島也，争義也。且横所嘗踞者，齊耳；横之客所知者，横耳。又距今幾二千年，而人猶争其故蹟，以爲地重，義之不泯於人心，蓋亦可概見已。矧昭代德澤，率土繫思，真人正位，義幟如林。今之聚島中而磨勵以須者，行當再覩天日，重慶風雲，豈徒與田氏區區一隅之島並光志乘已耶？

吾島中，多才略志節之士，而許子而鑒其一也。許氏與余家咫尺，世有葭誼。而鑒尊人暨乃叔，俱爲余莫逆交。居恆晤對，必以名義相勸勉，而其餘乃及於文字詩章。當虜之躪吾鄉也，而鑒傾橐募士，從諸義師擊虜。已復毀家佐餉，歷諸困厄，曾不少悔。顛頓流離，伏處海濱，惟恐爲虜氛所染。其憤激牢騷之況，時時洩之於詩，積若干首，出以質余。余讀而悲之壯之，以爲是知砥礪名義，而無忝於世德家訓者也。夫今之隨波汩没者，方共指吾島中人爲不祥，而鑒能茹苦耐憂，與諸才略志節之士暴其血誠以待時會，即使椎鈍不能詩，已足稱爲吾島中錚錚自見之人，而況其詞章之敏贍若此乎？況其虛懷求益，樂人之砭其瑕累若此乎？又若其詩畫絲桐，觸手生致，不僅以詩之一途若此乎？天心漸轉〔三〕，光復有期，而鑒本其資而充以學，異日者將盡出其能事以藻繪太平，其爲吾島之光，豈有既乎？余日望之已。

【校勘記】

〔一〕此序文獻本題作「許而鑒詩序」。
〔二〕「人」上，文獻本有「餘」字。
〔三〕「漸轉」，文獻本作「轉漸」。

君常弟詩集序〔一〕

余弟君常氏，先叔銓部公仲子也。余嚮僅知其偕乃兄君復氏閉户讀書，工制藝舉業耳。比得讀其所爲詩若干首，乃始詫爲名宿弗如。君常柬余曰：「人亦有言，風者天地之噫氣，詩者人心之噫氣。年來區區之心，末繇自遣〔二〕，一番噫氣，衹增一番狂病耳。録之以志所遭之不幸，未暇論工拙也。」斯言也，若無意於詩，而實直探詩之原本者。喪亂以來，驚心駭目之事，層見疊出，其足供詩料者，多矣。搦管者綿芊，郵章者絡繹〔三〕，較之承平之日，尤覺目不給賞〔四〕。惟有識者，每從楮墨之外，望而辨之曰：「資質之異也，非其詩異，而其氣異也。氣也者，可積而不可借之物也。借人之狂以爲狂，態顛而韻則促；借人之病以爲病，貌瘁而神反舒。如吾君常者，乃可謂真狂真病，乃可謂之真詩也。」

君常資性醇篤，幼習銓部公「忠孝廉節」之訓，稍長多讀異書，其中之所積者厚矣。遭逢變故，蠖伏海濱，不踐城市，復丁銓部公艱，悲痛憤激之緒，纏綿糾結，與日俱深，觸事成詠，遂盈篇帙。夫以貴介之子，弱冠之年，而於人世菀枯榮辱之外〔五〕，别有冷暖自知之況。世固多以「狂且病」目吾君常者，君常不能自禁其狂且病，此君常所以爲得性情之正也。

今天下大勢，駸駸乎再更矣，碧翁醉醒之日，即君常狂已病瘳之時，行將抒其光昌俊偉之氣，爲經國大業，豈第使詞人墨客，競推爲吾家後來之雋已也？君常其益勉之哉。

【校勘記】

〔一〕此序文獻本題作「君常弟詩序」。
〔二〕「末」，李本作「未」，據文獻本改。
〔三〕「郵章」，李本作「邦章」，據文獻本改。
〔四〕「目」，李本作「日」，據文獻本改。
〔五〕「菀枯」，李本作「莞枯」，據文獻本改。

駱亦至詩集序〔一〕

自興義師以來，吾鄉志節之士，咸集海上。其中貧困彌甚，而耿介不渝者，莫如駱子亦至，余愛之重之。其胸中壘塊，時時洩之於詩。詩樸厚近古〔二〕，余亦愛之重之。亦至之於詩，顧夷然弗屑也。其言曰：「吾豈欲以詩自見者，第以世不能知其人，或者因其詩而得其人，趣操之所在，吾亦持寄焉爾。」余謂亦至憤世而爲此語，自處則得矣。然使世盡以詩知人，人將不勝知；而知者與受知者，且同歸於不足貴，奈何？唐之王維，以詩鳴者也，安祿山反，嘗受逼爲給事中矣〔三〕，凝碧池之宴，梨園子弟欷歔泣下，維聞而作詩痛悼。賊平，下獄，以前詩聞行在，故得下遷太子中允。向使維不能詩，則六等定罪之日，不殺則竄矣。夫維既蒙面而污僞命，雖有痛悼之詩，其爲真痛悼與否，未可知也。若樂工雷海青，擲器慟哭，身被支解，此真痛悼者也。維自太子中允，三遷至尚書右丞。而唐書忠義列傳〔四〕，遺海青弗録。不惟人主失刑賞之平，而史官亦乖褒貶之公，千載而下，有遺憾焉。自維作俑，而後世懷貳心者，遂施以筆墨爲護身之符。今通邑大都之中，淪陷虜穢者，或戢影以明志，或奴顔而獻媚。至其摛詞播韻，率皆怨苦辛酸，忠義盈楮。然有識者，必不因是而略其立身遇變之本末。由此言之，人重詩耳，詩豈能重人？亦至可以自堅，可以信人，無庸憤激爲也。

友人爲余言：亦至不惟能詩，且有良史才。近修島史，於諸君子各有論斷。余未獲見其書，度亦至以耿介之胸臆，懸鑒持衡，固當不冥。然不無惜其立言太早，何也？人有見在，有究竟。韓退之云：「蓋棺事始定。」此言見在不可爲究竟也。數年之内，初終兩截者，亦至亦既屢見其人矣。更有不凝滯於物者，虜至則首爲父老草降牒，虜退則復向侯門曳長裾；末也，則又有效郝碁之知機，營程留之薦剡者，線索撚深，機局極秘，能使覿面交臂者墮其雲霧之中，而無從發辨奸之論，亦至何以待之？

且夫冰炭不必盡關於華夷，薰蕕不必盡判於忠逆也。處窮難固而易濫，涉世喜譽而畏譏，詭隨者多，特立者少。不狂者指狂者爲狂，狂者亦指不狂者爲狂。風摧秀林之木，流湍出岸之堆。繇此言之，吾黨之處亂世，與其以人自見，無如以詩自見也。亦至愈多爲詩焉可也。

【校勘記】

〔一〕此序文獻本題作「駱亦至詩序」。

〔二〕「樸」，李本無，據文獻本補。

〔三〕「嘗」，文獻本作「常」。

〔四〕「唐書」，李本作「唐史」，據文獻本改。

白業自序

盧子以「白」字其近業，客有問者曰：「人皆尚玄〔一〕，子獨尚白，有説乎？」盧子應之曰：「僕誠不能爲玄〔二〕，然好尚之得失，不可遽以是爲斷也。玄莫過於楊子雲，後之文人墨士，翕然尸而祝之。而疵其品者，不以其玄貸焉。則其玄也，猶之乎白耳。方其亭下著書，門前載酒，人人樂得子雲而師之，黠富人更輸錢千萬，求附名焉，却而不受，一何壯也。王莽之時，上書頌功德者，四十八萬七千五百餘人，其詞率湮滅無傳，而子雲法言卒章，與夫劇秦美新之論〔三〕，至今汚學士之齒頰，又何鄙也。或曰：『非其本情也，怵於威耳。』或曰：『是其視中散大夫，多於富人之錢，則未始非羶於利也。』前之論恕，後之論苛，而吾均不能代子雲解是嘲。然知士之一辭一受，一褒一譏，其可苟乎哉？」

客曰：「若子所言，則文之玄白，無關於人之輕重，又何斤斤於是業焉？」

盧子曰：「國家驅天下之士，斂精神於是業，而選舉之法，於是行焉，其意欲使天下之士，氣之陰陽、情之夷險、質之堅災剛柔，舉可於筆墨之際，望而知之。夫玄如子雲，而不免以艱深文淺陋之譏，是故與其爲玄也，無如爲白也。」

客曰：「吾覩子之近事，負不白者良多，是業出，安知無視白以爲黑者？」

盧子曰：「夫頑鈍者，忌之所不至；柔媚者，怨之所不生。二者不全，則溷汚内侵，豈徒寸雲尺霧之爲蔽哉？且夫榮辱，命也，命當其厄，則奇禍中之，雖以聲應氣求之人，而有時爲含沙下石之舉。若夫文章一道，公論所寄，惟闈中之牘，鬼神憑之，變幻或不可測。至於窗課會藝，同社品題，四方月旦，佳則共賞，惡則共議，其間去取之分，或有甚有不甚，而必無顛倒佳惡之實以相仇戾者。使世人之論人皆如其論文，又何不白之憾哉？」

客太息曰：「傷哉，子之託業以見其志也。業之工拙，我不敢知，乃其志，則固可以言之而無罪。」慫恿出之，盧子乃出之。

【校勘記】

〔一〕「玄」，文獻本作「元」，應係避清聖祖名諱，下同。

〔二〕「僕誠」，李本作「誠僕」，據文獻本改。

〔三〕「秦」，李本作「奏」，據文獻本改。

【附】題文元盧海韻制義〔一〕　丙子　蔡獻臣

吾同浯海中，故不乏奇材，而蔡元履、許鍾斗其表表者也。二公之後，角丱稱奇者，曰盧海韻。予觀其一二制義，爽快秀拔，已大奇之，決其必爲場屋利器。而君逮壯，錚錚庠序間，所知交皆名士，每篇章流傳，人曰是真蔡、許流匹也。歲丙子，侍御應公觀風，特首拔君，而雨殷熊令君又從闈中暗摸舉海韻焉。予閲其經書義，則詞縝理邃，不復作角丱伎穎。而二三場諸作，則談事談理，靡不自出胸臆，而斐然成一家言，非今之抄策套襲舊説，僅取飾觀者比也。海韻將赴公車行矣，而書坊請所爲文，問言于予。予謂此海韻怒飛垂天時也。乃余之知海韻又不徒以文者，余與海韻論天下事，洞若觀火，而嚴取予、忘恩怨，徒步鄉市，依然諸生時，則異日之所樹立，又可不龜決矣。

【校勘記】

〔一〕此序引自明蔡獻臣清白堂稿卷五，明崇禎刻本。

焚餘小引

火之爲禍，烈矣哉。焚人，莫烈於紂；焚書，莫烈於秦；焚宫室，莫烈於咸陽三月；焚舟楫，莫烈於赤壁東風。若西域人所解昆明刼灰，則世界直以焚結局矣。吾獨有味乎蒙莊氏之言曰：「利害相摩，生火甚多，衆人焚和。」夫與焚和之衆人居，雖形氣未滅，何殊刧盡哉？

頃里人構釁〔一〕，其事細於争桑，而大姓赫然震怒，遽以一炬相加遺。余數椽之居，並前人遺書數簏，倏忽煨燼。家人掃除之次，見故紙一帙未全毁〔二〕，取以呈余，則余舊作若干首也。黔廬赭垣，無所可置；塜而封之，又似未忍。因命持付剞劂氏〔三〕，將藉是以告四方同人曰：「家已被焚，所餘者止此耳。」其爲余悲憤者，爲余豪快者，故當各自有説也。

【校勘記】

〔一〕「里人」，文獻本作「里鄰」。

〔二〕「全」，李本無，據文獻本補。

〔三〕「劂」，李本無，據文獻本補。

與畊堂值筆引語〔一〕

值筆者何？隨所值而筆之也。吾資不敏，而載籍無窮，目之所值者鮮矣。目雖值之，而卷帙未終，俗塵沓溷，心之所值者鮮矣。心雖值之，而古法難稱勝兵，成案安有反獄，興會之所值者又鮮矣。艱此三值，遂使管蠹牀中，毫枯研北，視農之日操耒耜，工之日執斧斤，無荒厥業，而時時有獲者，良多媿焉。

年來傷亂畏人，莽蒼罕過，療飢遣愁，繫書史是賴，蠡户長閉，意頗静專。除病、睡二魔作緣外，心目所值，一日之間不無焉；興會所值，數日之間不無焉。偶有領略，懼其遺忘；偶有翻駁，期於就正，則皆援而記之，積成數卷，呼豚兒而授之曰：「乃公老矣，心目興會，尚不甘寂寞頽廢若此，可徒飽食終日乎哉？」

【校勘記】

〔一〕此序文獻本未收，據李本補。

與畊堂學字引語〔一〕

童而習之，白首而紛如者，字乎？夫既用之以應制科，裁案牘，染翰一坐，術業舍是無他適矣。而老病暇餘，從頭覆勘，則譌誤者十之六七焉。義非不然，而非其形；形非不然，而非其音。且一形之中有數音，一音之中有數義，錯綜變化，孳生靡窮，而窺一斑，未覩全體，總之難免不識字之譏也。

少壯不勤，老乃大悔，救悔莫如學，而時已晚矣。亟勉兒曹，使及少壯而學焉。聊拈數百字，示以蹊蹺，苟玩索而知其味，學當自此而始也。凡某字本作某字，及某字與某字通者，古之所尚，今多不爾。編中並載十之一二，欲令小子引伸觸類，稍悟字有源流，若泥古用之，而謂可以傲人以其所不知，則有不必矣。

【校勘記】

〔一〕此序文獻本未收，據李本補。

島噫詩小引〔一〕

詩之多，莫今之島上若也。憂愁之詩、痛悼之詩、憤怨激烈之詩，無所不有，無所不工。試問其所以工此之故，雖當極愁極痛極憤激之時，有不自禁其啞然失笑者，余竊恥之。島居以來，雖屢有感觸吟詠，未嘗作詩觀，未嘗作工詩想。如病者之呻、哀者之哭，噫氣而已。録之赫蹏，寄之同志。異日有能諒余者曰：「此當日島上之病人哀人也。」余其慰已。

牧洲自序。

【校勘記】

〔一〕此序李本未收，據文獻本補。原題作「小引」，現於前面加上集名。

青陽盧氏譜序〔一〕

家之有譜，猶國之有史；邑之有志，如國史記乎善惡，以垂筆削。邑志行于守令，以知政理；至譜之于家，詳世系以明本支，聯遐邇以篤恩誼，辨昭穆以明禮讓，尊祖在是，敬宗在是，保族宜家在是，譜之所係，不既詎哉？

閩漳盧氏係自唐懷慎，子曰奕，曰鐵。鐵字如金，從岳父陳元公闢建漳，封龍巖縣城，因置家墨場。嗣後子孫散處傳二十餘世，有盧者漳之龍巖四十坑人也，於洪武間，以軍功封寬和衛千户侯。弟亨襲職，而亨次子曰秉崇者，占籍於泰之青陽山，見山聳水秀，因之習累世不聞焉。加以崇重師儒，余之得成一第，亦所玉就，仁里若斯，安得不克大厥家乎？未幾而得一公，果耀高第，中土代狩，威風勁節，不避貴戚，聲名藉藉士庶間，始信立德立功之有徵矣。

迨歲甲申，而麒山難作，繼而南都失守，山河風景無異，城郭人民已非矣。及今戊子，余乃披髮入山，再至斯地，嗟舊國之非舊，覩故家之猶故，弟侄輩人文蔚起，英才濟濟，憤滿之心轉而稍慰，益以是知青陽之福未有艾也。故不憚詳敘之，以見積累者之必興云。戊子正月穀旦。

賜進士出身，召對兵部職方司主事，陞浙江寧波府兵備道，歷恢討浙東撫聯浙西，加一級尚方劍便宜行事，兵部尚書兼都察院左僉都御史，侄孫若騰拜敘。

【校勘記】

〔一〕此序文獻本與李本均未收，據二〇〇六年仲秋金門賢聚盧氏族譜傳記補。

醉緑齋外課敘〔一〕

文一也，應今人之求而命之曰制舉業，倣昔人之體而命之曰古文詞。所適之途雖異，其以抒吾胸中之所獨得則均也。胸中所獨得者，惝怳無據，雖曰謀今人而應之，應之不必工，日追昔人而倣之，倣之不必肖。即偶而工矣肖矣，亦第可目之爲今人之信貨、昔人之衣冠，而著作之林，終未許置我一坐位。此吾友士弼氏之所羞也。士弼制舉業，雄奇高曠，膾炙人口，其爲古文詞亦復如是。雖然，凡膾炙而譽之，所見者一，所未見者又一。此士弼所以深自秘焉，而不欲輕以示人也。嘗竊取其雜著文字讀之，當其湛思冥叩，刻意旁搜，重泉絜深，秋毫失鋭；窺情鑽貌，則風景草木，難供應接之勞；析義刊疑，則善敗興亡，罔翻指陳之案。以至小物寓規，俚音託趣，莫不窮夷險之殊質，極悲娱之變態，豈非濯厥靈根，空斯塵感，越絶蹊徑之表，而自舒其幽渺之懷者乎？

大約士弼英姿朗悟，豐於天植，博學強記，於書無所不窺，而困頓淹滯之況，復足以堅鍊其性情，而周密其氣候。以故揮毫落帋，千言如注，而一段視止行遲之致，行間字裡，每令有心人欲溯洄從之。曩余在燕都，與致子林兄評士弼之文，致子謂士弼之才無所不可，余謂其不可及處却在細心。致子深以余言爲然。今觀士弼自作像贊亦云：聞我者，謂余洮洮清辯，而不知其苦心以鋪。夫余何能學士弼？余則誠能知士弼哉。咄咄士弼，無復患困頓淹滯爲也。以苦心爲古文詞，必無不傳之古文詞；以苦心爲制舉業，亦必無不售之制舉業，誠粥粥焉。持是苦心以往，余又將與士弼細商天下事矣。

盟弟盧若騰題。

【校勘記】

〔一〕此文文獻本與李本均未收，引自张朱佐醉緑齋外課，明崇禎刊本，篇題爲編者所加。

三、記

浯洲四泉記〔一〕

浯之爲洲，大海環之，地本斥鹵，泉鮮清甘，茗飲者病焉〔二〕。蓋茗之香味，不得佳泉不發，而島上之泉，非出自石中不佳〔三〕。

予不能酒，而有茗癖，終日與泉作緣。曩緣舊聞，第知有蟹眼、將軍二泉耳。蟹眼出太武山巔，泉竅噓吸，象蟹眼之轉動。將軍出兜鍪山麓石壁間，故以爲號。予家東北望太武二十里遥〔四〕，蠟屐酌泉，未數數然。西南距鍪山四里而近，奚童汲運不甚艱，遂得時時屬饜。去秋偶過華嚴庵〔五〕，試其天井中石泉，而善之曰：「蟹眼、將軍而外，此其鼎之一足乎？」題壁紀事，有「未經嘗七椀，幾失第三泉」之句。已而族人告予曰：「村北數百武，有龍泉焉〔六〕，宋時龍起其地，泉湧石罅，迄今大旱不涸，吾里名龍湖，先永豐令公别號龍泉者以此。靈跡所存，必有異味，盍試之？」汲以瀹茗，果大佳，嘆詫曰：「忽近而謀遠〔七〕，得毋爲龍神所笑。」因並致四泉而詳較之：蟹眼醇釀冽潔，赴喉之後，舌吻間尚有餘甘。龍井醇冽，不減蟹眼，所微遜者，蟹眼出於危石，旋湧旋瀉，汲者必以葉盛之入器〔八〕，其鮮活之性，毫無所損；而龍井有窟潴水〔九〕，水稍停宿，故入口始覺遲鈍〔一〇〕。若決積淵而挹新液，二泉殆難爲伯仲矣。將軍居洲之尾，氣力發洩已盡，冽而不醇。華巖分太武之支，醇精未散，但庵堂既高於井，而庵外稼地復高於堂〔一一〕，人跡所狎，不無飛塵所犯〔一二〕，遇久雨則客水注入，色同行潦矣。移其宇，濬其溝，使出泉之石，挺然而露，即不敢望蟹眼，何不可軼將軍而上之也哉？蓋泉之所處〔一三〕，亦有幸有不幸也。據現在而品之，蟹眼第一，龍泉第二，將軍第三，華巖第四。己亥伏日，島上泉客識。

自稱泉客，何也？所取天地間之物無窮，泉其一耳；所取天地間之泉亦無窮，浯泉其一耳。即以浯泉而論，前此不知其閱幾千萬人，後此不知其閱幾千萬人，而吾適而生於斯，適而老於斯，適而湛嗜汲啜於斯，適而品之，適而記之。如過客之於逆旅，偶一感觸，援筆書之而去耳。世有自號某山某水主人者，反客爲主，山水之靈，豈不厭其凌奪也哉？〔一四〕

【校勘記】

〔一〕此文文獻本未收，此據李本爲底本，並以金門志卷二分域略所收與省圖本相校。

〔二〕「病」上，省圖本有「尤」字。

〔三〕「不」上，省圖本有「者」字。

〔四〕「遥」上，省圖本有「而」字。

〔五〕「華嚴庵」，省圖本作「華巖庵」。

〔六〕「龍泉」，省圖本作「龍井」。

〔七〕「謀」，省圖本作「慕」。

〔八〕「盛」，金門志作「成」，省圖本作「承」。
〔九〕「潴」，李本、金門志原作「瀨」，據省圖本改。
〔一〇〕「始」，省圖本作「頗」。
〔一一〕「庵外」下，省圖本有「之」字。
〔一二〕「所犯」，省圖本作「相犯」。
〔一三〕「所」，李本無，據金門志、省圖本補。
〔一四〕「自稱泉客」至「豈不厭其凌奪也哉」一段文字，李本、金門志均無，據省圖本補。

重建孚濟廟碑記〔一〕

浯洲牧馬王廟，凡數處，其神姓陳諱淵，浯人所稱爲「恩主」者也。而在豐年山之麓者〔二〕，獨號祖廟。王尊之也，恩主親之也，祖則原本之也，蓋神生前實居此地〔三〕，牧畜蕃息，雲錦成群，故坪曰「馬坪」，湖曰「駟湖」，溪曰「洗馬溪」，而香火亦特著靈異焉。按：浯爲牧區，始於唐德宗之世貞元中，福建觀察使柳冕奏閩中可息羊馬，遂置萬安監以領牧事，而分設五牧區，於泉州，浯其一也。〔四〕

神不知何許人，蓋當時分司牧事於浯者。俚俗或傳神乃固始馬户，爲閩王審知牧馬於斯，其説謬甚。夫五代群雄，互相攘奪，惟務搜括民馬，豈復有官牧之政？且光州初爲淮南楊氏所據，續併於朱梁，自此而南，復阻於吴越，越錢氏，安得有固始馬户輸馬入閩而仍爲之牧哉？郡邑舊志，皆謂神唐時人，證據甚晰，無可疑也。神生前慈惠宜民，兼有道術，凡渡海買馬者，不論所買多少，率贈一匹，比登彼岸，惟所買之馬存。〔五〕浯人愛之且神之，故殁而立廟，肖像祀之。至林氏女，以蠶桑應禱，密誓嫁神，因而坐化，浯人並塑像祀之爲夫人。其事雖屬怪誕〔六〕，然幽明相感，古今類此者頗多，姑仍之焉可爾。自唐以來，禱求屢驗，籤珓極靈〔七〕，勝國時倭寇擾浯，神率陰兵殲之。風濤之大作，賊覆溺殆盡，土人夢神，語云：「吾以力戰，故驅鎛血濡視之。」果然事聞〔八〕，敕封「福佑聖侯」，賜廟額「孚濟」〔九〕。

廟前後七座，極壯麗，傾圮多年，幾於不蔽風雨〔一〇〕。吾里忠振伯念衷洪公〔一一〕，觸目動心〔一二〕，亟捐貲新之，意存經久，故不敢宏敞，而取堅緻。旁别構護室〔一三〕，以居廟祝。祠租舊止地種五斗，蓋宋時檀樾顔家所置。公曰：「太儉，虞匱。」更增置地種一石有奇，並勒其坵段坐址於石，以杜侵隱，血食直天壤俱永矣。公遭亂世，勞績著於軍國，尤加意桑梓，蘇凋劬〔一四〕。兹以神之能福吾土也，嚴肅穆以棲之〔一五〕，肥馨香以薦之〔一六〕，潔蠲以祈之。吉凶同患之志，神且歆之，而況於人。廟前數百武，爲公祖母曾夫人暨伯父渭文公、伯母李孺人之墓，公累世同居，家法爲浯鄉儀型〔一七〕。公早歲失怙，渭文公實撫成之。故公事伯父猶父，事伯母猶母也。既多置祀田〔一八〕，厚恤廟祝，且世世爲公守護先墳，以報公之德〔一九〕，義門宅兆與靈祀宮垣〔二〇〕，並垂不敝。浯人自是知所觀感，而勸胥興行〔二一〕，公之錫類，不其遠乎？是爲記。

【校勘記】

〔一〕此文文獻本未收，此據李本爲底本，並以金門志卷四規制志所收與省圖本相校。

〔二〕「之」，李本無，據金門志補。

〔三〕「王尊之也」至「祖則原本之也，蓋」一段文字，李本、金門志均無，據省圖本補。

〔四〕「按：浯爲牧區」至「浯其一也」一段注文，李本、金門志均無，據省圖本補。

〔五〕「凡渡海買馬者」至「惟所買之馬存」一段文字，李本、金門志均無，據省圖本補。

〔六〕「屬」，省圖本作「涉」。

〔七〕「籤玟極靈」，李本、金門志均無，據省圖本補。

〔八〕「風濤之大作」至「果然」一段文字，李本、金門志均無，據省圖本補。

〔九〕「孚濟」，李本作「浮濟」，徑改。

〔一〇〕「幾於不蔽風雨」，李本、金門志均無，據省圖本補。
〔一一〕「伯」，金門志無此字。
〔一二〕「動心」，省圖本作「憏心」。
〔一三〕「室」，省圖本作「屋」。
〔一四〕「蘇凋劝」，李本、金門志均無，據省圖本補。
〔一五〕「嚴」，李本、金門志均無，據省圖本補。
〔一六〕「肥」，李本、金門志均無，據省圖本補。
〔一七〕「吉凶同患之志」至「家法爲浯鄉儀型」一段文字，李本作「廟前數百武，爲公伯父渭文公諸邱隴」，據省圖本補。
〔一八〕「事伯父猶父」至「既」一段文字，李本、金門志均無，據省圖本補。
〔一九〕「以報公之德」，李本、金門志均無，據省圖本補。
〔二〇〕「垣」，省圖本作「壇」。
〔二一〕「行」，李本、金門志均無，據省圖本補。

浯洲節烈祠碑記〔一〕

夫孰不知節義之爲重也〔二〕。齒頰樂道，人人能之，若乃著其教於衆，而延其祀於鄉，則惟願宏力定者幾焉。

斗門陳膺授，字彦受，通家子也。積學勵行，厄於數奇，乃其意念深矣〔三〕，凡事必謀其遠且大者〔四〕。居恆語余曰：「吾島科第輩出〔五〕，不獨以文章重，諸德業可師者，有郡邑之志乘焉，有鄉賢之俎豆焉〔六〕，亦既足以示儀型而風後進矣〔七〕。惟是一卷微區，節烈之婦，相望不絕。海内名郡邑，未能或先〔八〕，顧名半逸於記載，而事漸没於風煙，非所以敦化維俗也，先生獨無意乎？」余唯唯，卒未暇及。辛丑、壬寅之間，島上風景稍異，彦受曰：「請借閨閣之英靈，以鼓鬚眉之勁氣，可乎？」余韙之，爰有節烈傳之作。維時海印鼎新〔九〕，巖工告竣，彦受復以前説慫恿，忠振洪公亦韙之，爰有節烈祠之建，議以每歲中元日舉祀事焉〔一〇〕。

彦受之督巖役也，乃弟坤載字彦闢實偕之〔一一〕。朝陟巇，夕還家，足重繭而不瘁〔一二〕，一意爲茲巖增勝概，時出其私囊以佐公鏹，精誠之積，爲山靈所歆久矣。茲祠既成，凡以游事來者，一瞻禮間，而忠義節俠之心〔一三〕，油然而生，其視峰巒之登眺，泉石之盤桓，所得不較奢乎？然則茲巖殆將以茲祠重也。夫祠而能使巖重也者，其始末烏可以無記？因走筆敍次而勒之石。

【校勘記】

〔一〕此文文獻本未收，此據李本爲底本，並以金門志卷四規制志所收之節烈祠記與省圖本相校。
〔二〕「爲重」，李本作「可爲」，據金門志、省圖本改。
〔三〕「厄於數奇，乃其意念深矣」，李本、金門志均無，據省圖本補。
〔四〕「遠且大」，李本、金門志作「大且久」，據省圖本改。
〔五〕「吾島」，李本、金門志作「海島」，據省圖本改。
〔六〕「有鄉賢」，省圖本作「有所覽」。
〔七〕「亦既足以示儀型而風後進矣」，李本、金門志均無，據省圖本補。
〔八〕「海内名郡邑，未能或先」，李本、金門志均無，據省圖本補。
〔九〕「海印」，省圖本作「海宇印」。
〔一〇〕「舉祀事」，李本作「舉行祀事」，據金門志、省圖本改。
〔一一〕「階」，省圖本作「偕」。
〔一二〕「瘁」上，金門志、省圖本有「知」字。
〔一三〕「節俠」，省圖本作「節烈」。

重建太武寺碑記〔一〕

海上名島，浯洲最著；諸島名山，太武最著。夫其含氣厚而毓精繁，僅以十二奇概之，膚已。舊傳山椒嘗有玉笏自天而降〔二〕，宋咸淳中始建巖宇，祀樂山通遠仙翁，翁事跡詳郡邑志，浯人祀之，有禱輒應。蓋兹山靈秀倍，足以發神之英□耳，僻處巨浸中，罕有□而問者。〔三〕隆慶壬申，郡貳守少鶴丁公，以汛事至止，陟巔搜奥，題刻二詩而去。萬曆庚辰，邑侯桂峰金公〔四〕，感異夢，詣祠躬謁，捐俸而修飾之。嗣後屢圮屢葺〔五〕，而規模漸縮於初。國變以來，獨吾島爲一片乾浄土。辛卯二月三日之霧，丙申三月六日之風，變而俄頃，驅穢蕩腥〔六〕，出人望表，雖云天意，亦藉山靈。忠振洪公，慮名區之蝕晦，期勝事之蟬聯，倡議鼎新，率先檀施，而周、戴二都間，復同聲響應焉。其措巧思而勤董督者，山後義士陳膺授、坤載兄弟也〔七〕。

經始於永曆辛丑初春〔八〕，落成於秋杪，殿臺亭館，迥異舊觀。層折迂迴，各饒天趣，游憩而留連者，咸快兹山又一開闢云。是役也，所需物力工資，〔九〕上自勳鎮鉅公，下逮土著編户，各伸願力，不戒以孚〔一〇〕，人數頗多，難於悉登諸石，乃備録一匾，揭諸神祠，爰彰一時機緣之盛。而兹磨崖勒記，第列其廢興本末〔一一〕，營建歲時，俾來者有所考焉。洪公名旭，周君名全斌〔一一〕，戴君名捷，作記者盧某，皆浯産也。

【校勘記】

〔一〕此文文獻本未收，此據李本爲底本，並以金門志卷四規制志所收與省圖本相校。篇題，省圖本作「重建太武寺巖記」。
〔二〕「山椒」，李本原作「上椒」，據金門志、省圖本改。
〔三〕「蓋茲山靈秀倍」至「罕有□而問者」一段文字，李本、金門志均無，據省圖本補。
〔四〕「邑侯」，省圖本作「邑尹」。
〔五〕「圮」，李本原作「屺」，據金門志、省圖本改。
〔六〕「驅穢蕩腥」，李本、金門志均無，據省圖本補。
〔七〕「山後」，省圖本作「山麓」。
〔八〕「永曆」，李本、金門志均無，據省圖本補。
〔九〕「層折迂迴」至「所需物力工資」一段文字，李本、金門志均無，據省圖本補。
〔一〇〕「不戒以孚」，李本、金門志均無，據省圖本補。
〔一一〕「其」，李本、金門志均無，據省圖本補。

〔一二〕「君」，李本、金門志作「公」，據省圖本改。

觀陳州守授階敕命記〔一〕

國初開科，吾邑領薦者有三人：陳顯、沈章、林剛中〔二〕。而顯，則浯島之陳坑鄉人也〔三〕，仕終德州知州，其家尚藏有任隰州時授階敕命，予從其後裔借觀之，敕詞質切詳盡〔四〕，高皇帝敬天勤民之心，至今猶可想見。謹備録之：

皇帝制曰：「昔君之育民也〔五〕，體天地之道〔六〕，欲萬物得其所，咸亨，故列土以官之，使有德者永世禄及其子孫。嗚呼〔七〕，當時之君，天地之德，日月之明，得聖人稱謂，德相稱也。然當時之臣，自列土之後，人不人，賢非賢，昭然矣。何以見之？且列土者使子其民，禄及世世，而稱小國之君，無乃不才者，不其所有，而有歛取無厭。有十年，而削土者有之；有三十年，而泯號者有之；有二十年，而覆命者有之；有五百年，而禄及者有之。當斯之際〔八〕，賢不肖曉然矣。自周以下，秦併六國之後，罷列土爲郡縣，歷代因之，其司牧之官，無永守之條，故有銓選，連年又未得人。然非君不得人，由人負天君民也。所以君知報，而君天下；臣知報，而名賢天下；民知報，而樂於天下。若君知報，報天命也，所報者，立法治民；若不知報，非君天下。如臣知報，報君命，而又特報民也。臣所以特報民，謂何？謂禄出於民，若爲臣而不知報君，則非臣；天下若不知廩禄出焉而報民，則非爲民。上於天下，若不知報君，而未審何功而官；若不知報民，亦未審何勞而食禄；若功勞俱無，却乃官禄其身，古今未之有也。今命爾知南陽府汝州事，陳顯爲奉直大夫，知平陽府隰州事，當立身務政，必欲知報，以格皇天之昭鑒，往署勿怠。洪武十二年六月十一日。」

敕後列承敕郎曹儀、中書舍人桂慎，各鈐本職印。又列中書省左丞相胡惟庸、右丞相汪廣洋〔九〕，左丞右丞並闕。御史臺左大夫陳寧，右大夫闕。中丞二，一涂節，一闕。再填洪武十二年六月十五日，年月日各鈐司職之印。後開考到：陳顯，年四十二歲，福建泉州府同安縣民籍，舉人，起初任洪武五年二月十八日除南陽府汝州知州，歷俸三十六月。給由：洪武八年九月二十日除平陽府隰州知州，授階奉直大夫，又列考功監令徐瑛，丞吴喆、趙本鈐考功監印。又開奉直大夫知平陽州隰州事陳顯奉制如右〔一〇〕。鈐印五，並吏部司職之印。又列吏部尚書陳昱，侍郎二，郎中三並闕。員外郎三〔一一〕，一翟大年，二闕。主事馬穆。又填洪武十二年六月十六日，行鈐印如前。

當時官不必備，惟其人而奉行上命，敏速不滯，如此真明作之治也。謹按：洪武三年五月，始開科取士，四年三月，賜吴伯宗等進士及第出身有差。六年二月罷科舉，舉賢良，陳公以三年中舉人，五年除知州，則僅閱一會試，遂就官，非必逆知，次年有罷科舉之事也。公元末嘗舉於鄉，曰：「聊試吾文字耳。」竟不赴會試。蓋時天下已亂，故絶意仕進。至國初應運登賢書〔一二〕，而恬淡知止，不艶視甲榜，其識趣有過人者。且以高皇帝之世，法網嚴密〔一三〕，而公初任汝州，再任隰州，三任德州，歷典劇郡，克稱厥職，抑亦可謂賢能之士矣。

【校勘記】

〔一〕此文文獻本與李本俱未收，此據乾隆乙亥浯卿陳氏世譜卷一記，並以省圖本相校。

〔二〕「林剛中」，省圖本作「林剛」。

〔三〕「陳坑」，浯卿陳氏世譜作「陳卿」，據省圖本改。

〔四〕「敕」，省圖本作「制」。

〔五〕「育」，省圖本作「有」。

〔六〕「道」，省圖本作「造」。

〔七〕「嗚呼」，省圖本作「於戲」。

〔八〕「際」，省圖本作「時」。

〔九〕「汪廣洋」，浯卿陳氏世譜作「汪德洋」，據省圖本改。

〔一〇〕「陳顯」，浯卿陳氏世譜無，據省圖本補。

〔一一〕「並闕。員外郎三」，浯卿陳氏世譜無，據省圖本補。

〔一二〕「謹按」至「故絶意仕進。至」一段文字，浯卿陳氏世譜無，據省圖本補。

〔一三〕「法網」，浯卿陳氏世譜作「亂網」，據省圖本改。

四、書

與劉宗周書〔一〕

天下有亂形，有亂根。今日文武不和，而文又與文不和，武又與武不和，此亂形也。人心之生死，分於理欲之消長盈虚，世界盡汩没於利欲之場，而絶不體認天理，此亂根也。

士大夫只圖做官，不肯盡職，官爵爲市，賄賂公行。日言懲貪，而貪官未嘗不蒙遷擢；日言獎廉，而廉吏未必盡免擯棄。又如監司守令，廉隅自砥者，必愛小民，必抑豪右，鄉紳雖心服之，而未免憎之忌之，甚至羅織而污衊之。其簠簋不飾者，必徇情面，必畏強禦，鄉紳雖心鄙之，而畢竟德之憐之，甚至多方而庇援之。夫天下惟中人最多，苟非大賢，受衆人之挾制，未有不改腸易行者。理念全消，欲趣轉盛，求紀綱行政之無亂，不可得也。先帝殉難，而纍纍若若之輩，方屈膝以降賊，旋俯首以事虜。原其心曰愛惜性命，似矣，而未盡也。人苟實見得世間物事，無可以牽掛吾身者，自然捨命不難。彼實見留得身子在時，有許多受用，遂至甘心與醜虜爲類，而不衄然。則愛性命尚是第二念，而躭戀利欲乃其第一念。當其取科第戴進賢時，便已立定此等識趣，非一朝一夕之故也。故嘗謂士大夫之立朝者，盡法老先生之立朝，則太平有日。其居鄉者，盡法老先生之居鄉，則太平亦有日。今皆反是，則惟有戴胥及溺而已矣〔二〕。

【校勘記】

〔一〕此書信文獻本未收，此據李本。

〔二〕「戴胥及溺」，應爲「載胥及溺」。

復黄石齋督師書附黄石齋來書〔一〕

方今朝野，胥倚老先生爲裴晉公，而一履行間，諸事便難應手，奈何奈何。戍新安失守，浙東怖剥膚矣，賴老先生破虜於婺源上下，奪其鋭氣，使之愓息而不敢動。今閩兵與金華之兵，繇淳安、開化分道進發，或可犄角，以成勝勢。西陵戍卒，僅可守而不可戰。東海舟師，整頓頗已就緒，時下患朔風迅烈，度其揚帆北指，必在來春。最可憂者，魯廷諸人持議落落難合，師之不和，克何有焉？日閲邸報，主上決意親征，期於臘月之朔啟行，乘輿出關之後，行見衆志咸孚，軍勢大振，恢杭復京，在此一舉，而運策決勝，要非老先生莫任耳。

貴門生徐君來，具悉望餉之切，然浙東亦同此患。某雖奉命撫温、處、台、寧四郡，然台、寧官吏，皆魯藩所署置，未肯奉我正朔，故某至今尚滯東甌。某未至東甌時，賦税已透徵十之六七，而士之呼庚者，逾半歲莫應也。近賀鎮自閩帶舟師三千來，亦待哺於甌；劉誠意率江上殘卒三千，航海而南，望甌而止，又復移文索餉，不出一月，東甌必有大變。蓋兵必與民鬬，而主兵又必與客兵鬬也。甌、括二郡之餉，自贍已不足矣，朝廷又允楊龍友向此中支用，一瓢衆輿，事何以濟？某有膠柱之守，而無點金之能，已於十一月初十日上疏乞休，未稔能遂所願否也。前曾特疏薦徐君抗虜大節，已下部覆，想不止以成均一氈酬之。遠辱教愛，可勝銘感，處苦局之中，無能仰副台望，益滋愧憤。便鴻附復，不盡依馳。

【校勘記】

〔一〕此二書信文獻本未收，此據李本。

【附】黄石齋來書

牧翁兄丈：

聞駕至浙東，喜溢寤寐，不獨聲氣可通，亦形勢相起也。會稽阻於長江，欲取吴會，非勾踐之志，種蠡之力，不足一騁。要當選其精良，西渡禹航，從吉安、廣德，上掇鍾山，猶或可及耳。而彼中刊□便已易□，頭緒蕩蕩，無下手處。弟以隻手赤身，呼兵呼餉於無人之野。廣信一郡，自聞徽破，比屋去山，無復鷄犬。索米一月不得千石，供五千人之食，此外量沙談梅，無一是處。台翁頗過其倫，又以非堪見薄，又見曾二雲見代之旨，體貌隆重，如鴻易燕，俱不見下，忽焉掣回，想此危疆，非人所樂，瘍槖馳載鹽車，終無交割之日也。徽、睦相連，一重門限，除是天下癡人，負軛到此，無由晤台翁吐其伊鬱耳。連日出師在婺源上下，與虜角逐，一再報捷，雖破竹未成，而迎刃將解。不知海上長鬣，誰將佐其短長者？武人掉舌，終是捉影捕風；龍涎雖香，非朝餐所服矣。主上聖明，群賢畢力，而獨令天子憂邊，中原臭穾，日尋披髮孔門三尺，安得不道桓文乎？粤中輸餉二十四萬，福省自徽十餘萬，而僕不得丐其涓滴，安望復詣吴門，問白虎之氣？亦當與吾鄉子弟，撤手懸岸耳。沈有兹幸托宇下，甚佳，後來可與共濟。敝門徒徐柏齡甚承盼睞，業與一銜，俾爲軍前措置些子，使得支持過歲，亦是朝家之福，不獨吾輩共襄大業也。因風懷想，不盡依依。

十月既望，道周頓。

諭柴允欽書附柴允欽來書〔一〕

仁者不背德，智者不失時，各省義旗雲興電發，人心如此，天意可知。即就爲虜用者而言，金玉反正於江西，佟李回響於南粤，日者曾慶又殺虜自效矣。諸公豈非逆知虜運將亡，故轉敗爲功，略無顧慮耶？漳屬十邑，□□其五，漸次相及，愚者知之。

足下投誠自贖，想當不待再計。然遲速之間，功罪懸絶，不可不熟思也。漳郡之□，聚守孤城，業有通書乞降於國姓，其視武安有鞭長不及之形。今城内惟一屈將，足下度可説則説之，不可説則殺之；躬率士民，迎真正仁義之師，入鎮邑中，生靈保全，市肆無傷，此便是足下歸正第一功。若猶豫不決，坐待東西至之兵，環集城下，力屈勢窮，而後納款；人心不同，有如其面，萬一有憤歸命之遲，恣行殺掠者，闔邑之怨，不歸於足下誰歸耶？怨之所歸，罪隨其後，足下何不及早圖之？不佞從生靈起見，非獨爲足下一人也。肝膈之言，惟採納是荷。

【校勘記】

〔一〕此二書信文獻本未收，此據李本。

【附】柴允欽來書

恭維老公祖先生台臺：

盛世祥麟，清時隱豹。詰戎吴越，棠陰猶繫於庚桑；秉鉞中都，濊澤尚存夫淮海。流矣士林山斗，實爲當代卿雲。某編壓武林，沐恩有素，今叨種花天柱，時與貴同年張希文先生歌詠徽猷，楷模芳烈，未遑一介起居。正以戎莽棘塗，時切夢寐；忽聞駕臨敝治，撫孳珪山[一]，多係道路訛言，某實未敢信。蓋義舉二字，非不美名，但正朔已五期，而初無闕失，天時人事，大費推敲。彼蠢動蚩民，不過志存刦掠，烏合污流，一遇大兵，靡不見睍，徒自摧殘身命，塗炭生靈，豈端由殺運未除耶？老公祖道本猶龍，智同日月，以萬金不易之軀，等閒公孤卿相，即使泥塗軒冕，亦不失夷齊高致。豈有輕身草莽，精衛難成，貽憂不測，甘坐垂堂之戒哉？竊謂柳士師亦聖之和者也，治亂皆進，惟以致君澤民爲任。伯夷亦聖之清者也，兩公出處不同，而爲聖則一。今日祖台指點愚民，騷然無益，改邪歸正，以奠此久累之仳離，是亦江湖廊廟，不失其和；即不然，而高尚林泉，静觀山水，是亦首陽大節，不失其清，流芳不朽，某與父老共戴高深於不替矣。

肅此荒椷冒瀆，伏維台慈崇鑑，尚容專馳，不盡嚮逞之至。

【校勘記】

〔一〕「孳」，李本作「孽」，應爲「孳」之形誤，徑改。

再復諭柴允欽書〔一〕

不佞待罪山鄉時，幸不爲有道君子所棄。又以出葛屺瞻老師門下，故與貴族原任分前興泉者，以門誼相得。不意乾坤鼎沸，足下不繇本朝之命，宰我武安，遂使不佞不敢以通家之好相往來也。

繹來教，大指謂虜得天時，歷觀史册所載，曾有□□□□若此等而能□□□□者乎？今直省州郡義旗並起，即人心可以卜天意。若論臣子職分，義所當爲則爲之。來教精衛難成、貽憂不測等語，意以成敗利鈍爲言，不亦淺乎？至援引夷、惠，語又傷於太深，願足下且圖完個平常人髮膚，勿遽評品聖賢出處也。足下名家子，世受國恩，偶誤失身，當思回首，「改邪歸正」四字，正不佞所持以勸勉足下者，而足下反欲以此説仗義之人，抑何倒也。不佞撫義民而用之，先綏地方，後剿逆虜，作用自有次第，萬不至爲父老憂。足下不亟投誠自贖，異日與足下爲難者，即我武安父老，悔之又何及乎？肝膈之言，幸垂照察，率復不備。

【校勘記】

〔一〕此書信文獻本未收，此據李本。

諭答王進書附王進來書〔一〕

聞將軍之名久矣，欲進一言於將軍，而未得因緣。忽承翰教，宛如覿面，敢罄其愚以復。

狡虜猜忍殘虐，行兵專事淫殺，此特偶乘天地之戾氣，以荼毒生靈耳，非有混一天下之規模也。將軍中州豪傑，曾受本朝厚恩〔二〕，失身降虜，想當迫於無可奈何之勢。若云甘心爲此，全無轉念，不佞未忍信也。珪山從前行徑，由於首事者非其人。自受不佞約束，未嘗殺一人，掠一物，謂非真心向義不可。漢之馮、耿，宋之宗、岳，皆嘗撫巨盜而用之，不佞何獨不然？將軍謂誤聽亡命之言，非也。至謂惹萬年之笑，則未知萬年所笑者何等人，笑舉義抗虜者，將反羨失節降虜者耶？必不然矣。將軍爲目前計，固宜附虜以取富貴；如果爲萬年計，莫如聽不佞之言，手挈漳郡以降本朝。漳郡反正，諸郡應之，由是而聯絡各省之忠義，以恢復兩京，中興功臣，誰能出將軍之右者？舍此不務，而欲虔劉同類，以效忠犬羊，縱能多殺義師，終爲萬世罪人。況人心在在思漢，非將軍所得而盡殺也。惟將軍審圖之。率爾附後，統祈崇照。

【校勘記】

〔一〕此二書信文獻本未收，此據李本。

〔二〕「恩」，李本作「思」，應爲「恩」之誤，徑改。

【附】王進來書

恭維老先生台臺：

達時俊傑，當代英豪，昔爲海内名臣，今作山中宰相。名重夷吾，道隆姬旦。不肖進，世籍中州，忝居末弁，久瞻山斗之姿，未遂識荆之願。幾欲趨晤，可奈無緣。昨珪山倡亂，某率兵往剿，□逆窮遁，未置鋒鏑。今大師尚扎泰邑，聞老先生爲餘孽所惑，亦圖義舉，進終未誠信。但老先生之雄才碩望，肯效清朝，進當力保，不失輔宰之位。今優悠林下，無一掛礙，亦邁年之樂也。幸勿誤聽亡命之言，致惹萬年之笑，如從中爲我散解此氛，其百萬生靈皆老先生之再造也。臨楮不勝神逞。

復熊雨殷書名汝霖〔一〕

王愛民回，接手教，方知前有賜札，未經拜領。正月十日，乃有朱杜若差人送至，某長跽捧讀，深感老師爲某謀慮周悉。然庸才不堪任使，某所自知，如謂來浙便欠詳審，則未敢以爲然。天無二日，一家安得有兩姑耶？

魯王世封於魯，後因遇難播遷，聖安皇帝暫允寓台。今寧紹人推奉魯王，則遂以寧紹爲魯王有耳。有人有土，古今恆理，温、處、金、衢，自隆武皇帝監國時，即已相率來歸，非隆武皇帝之有而誰有哉？如老師所云「浙土當還之浙」，則今江右、楚、粤傾附如雲，朝廷亦當辭而去之，使各聽其本省藩王之欲自爲帝者耶？若以功論，則信州至虔州〔二〕，延袤二三千里，虜分數道入犯，敝鄉分頭赴援，吉、撫、建昌皆敝鄉所恢復也。虔被困數月垂破，李孝原告急之疏凡十二上。今幸無恙，誰之力耶？貴鄉但知錢塘不守，則虜長驅至閩，沾沾自以爲功，萬一虜繇信州入建寧，繇建昌入邵武，繇虔州入汀州，敝鄉既破，貴鄉必不能自爲守。則閩之功浙，與浙之功閩，正等耳。況敝鄉應廣則力分，視貴鄉之聚兵守三百里而近者，其難易尤當有辨。若責温、處之餉不接濟江干，此屈於力之不能，非不欲耳。某到任後，朝廷既允楊龍友支用處餉催解，其子鼎卿，見與方靖夷共事江上，此非某轄内之餉乎？惟温郡凶荒異常，目下斗米價銀三錢，民不聊生，追呼莫應，汛兵缺餉，數月未給。向非某多方撫綏，兵民之變，已不知何狀。凡到温索餉差員，目擊蕭條景象，皆不費辭説，氣盡而還。至於主上復仇念切，視江上將士饑由己饑，前命嚴志吉掌科齎五千五百兩犒賞方營，今復命陸岫青僉憲齎三萬兩繼之。且臘月六日，六飛已發，指日駐蹕江干，貴鄉諸公不於此時盡捐成見，一乃心力，以奏恢疆靖陵之勳，天下事又安知其所底也哉？

黄跨老入浙督師，一切兵馬錢糧，俱聽調度，已非某所得預。今歲温州解餉協濟額數，業與方靖夷有成約，可免紛呶。今所切望於老師者，將天下大勢從長打算，萬勿使虜收漁人之利，留青史上一段可哀可笑之公案，則幸甚矣。大疏欲使某回閩，亦未敢聞命。某奉職無狀，朝廷自當撤回，而以能者代之，若魯王安能強某使去？既不能麾之使去，又安能招之使來？某素佩服師訓，忠義立心，其敢隕越以玷門牆？邇來貴鄉所以羅織敝鄉者，無所不至，如何黄老偶被盜刼，遽傳傷死，而議贈卹，可資一噱。又太祖高皇帝曾賜沐黔公姓朱，不貶其爲開創之聖主也。諸如此類，俱祈詳察而存恕論。便鴻率復，幸宥不恭。

【校勘記】

〔一〕此注文李本無，據文獻本補。

〔二〕「虔州」，李本作「處州」，據文獻本改。

答熊東孺書名沐震，熊雨殷兄，魯禮部主事。〔一〕

兩接手教，深感注垂，憂亂苦情，言之欲涕。

東甌自國變而後，人幾爲異類。蓋此郡居貴鄉僻末，官方之壞，歷數十年，上下相摩，廉恥道喪，一聞虜入武林，士民恣睢決裂，無所不爲。某初到時，如入虎穴。獨以前任巡海時，甌之商賈、漁民經至四明者，咸受某恩，轉相傳播，人心先已聳動。任事五月餘，茹蘗飲冰，萬目共見。至於拮据撫綏，事事嘔出心血。今將吏、士民，俱已帖然信服矣。惟是歲值奇荒，糧餉不繼，未能整旅進勦，僅可苟全境内，斯則有愧朝廷，末繇自解者也。

某抵任時，貴鄉議論已落落難合。台州爲魯王移封之地，其官眷尚在焉。叱馭巡歷，恐生事小人，誣爲相逼，不惟啟嫌隙之漸，而且傷聖主親親之意。又見陳木叔日獻窺温之策，故亦未便越台至寧，姑暫駐甌郡，徐圖聯合，以全骨肉之誼，初非以甌爲善地也。魯王仁厚有餘，某亦聞之，然此時所急者，在大有爲之略，則惟我隆武皇帝足以當之。其尊賢下士，推誠布公，不減漢光武。至於作用之妙，非尋常之見所能測識，台臺久當自知之耳。

近來貴鄉訾議閩事，多屬捕風捉影。夫唐時盜殺宰相武元衡，裴晉公亦幾創死，卒成戡亂之勳。敝鄉何黄老爲盜所刼，索盜未獲，法雖未行，正亦未亡。而貴鄉信口苛詆，不遺餘力。今貴鄉通邑大都之中，白晝抄刼，縉紳貲財俱盡，辱及子女，非不知其人也，而不敢問，如是法真亡矣。自古及今，有法亡而能自振其國者乎？且五等之封，如畀摶黍，掛印纍纍，幾至百員。如其無功，不應若此之濫；如以爲有功，設復武林，何以繼之？再復南都，何以繼之？再復北都，又何以繼之？與之以尾大之勢，而冀其效臂使之忠，某如其斷斷不能也。至於以「魯元年」名曆，而引高皇帝「吴元年」之例，悖謬斯極。無人救正，真是咄咄怪事。夫蒙古失道，天下叛之，高皇帝手闢草昧，爲生民主，其稱「吴元年」，所以别於元，且别於宋之「龍鳳」也。今之稱「魯元年」者，亦將以别於明乎？别於明，是忍於絶明也。爲明之臣子，而忍於絶明也者，高皇帝在天之靈，必以爲不孝不忠，而千載下，亦將謂倡此議者之以不學無術，誤其主也。竊謂魯王果從宗社起見〔一〕，當以奉隆武正朔爲正。如欲待復京之後，始定君臣之分，祇宜稱「弘光二年」，較不爲天下後世所笑耳。嚮者魯曆頒括，括人不受。近陳木叔復遣人齎曆以強括人，括人標使者如故。名不正，則言不順，言不順，則事不成。梟實有心，庸可罔乎？黄巖聚兵，木叔眈眈欲圖温矣，其所以惑貴鄉諸公者，曰温無備也。夫備而使人知其備，此豈爲真能備者乎？所用馬啟河輩入温作説客，逢人輒云：「若等歸戴魯王，則賦税歲得減十之三。」獨不思台、紹賦税，五年併徵，温距台、紹不數舍，其民豈盡聾瞶？其歸也，又與木叔相繼上章，言温人俱願歸魯，而當事且獎其勞，敍其功矣。年來壞國家事者，正因不做實事，不講實話。今虜勢猖獗如此，不思一乃心力，以恢已失之疆，而汲汲於用説謊小人，以開同室之釁。人心迷惑至此，豈真氣運使之然也？

已上諸事，某非樂談貴鄉之短，但嫌不釋，則勢愈弱。浙既敗，而閩旋危，憂心忡忡，不禁向知己一抒吐耳。聖駕已決意繇江右指金陵，蓋何雲老有衆數十萬，已抵湖西，遣官迎駕，聲勢大振。中外方拭目觀光復兩京之盛，如台臺所示齊東之語，未審從何處得來也。

令弟師老江干，勞苦萬倍，某冗中不遑裁稟修候，煩爲致意。師生情同父子，爲天下大計，各吐胸臆。雖議論不能合轍，而肝膽到底無二致耳。

【校勘記】

〔一〕此注文李本無，據文獻本補。

〔二〕「宗社」，李本作「宗杜」，據文獻本改。

與張煌言書〔一〕

千試不折，百鍊彌剛，台臺真鐵漢也。憶壬辰歲，台臺擊楫北征，曾呼弟共濟，扇頭大章，至今諷詠，猶令人神魄飛動。顧當事者，方忌人而不能容人，而又好役屬人，弟竊見至隱，故常稱病杜門以避之。

十年以來，成紀茂陵，邊幅日增，而造物亦巧相簸弄，以結其局。弟竊以此卜中興之兆，似非無當。今事可無牽制矣，而願息者多，異議蠭起，極好題目不肯做，極惡題目却要做，二三同志，脣焦舌敝，不能動人之聽，一腔熱血，欲灑無地，敬北望長跪，乞指教於台臺。倘貴鄉有可措手處，使弟効鉛刀之一割，弗敢辭也。弟年六十三，志意未憊，台臺幸勿以老而棄之。楮短情長，伏惟亮照。

【校勘記】

〔一〕此書信文獻本未收，此據李本。

【附】復盧牧舟司馬若騰書〔一〕 壬寅　張煌言

十餘年來，南鱗北羽，往來如織。每於老祖臺曠焉聞問，豈其疏節。知老祖臺閉門却掃，尋常寒喧〔二〕，不足以塵典籤也。

近聞蒼梧不返，炎鼎幾燼，而飛熊星隕，適與輻湊。國瘁人亡，何能無淚？今虜實遍布楚歌，熒惑觀聽，正恐成紀茂陵，今亦不可復得。自非乃心王室以申大義，即號召必且不靈，未審尚有竇周公在否？某才非鎖鑰，勢單援絶，孤危特甚。倘老祖臺肯執耳齊盟，則元老臨戎，軍勢克振。況并州士女，誰不感切棠陰？若糾一旅溯洄流而北，百里之内牛酒日至，天下事尚可爲也。祈早商同志，勿使祖鞭先著，幸甚幸甚。

【校勘記】

〔一〕此書信，引自張蒼水詩文集冰槎集。「牧舟」，亦作「牧洲（州）」。

〔二〕「寒喧」，應作「寒暄」。

又答張煌言書〔一〕

不負朝廷，不負所學者，老先生一人耳。天未悔禍，使孤忠困於寡援，涕讀來教，不禁涕之滂淫下也。

敝鄉島僅彈丸，人可指數，而一鬨之市，不勝異志，邪説繁興，視昔加甚，深憂遠慮者，不惟措手難，即開口亦難矣。弟守區區之節，而無展布之資，災因釁劇，病以愁深，恆恐旦夕溝壑，負國之罪，終無以自贖，尤恨不一晤老先生，吐其伊鬱耳。外島興屯，慮始不易，以弟所見，稠衆中尚多有心人。今以田横之客五百，奮臂號召，可使雲集響應，因而發奮爲雄，未須便弭節荒裔也。幸熟計之。令弟回，率爾附復。秋風不遠，跂望德音。

【校勘記】

〔一〕此書信文獻本未收，此據李本。

五、雜文

傅象晉小傳〔一〕

傅象晉，字用錫，吾同之鷺門人，都憲近山先生五世冢孫也。大父明經，諱驥千。父茂才，諱向魁。世精儒業，爲邑望族翹楚。

象晉生而早慧，四歲就外傅，教之詩賦，輒成誦，數日再問，不遺一字。年十二，隨大父司訓福唐，邑侯章有四公，一見器之，試之再三，愈奇之，曰：「此天上石麟也，不日當爲海内名士。」於是聲譽籍甚，一時紳士無不願與交驩者。及歸，贈言滿篋。性孝友，内外無間言；敦重恬和，里人咸敬愛之。讀書史至忠孝節俠之事，輒慷慨歔欷，不能自止。

甲申、乙酉兩遭國變，勃然有恢復之志，遂遍觀孫吴兵法，及天文氣數諸書，手自抄録。又學擊劍，精弓矢。丙戌秋，虜入閩中〔二〕，令士民剃髮，象晉曰：「吾頭可斷，髮不可薙也〔三〕。」是冬，余座師熊雨殷先生，奉魯王自浙航海入閩，駐師鷺門。

象晉同其尊人，四出聯絡義旅，得從監國，誥誓保髮，例賜貢生。明年秋，魯王修書三山〔四〕，象晉尊人，以大行銜奉敕入粵，聯絡余友歐良圖等〔五〕。自丙戌起義抗虜〔六〕，顧家徒四壁，不能多養戰士，乃率所部入武安之珪山，與諸義士合營，象晉與之偕行。及聞余出曷山起義，良圖、象晉遂俱來共事，余視之如手足。象晉每見余，謙謹如不勝衣，然忠義之氣，見於眉宇。留心征剿事，言不及私，余私喜謂：是能分吾憂者。余忝奉隆武皇帝「便宜行事」之旨，有御頒文劄若干道，因承制授象晉兵部主事職銜，使督戰陣。

余屯兵望山寨，欲乘間圖武安。近寨有林姓者，宦裔也，族大而富，威行於諸村落。虜令柴允欽啗以官〔七〕，遂爲虜出死力，絶義師餉道，凡百姓輸糧助義者，盡殺之，且教伺隙欲奪吾寨。余三貽手書諭之，不應，託其所親説之，益猖狂無忌。不得已，聲罪討之〔八〕。象晉懷憤久，揮刃直前，深入賊陣。賊聚衆圍之，格鬥不得出，遂死焉，年纔二十有二耳，嗚呼痛哉。余遣人求其屍，莫能辨。大行公在家聞訃，親往求之，時已閲二十餘日矣。別屍俱腐壞，獨沙磧中一屍堅實，面色如生，視之，則素珠一串在臂，蓋象晉大母奉佛，平時以此遺象晉使佩之者〔九〕，遂收殮焉。嗚呼異哉。

夫今世士大夫，受國厚恩者多矣，相率而事虜，竟恬然不以爲恥。草澤之中，間有樹義幟者，然往往見利則攘臂争先，而遇敵則股栗思遁。象晉一介書生，滿腔熱血，完髮於先，捐軀於後，真身不壞，卒得還葬先壟。跡其所爲，豈不偉然烈丈夫哉？余才短望輕，未知成功何日。常恐負象晉於幽冥之中〔一〇〕，嘗膽枕戈，期得一當。因紀象晉死事始末，授大行公，俾持歸以示親友，庶幾聞風興起者，尚有人也。

【校勘記】

〔一〕此文李本、文獻本、省圖本均有收，此據李本，並以文獻本、省圖本相校。

〔二〕「虜」下，省圖本有「兵」字。

〔三〕「薙」，省圖本作「髡」。

〔四〕「修書」，文獻本作「移書」。

〔五〕「等」，省圖本無。

〔六〕「丙戌」下，省圖本有「冬」字。

〔七〕「虜」，省圖本作「邑」字。

〔八〕「聲」上，省圖本有「乃」字。

〔九〕「使」，李本無，據文獻本補。

〔一〇〕「常」，省圖本作「嘗」。

賜進士湖廣長沙府推官殉難贈太僕寺卿謚忠毅蔡公傳〔一〕

崇禎壬午、癸未之間，闖、獻二賊，並流入楚，陷郡破邑，勢同燎原。維時文武將吏，殉節者不乏人〔二〕，而最烈者，無如長沙司理蔡公。

公諱道憲，字元白，别號江門，吾泉晉江人。年十九，舉於鄉，二十三，成進士，謁選得大理司理，未任，丁外艱馳歸。辛巳服闋，改理長沙。長地處藪澤奧區，人習攻剽，豪貴居之爲奇。前長吏雖有能發擿者〔三〕，終莫制其死命。公下車，立擒黠魁，置之法，請託迭至，弗聞也，盜稍戢。有魯之俞者，自厭其所爲，改行逃入旁郡界，公召而獎勵之，令緝盜立功，俞感激流涕〔四〕，密疏群不逞黨與及其藏匿巢穴以聞，盜夜發而朝掩捕之，無弗獲者。自是相戒屏跡。先是吏急於擒盜，民争以盜羅織仇家，非其罪而擬辟者八十人，株連繫獄者百餘人，公悉平反出之，遂有「蔡青天」之號。郡初設客兵五百，以捍土寇，已而糧芻不繼，乃大爲民患。哨長周華宇，率其徒掠物於道，斃一人。公密令數卒縛華宇入署〔五〕，其徒環集而譟，吏皆駭逸。

公笑語之曰：「理官所奉者，朝廷三尺法也，爾曹五百人耳，敢殺天子之命吏爲亂耶？」衆語塞。公曰：「吾能爲爾曹地。」即令自陳，願歸家者若干人，立給路費遣之。其願留充伍者〔六〕，如額餉焉，各意愜散去。然後論華宇如法，城村肅然。吉藩分封於長，奸民影藉較衛，占奪田舍，無所顧忌。故事：藩府較衛，非請令旨莫敢治。公逕提究，不少假。王初不悦，公力言：「方今四方多難，小民能爲長上重輕，王縱此輩吞噬小民，即一旦有變，此輩能爲王保富貴乎？」王悟，諭自今不法者得自按治，勿拘故事。當是時，武岡、祁陽民賊殺藩宗，匿湖蕩自保。有羅、簡二生者，陰煽郡民効之，人情洶洶。公召二生對飲，徐語之曰：「武岡、祁陽首難者，釜中魚耳，藩宗信爲虐，顧有院司守令在，安得不一控告，遽自快所欲爲乎？生欲踵其轍，請入獄候訊。」二生力辯無之，公袖出一紙，則其同事主名〔七〕，萃奸窟宅，歷歷具焉。二生大驚，以爲神明，叩頭出血，乞弭變自贖，公釋之出，而事定。會撫按以武岡、祁陽事，委公覈究，匿湖蕩者皆喜曰：「蔡青天能生我。」争歸公。公分別首從〔八〕，仍爲白其不得已之情。撫按一依公所擬入奏，首惡亦自以爲不冤也。茶陵、益陽、攸縣各聚黨數千，訟其長吏於院司，譁不可止，公馳諭之，皆俛首聽命。餉部馮某，抵湘陰，以胥弊激民怒，至塞其門欲焚之。部堂莊公祖誨駐長，不知所出。民云：「惟蔡青天可了此。」莊使公往，則間道入城隍廟，召令問之，令懼且泣。已而民皆持戟來見，公曰：「吾單車來，奚戟也。朝廷爲爾民拳兵禦寇，以守令務姑息，粻糈不辨，特遣重臣敦其事。即司官胥吏奉行失當，要與首令貪墨致變者不同，爾曹遂圍窘司官，欲以何爲？朝廷恐諸縣效尤，必不能爲爾宥也。」語未竟，戟者半去，餘跪乞活。公取罪胥及倡禍者數人，解部堂。莊公不欲竟其事，兩釋之，湘陰以寧。有明經任祁陽令，性麤陋，謁上官不知禮〔九〕。監司坐以假官，供黨與至百餘人。檄公窮治，召之到，則士農富賈。公曰：「此奸胥乘其刑僊授之者也」，釋去報命。而前讞者怒不解，令竟斃杖下，所供累無不傾家者。已而令之家屬至，乃知其爲真令也。常德弁周晋，假闖賊焚刧，旋被擒，行賄獲縱，匿廢弁韓鴻家。公伯劉按台並擒殺之。劉邀公入常德安民，議增兵而難其餉，公條指某項虛冒可清察，某項在官可挪移。劉曰：「公察盤未歷常德，何以知之？」公曰：「此具載各郡志文册，某平時不敢一字放過耳。」劉大歎服曰：「公有救世之心，又有濟世之才，所造不可量也。」

賊躪中州，逼楚，民一日數驚。或謂賊且至，則争走入城，有擁擠掠負戴者。公知其訛傳，取襆被出城十里而臥。民曰：「蔡青天在外，無憂也。」乃相率還。壬戌秋分闈，以能得士稱。九月，郡守褚公胤錫入覲〔一〇〕，公署篆。十二月，闖賊襲荆、承，獻賊犯澧、石、慈、安諸縣，湖南大震。荊鎮某，擁惠藩走長，一郡供應鎮藩，凋敝萬狀。公苦心調劑數月，乃啟請惠藩移永，長民稍蘇。時急守城，而富者慳，貧者忮，議不決。公下令曰：「有警登陴，垛長日給穀一大斗，垛夫日給穀一小斗，穀取之富户，就地均輸。」於是貧富皆説〔一一〕，守備漸飭。癸未五月，賊陷武昌，其民殺溺殆盡。比撫軍王聚奎率所部奔長〔一二〕，公力請還屯岳，則可以捍長而兼顧衡永。撫軍以非封守辭，公曰：「北喪南存，不猶愈於南北俱喪乎？」撫軍辭窮，乃還岳。及賊息近，竟揚帆南去，亦不復抵長矣。南撫軍王膺命入境，湖北已壞，駐岳數日，檄徙長，公再上奏記謂：「岳宜固守，岳不守，長隨之，雖徙無益。」不報。而岳帥孔全贇驅萬騎擁撫軍偕來，所過二十里內，民間蓄積如洗。上江諸逃帥，亦各率殘卒，魚肉居民，奴隸守令，城內外吞聲泣。衡將尹先民，有能戰聲，公傾心結之，尹亦感激，折箭誓助。公申明紀律，諸悍卒稍戢。撫軍旋至，謁文廟，直指及諸道鎮守令咸集。撫軍問守長之策，公條列數千言，大略欲以吉藩居守，而文武自撫軍以下，皆聯營城外，背城臨塹，首尾相應，選驍鋭爲遊兵，賊攻吾北，則遊兵擊其南，攻南則擣其北，稍却則城上戰士縋下繼之，飛礮助之，如此則賊必疲。彼所長惟梯衝、地道，防斯二者，技無所施，久而糧盡，必引去矣。撫軍曰：「守尚未易，何乃言戰？且如睢陽之守，當時議者，亦未必以巡、遠爲功。」公曰：「巡、遠保障江淮，自唐至今，未聞有罪之者。且不戰，烏能守？遠任守，巡任戰，巡大小四百餘戰，殺賊卒十二萬，唐史所載甚明，何得埋没？」撫軍曰：「今安得張中丞而守之？」公曰：「公毋薄待今人也，請諸大人居中調度，某願與諸將分兵之半，出要地拒賊。蓋今日事勢，與睢陽不同者三：尹子奇輩所將，皆番漢漁陽勁騎，獻賊所糾者，烏合耳。睢陽衆僅滿萬，而今合各鎮得三萬餘人。賊行無部伍，止無營柵，貪淫驕縱，非漁陽曳落河之比，我信賞必罰，俟間抵隙，破之必矣。」撫軍曰：「亦當更思良策。」公曰：「舍戰與守，而别求良策，非其所敢知。」因反覆涕泣，謂存亡係於今日，決無再計。劉直指是公議，撫軍怒起。七日報賊入岳州，撫軍益懼，悉召將吏入城曰：「凡言戰者，以反論。」吉王夜微服就見公曰：「吾使人瞷撫軍〔一三〕，已治去裝，城危在旦夕，特來與先生一號分耳。」公灑泣，具輿馬舟楫送行。明日，遣十校尉、二承旨，致書招公同行，公再拜堅辭，王乃去。撫軍遂發，所部兵分水陸二道，豎帥旗於水次，下令曰：「吾親統軍任戰，蔡推官任守，城之完否，責有專歸。」公曰：「岳陽未破，某力請遣將立營寨，飭江防，扼要待勞，而反撤兵入城，曰言戰者以反論。今去賊僅一二百里，戰兵三萬，寂無調發，而獨率所部千人，親行陣，欲誰欺乎？請立軍令狀：若全師在外，與賊戰而城不守，罪在推官。若外兵潰遁，不顧孤城，責亦宜有所屬。」撫軍曰：「唯唯。」於是交立狀，諸道將押訖，撫軍登車去，夜疾馳百餘里，天明入湘潭矣〔一四〕。在事諸人相繼去，無一存者。城中居民，哭聲震天地，公悉縱令挈去，曰：「吾死分也，何爲苦吾民？」獨先民所將三千人，誓死不去，公分佈城上，躬爲粥哺之。八月十二日，賊至城下，衆數十萬，連營三十餘里，獻忠遥呼公曰：「久欽高名，速降，當共保富貴。」公曰：「國家德澤垂三百年，何負爾曹，而悖逆至是？不見古黄巾、黄巢輩耶？雖據州縣，僭位號，究竟首領不保，妻子就戮。足下及今改圖，尚可轉禍爲福。」獻忠大笑，其衆有侮詈者，先民射中獻忠馬，急入營。公謂先民曰：「賊驕而無備，可夜襲。」乃選精兵二千人〔一五〕，夜開門突出，砍殺千餘級，未明引還。獻忠怒，併力攻城，晚復至城下，傳語曰：「吾愛蔡推官，年少雅望，弗忍攻〔一六〕。不然，何有此城？」公遣人應之云：「若能爲攻，吾能爲守，城亡身死，勿復多言。」賊盡出其攻具，公隨發隨制之。又與先民各率千人，分門出衡賊壘，公大呼當先，士皆感激殊死戰，無不以一當百〔一七〕，賊大亂，死者數千人。會先民被創陷圍中，公率所部往救之，亦被圍。自午至戌，始合師突圍，出至城門，存者數百人耳。自是晝夜攻擊，士卒死傷過半。二十四日，賊爲地道穿城，城中皆賊。公乃釋戎服入署，具袍笏北向再拜曰〔一八〕：「某君親兩負矣。」遂被執。獻忠親解其縛曰：「吾當重用汝。」公怒罵，求速死。獻忠令人引去，監之王道門〔一九〕，遣其黨百計説降，公閉目不應。明日，衆擁先民至，公視其衣冠如平日，知已降矣。先民跪欲有所言，公怒，蹴其牙流血。先民哭曰：「吾不敢負公，終以死報公耳。」於是衆復以公見獻忠。公極口駡詈，目眥盡裂。獻忠曰：「若不知吾屠武昌耶？若頑抗如此，吾當盡殺若民。」公哭曰：「寧寸割我，毋害百姓。」獻忠命剮公〔二〇〕。公笑受之，不作痛楚聲。獻忠復下堂爲好語誘公，公噀血叱之曰：「吾必爲厲鬼殺汝。」獻忠大怒，拔所佩刀擲中公胸，忽血濺其面，昏仆良久始甦，遂磔裂公屍，時二十八日午時也〔二一〕。

初，衙卒林國俊、李師孔、陳賢等九人，侍公不去，至是賊並殺之，已斃其五，尚四卒，忽奮然曰：「容葬主而後受刃。」賊義而許之。於是四人解衣裹公血肉，葬之城南醴陵坡〔二二〕。事畢，俱自經死。先民聞知號哭，不食數日，賊惡而殺之。城内外及各屬邑村落市鎮，無少長，皆哭失聲。十二月賊去，士民聚哭墳上者，復數萬人，並葬林國俊等九人於墓側。次年正月，王師復長，三月，諸公還任，從父老之請，建公祠。公所厚馮子根，從公死，遂以從祀，改醴陵坡爲理靈，以爲司理之靈也。諸屬邑亦各建祠如郡城焉。

公天性至孝，幼體太公因心之友，惆從昆弟之孤，待之如同胞。初舉孝廉，即合居共爨，絲粟無所私。居太公喪，哀毀骨立，卒哭謝弔，率徒步拜門，人多其能循古禮。理長時迎太夫人就養，壬午以敏練見推，當遵制運餉入京，乃遣夫人奉太夫人歸家。已而院司留之，不果行。以亂形已見，不再迎養，然見太夫人坐處，輒淚不止，題詩署壁，聲淚如新。平生書過目不再讀，走筆成文，累千言不易一字。詩蒼深秀拔，無近代氣色。筆法遒逸，得其手札者，寶同珠玉。豪於遊，登峰溯源，務窮險奧。試駿携妓，不滯風流。談古昔興衰成敗，感慨悲歌，有恨古人不見我之意。聞時政得失，如身任其際，必展轉籌畫其可以濟人利物者。剖斷訟牘，出數語而兩造胥服。每云：「得情之外，當別出脱〔一三〕，方是與民更新。」至於稔奸巨蠹，則去之務盡。故車轍所至，無不愛之如父母者。城將陷時，署中地出血，有白者，公責其妄。已而自見所坐處，血流數尺，叱之立隱。初至長，謁宋守李公芾祠，葺之，題詩壁上，有「許多上坐薪誰徙，正在中流楫自悲」之句。已而夢李公晤對相勞苦。今公祠去李祠數武，人謂公即李後身云。聖安皇帝即位，贈公太僕寺少卿，廕一子入監讀書。隆武改元，晋贈太僕寺卿，賜謚忠毅，仍准入祠本鄉〔一四〕。公無子，以兄子知遠爲嗣，品行修潔，足世其家。

盧生曰：余獲交忠毅公，蓋在癸酉之秋，吾兩人皆以棘闈試畢南歸，邂逅於蕭家渡，偶談契合，遂同行至洋中宿焉。各出文字相質，互相許可。公年纔十有九，竟夕商榷今古，不作一猶人語，余心折，遂與定交。越數日，而公登賢書矣。余鄉、會兩榜，皆後公一科。公每慰余曰：「豈有韓夫子而長貧賤者，吾輩相期，正不止此耳。」公只一女，余只一子，公殁後女歸豚兒爲婦〔二五〕，異姓而骨肉，吾兩人有焉。公嗣子知遠，忘余不文，流離顛沛之餘，命余爲公作傳。夫公忠義無論，即其文武全材，亦當爲張中丞之流亞，海内知之久矣。即余傳非阿其所好，要之，公固不藉余傳傳也。余所慨者，當奉旨立祠本鄉之時，鄉之人固已醵金欲鳩工矣，值福京傾覆而中輟。自是遂以俎豆忠義爲諱，至於今又有甚焉。乘輿遠狩，正朔猶存，而吾鄉向來樹義旗者，易腸更態，霧黯雷同，以降爲是，以不降爲非，以勸人降爲是，以不勸人降爲非，即平日侃侃談名節者，亦爲兩可之説，曰：「身不降固忠，而勸人降未必非。」嗚呼，是非者，萬世之公，一時無庸屑屑致辯。然海内有幾温陵，而一時情景變怪至此。忠毅公英靈尚新，眷戀桑梓，憔慅憤懣，當何如也。

甲辰仲春，先君舟泊雷時，已抱恙，自知不起，恐負諸責，力疾屬草，遂爲絶筆，嗚呼痛哉。

男饒研垂涕記。〔二六〕

【校勘記】

〔一〕此文文獻本未收，據李本補，並以省圖本相校。
〔二〕「人」，李本無，據省圖本補。
〔三〕「擿」，李本作「摘」，據省圖本改。
〔四〕「激」，省圖本作「泣」。
〔五〕「縛」，李本作「傳」，據省圖本改。
〔六〕「留」，李本無，據省圖本補。
〔七〕「主」，李本作「王」，應誤，徑改。
〔八〕「公」上，省圖本有「自詣」二字。
〔九〕「知禮」，李本作「如禮」，應誤，徑改。
〔一〇〕「覲」，李本作「覩」，應誤，徑改。
〔一一〕「皆説」，省圖本作「胥悦」。
〔一二〕「比」，省圖本作「北」。
〔一三〕「瞯」，省圖本作「瞰」。
〔一四〕「湘潭」，李本作「湘潮」，據省圖本改。

〔一五〕「二千」，省圖本作「二十」。
〔一六〕「弗忍」，省圖本作「不忍」。
〔一七〕「百」下，省圖本有「者」字。
〔一八〕「北向」，省圖本作「北面」。
〔一九〕「獻忠令人引去，監之王道門」，省圖本作「令人監之王道門」。
〔二〇〕「命」上，省圖本有「怒」字。
〔二一〕「二十八日」，李本作「一十八日」，據省圖本改。
〔二二〕「醴陵坡」，省圖本作「醴泉坡」。
〔二三〕「別」下，省圖本有「有」字。
〔二四〕「入祠」，省圖本作「立祠」。
〔二五〕「公」，李本無，據省圖本補。
〔二六〕「甲辰仲春」至「男饒研垂涕記」一段注文，李本無，據省圖本補。

誥贈通議大夫、都察院右副都御史雲逵暨配誥贈淑人許氏行略[一] 遇覃恩應得誥贈，送詞林求撰文稿。

孫若騰述

先王父，諱一桂。幼而嗜學，夙有文名，弱冠游泮宮，屢試優等，博通經史，爲一鄉儒宗。性莊嚴，平生無非禮之言、非禮之動，雖燕居獨處，必正襟危坐。閨門之內，規矩肅然。與先王母相敬如賓。舉「爲善最樂」四字，以訓子孫。騰自幼至長，並無外師，獨受業於先王父。騰年十三，先王父尚不許讀時文，日令講究經書性理，□□熟讀歷代史、秦漢文及唐宋諸大家集。嘗曰：「經以貫理，史以該事，淹通鴿割[二]，心地靈澈，然後摹倣時文，不過費一歲之功耳。若胸中先有時文爲主，□以浮詞障蔽性靈，縱速掇科名，終是無根之華，何裨世用？」其立教尚實如此。騰幼不羈，先王父繩束之嚴，時或戲玩，輒加楚撻，曰：「不如此，無以變化氣質。」騰應童子試，三見擯於督學使者，太贈公憂之，先王父曰：「吾與若弟，皆早廁黌序，狃於小售，竟艱大就。今造物以屢蹶此子，蓋將苦其心，練其識，沉其旨，而後奢其報焉。吾方以爲幸，若顧以爲戚乎？」騰自淬勵以有今日，皆先王父之所貽也。

鄉黨族屬，人人敬服先王父，雖極頑悍者若然加以訾議，其躬行寔踐益儒者之醇者矣。享年八拾有七。恭遇今上新恩，應得正三品誥贈。

先王母姓許，出自右族。年十八于歸先王父，孝事繼姑得其懽。先王父季弟夫婦夭殁，遺孤二，先王母視如己出。卒成人，先王父歲率諸子就館於外，家計皆先王母手自經理。育三男二女，自繈褓至畢婚嫁，衣服皆織成之，未嘗取諸市也。性儉約，顧獨不親戚困阨，恆割己衣食以濟之。聞乞兒號聲，則手錢米以待，曰：「所施縱不能多，何奈使彼至門？」先王父懽，至老無相忤之色。年以耋□□諸孫讀書，夜聞書聲輒起，懷菓餌叩門，喜而不寐也。慈順勤儉，備諸婦德，享年八十有三。□□今上新恩，應得正三品誥贈。

【校勘記】

〔一〕此文文獻本與李本均未收，據二〇〇六年仲秋金門賢聚盧氏族譜誥命補。

〔二〕「鴿割」，原文如此，疑爲「博洽」或「賅博」等之訛誤。

修築後浦埭議〔一〕

昔年循梁丞相古跡，築隄成田〔二〕，所獲甚厚。因之期望轉奢，再築外埭，至今無不追咎其後舉之謬者。蓋内埭閃在一傍，於海水潮汐之道，不相妨礙，且上承宋洋有源之水，四時潯注〔三〕，故遂化斥鹵爲膏腴。外埭則異是矣。

自有天地即有此港，今横築一岸而壅塞之〔四〕，海潮既朝夕侵齧。霪雨時，山水復從内衝出，岸非鐵鑄，安有不壞之理。且上流絶無活水注下，即使堤岸無恙〔五〕，而田土鹹味不變，所收曾不足當内埭之一二〔六〕。某生世六十年，親見外埭崩壞六次〔七〕，補築勞費，得不償失，可謂愚矣。

爲今之計，莫如棄外埭而併料併工，以築内埭。内埭堅固〔八〕，歲歲禾稻豐熟，冠於浯上〔九〕，其利一也。外埭改爲海堰，魚蝦蟶蛤，滋生無窮，其利二也。大海朝堂〔一〇〕，堪輿所最重，陽基陰地，臨此者福力厚而且遠，其利三也。颶風時作，舟楫移泊港内，永無覆敗之虞，其利四也。夫築内埭則有利而無害，築外埭則有害而無利，章章如是，即奈何復踵前日之誤乎？今移外埭石料以築内埭之下半截，綽綽有餘，其上半截水勢，至此緩弱，不能壞岸也，循舊址而挑土培築足矣〔一一〕。一勞而永逸〔一二〕，可不俟再計而決也。

【校勘記】

〔一〕此文文獻本未收，此據李本，並以金門志卷二分域略所收之後浦埭議與省圖本相校。另本文可與築埭詩（本集留庵詩輯七言古）相參看。
〔二〕「隄」，省圖本作「埭」。
〔三〕「潯」，省圖本作「浸」。
〔四〕「之」，省圖本無。
〔五〕「即使」，省圖本作「正使」。
〔六〕「内埭之一二」，省圖本作「内埭十之二三」。
〔七〕「崩壞」，省圖本作「崩隤」。
〔八〕「固」下，省圖本有「倍」字。
〔九〕「浯上」，省圖本作「浯土」。
〔一〇〕「朝堂」，金門志作「潮堂」。
〔一一〕「循」上，省圖本有「只」字。
〔一二〕「而」，金門志無此字。

代延平王嗣子告諭將士文〔一〕

禍亂相仍，乾坤崩坼。惟我先王竭忠貞以報國，殫勞瘁以詰戎。水斷陸剿，氈裘寒膽，南征北討，菰矢濯靈〔二〕。欲收外府之厚資，爰闢東都之新宇。□□舟航瓦解，沃野耒耜雲興。不匱轉輸，立期光復。豈意根基甫定，中道棄捐。本府泣血椎心，哀痛莫贖。自維薄劣，曷克纘承。叨賴文武之推戴效忱，重以母夫人之諄切屬望，是用勉肩先緒，虔答輿情。幸桑梓之末蔭，睠東方而行部。叛將黃昭，顯肆不軌，顏行初逆，頃刻就殲。固先王之靈爽可憑，亦將士之忠誠不惑。本府以優異示激勸之典，以包荒安反側之心。招徠土蕃〔三〕，咸受戎索，撫綏流寓，胥慶樂郊。

既無東顧之憂，遂振西歸之旅。念沿海疆土，費先王締造經營，矧島上遺黎，沐累朝生聚教訓。屬滿虜方眈眈相視，詎吾人可泄泄不前？所願共勵壯猷，大舒朝氣。一切政令，有未便於地方者，並許士民指陳詳確。本府不難翼積稾之穴〔四〕，以補亡羊之牢。或有奇謀異勇、雌伏未揚者，曁望各舉所知〔五〕，兼許自陳求試。如果懷抱不虛，自當破格拔擢。兵以嚴爲紀，以和爲律，期於與民相衛；其有不加訓練，攫掠公行者，殺無赦。民以農爲本，以商爲佐，期於各安生理；其有包藏禍心，外勾內叛者，殺無赦。餉以正爲式，以雜爲權，期於悉充實用；其有指一科十、侵漁肥囊者，殺無赦。以上休養急著，即是恢復良圖〔六〕。必諸文武持之有初有終〔七〕，而後本府成其實心實政。相須遠大，不禁叮嚀，如或玩違，刑法具在。體之毋忘。

【校勘記】

〔一〕此文李本、文獻本均有收。文獻本題作「代延平王嗣子告諭將士」。

〔二〕「蓘」，李本作「䋘」，據文獻本改。

〔三〕「土蕃」，文獻本作「土番」。

〔四〕「翼」，文獻本作「翻」。

〔五〕「暨」，文獻本作「既」。

〔六〕「良圖」，文獻本作「長圖」。

〔七〕「有初有終」，李本作「有初終」，據文獻本補。

附録

一、浯洲節烈傳　吴島輯佚

（一）序〔一〕

【校勘記】

〔一〕此標題爲編者所加，以下均同。本篇原序中有盧若騰自序及王忠孝序，因本集中已有收録，此處從略。

浯洲節烈傳弁語〔一〕 黄鏘

婦人從一而終，夫死而從之者義也。或有重撫孤而貞心苦節者，其守義更難。或不幸遭變，不受辱而就死者，均合於義，要之無二心耳。如未醮而死，殊見慕名而過於義。然不二之心，君子取焉。蓋婦人從夫，一死義盡，何必多慕貞烈之名，而起或者之議。浯婦死節者多，有激然之操徵於月旦，乃不登於誌傳，以其不足以致之耳。宜舉所知，勿使泯滅，至於紀載之下，當據事直書，不必大爲文飾也。

貞烈節孝人數係黄鏘從盧牧州若騰所著浯洲節烈傳取録列之。

【校勘記】

〔一〕此文引自滄海紀遺人才之紀第三，標題爲編者所加。

〔二〕節婦

黄氏，汶水人。適東埔陳思誠。思誠中嘉靖己酉科舉人，家貧早歿。氏年二十六，僅餘孤在，及一老姑。既而夫弟並歿，亦遺孤在。茹苦飲痛，朝夕紡織，以事垂白，下撫呱呱，姑幸以天年終，而胤俱克成立。人以爲養老存孤之事，氏實肩之。萬曆辛卯，氏年已七十矣。縣學諸生呈院請旌。

陳氏六娘，斗門貢士潛江教諭陳倫女孫也。適汶水貢士樂會教諭黃源深孫日望，年二十五而終。氏年如之。一子在抱，尚有一子在腹，及期而娩，得男。每慟哭欲以身殉，其姑亦中年寡守，因慰之曰：「汝欲死，死者爲誰生？生者爲誰撫？」乃勉留視息，與姑共撫二子。姑壽八十九而終，二子皆成立。艾齡孀居，皓首一節，鄉里稱之。萬曆丁巳年卒，壽七十一。經本縣諸生員呈請旌表。其孫策，崇禎壬午科鄉薦。世有書香。

蕭氏，沙尾人。適金門所庠生陳良選。氏年二十四而寡居，一子履遜甫三歲，撫訓至長，中嘉靖辛酉科武舉，會試卒於京，遺有一孤。氏盡瘁撫孤，年終八十，行端操潔，闔所弁韐敬之。匾其門曰「貞節」。

林氏，浦邊人。年十六，適斗門陳綬。綬遊學於漳浦平和，既爲弟子員，考優食餼，兩登鄉試副榜，不幸夭歿。氏年二十八，子紹學，甫六歲，而舅姑皆在古稀之年，氏矢志代夫供爲子職，生盡菽水之歡，死敦喪祭之禮，鄰里稱之。課子讀書，稍長，以貧故，效古度在官謀代耕之祿。氏意急急不樂，既而諸孫繞膝，諄諄誨之曰：「慎勿斷而祖書香〔一〕。」萬曆乙卯卒，享壽七十有四，孫其、兆、夏，俱入漳浦庠生，因家於漳。龍溪邑侯李吴滋，贈以匾曰「孝節人家」。

盧子曰：「婦人以死明節，則世争重之，然有不死而所繫更大者，如陳孝廉之妻黄氏、黄日望之妻陳氏，皆青春保潔，白首全貞，事姑而姑壽終，撫子而子成立，妻道、婦道、母道體備無歉，斯固純粹之性情，平中之踐履，似易而實難也。豈可慷慨捐生，著赫赫之名者，衡較其軒輊哉？烈婦之報，例當旌表，嘉靖三年，詔『節婦已旌表年及六十者，給賜絹帛米肉』。存恤之恩有加無已，斯又足以見朝廷崇尚庸行之致意也。吾浯風氣淳厚，少寡之婦，多以純節没齒，而聞見習俗，侈談者少，久之則姓名事蹟俱杳然無聞。陸續咨訪一二，爲之補傳，是余志也。」

張氏，沙尾人。適蔡店庠生蘇子度，即日門少參公之叔祖也。子度殀殁，無子。氏年甫二十，矢志孀守，且有鑒識，知日門必成令器，勉之勤學，資其家計，果登進士。氏年八十一而終。天啟辛酉禮部覆疏，奉旨旌表建坊。

洪氏，後浦許良偉妻。偉娶未幾即逝，無子，立嗣誓死撫養，貞白之操，達於當道，餽米肉以旌之。享年六十有九。

蔡氏，平林人。適後浦許堯民，次年育子，又二年堯民溺死，遺腹又舉一子，勤苦撫孤，卒以成立。遺腹子名大用，遊泮，氏享八十七。族子廷用號南洲，輓以詩曰：「鴛幃初煖輙零丁〔二〕，一節孀居九十齡。母子相歡頭盡白，孫曾繞膝眼增明。含飴日看斑衣舞〔三〕，屬纊翻尋比翼鳴。穆伯寡妻文伯母，英魂千載尚如生。」誦其詩，可以知其節矣。

【校勘記】

〔一〕「而」，疑爲「爾」。

〔二〕「輙」，原文作「轍」，應誤，徑改。

〔三〕「飴」，原文作「貽」，應誤，徑改。

蔡氏，平林人。適後浦許元，夫性賭蕩，田宅廢盡，遂遠遊呂宋，越二年而訃聞。氏誓守苦節，父以女年尚幼，勸令改醮，氏曰：「當婿蕩時，逼取一二首飾，我靳不與，婿罵曰：『欲留此作嫁資乎？』今從父命，是婿所言不爽，異日何以見婿於地下？」因而慟哭不已。父知其志不可奪，乃聽之。紡績拮据二十餘年，遂贖夫所蕩產業，買地種八斗，以供祀事，方議嗣未定而病終，年五十。

楊氏，平林兼峰蔡先生諱宗德之妾也。年十八歸兼峰，兼峰以起服除官，卒於京邸。氏年二十三，未孕，聞訃，矢殉自縊，嫡洪氏苦救不死。後遭倭難，佐嫡間關拮据，竟立厥家，嫡子諱貴易，嫡孫諱獻臣，俱第進士。氏幼失怙，母再適張氏，心竊非之。及母死，張氏欲營母穴，而氏竟捐簪珥，爲治墳塋別葬以見志。享年五十八。御史方元彥，請旨旌表其門曰「貞節」，石坊在舖前。

盧氏，賢厝人。適後浦許從鋭，娶三年而殀殁，僅育一女。氏年十九，朝夕哭曰：「夫死矣，余無子，安用生爲哉？」已而翁以伯兄之少子嗣之，辛勤撫養，及長，補弟子員。氏享年八十有四。

翁氏，半山人。適洪門港洪忠憲，憲卒，氏年二十二，遺腹兩月，屆期生男，堅志苦守成立，遂厥初志。享年六十。

趙氏，浦邊人。年十八，歸金門所王如升。升逾年而殁，八月遺腹得男。誓心苦守，家貧，又逢世亂，殫力女工，不改冰霜節操。

以上節婦也，以下烈婦也，生守爲節，死殉爲烈。

【附】祖妾孤貞難泯微臣遵例直陳乞賜旌表以裨風化疏（一） 甲辰　蔡獻臣

頃臣待罪儀署，竊見臣部所覆上省直旌表節孝諸疏，無不朝上夕報，我國家加意世風，蓋其重矣。而臣祖妾楊氏，獨身執節，至苦至難，臣以司存，未敢陳瀆。茲蒙恩擢，臣今官違遠闕廷，謹昧死以楊氏之苦節，爲我皇上陳之。

楊氏係福建泉州府同安縣故民楊禮室女，嘉靖二十三年，氏年十八，聘歸臣故祖台州府通判蔡宗德爲妾，善事臣曾祖曾祖母，以孝謹稱。臣祖訃聞京邸，氏年二十三歲，無子，哭泣悲哀，屏水漿，紉周身衣裳，誓必死殉。兩次闔門自縊，賴祖母洪氏奔救，幾絶獲甦，氏猶暗地求死。臣祖母泣諭，以共守大義，仍苦浼妯娌管顧，氏不得已，泣涕勉從。既除喪，歲時忌臘，悲慟不勝，聞者泣下。臣家世故貧，嘉靖之末，復遭兵火，氏間關萬苦，以紡績佐嫡，而以臣祖屬望之意勸督嫡子，臣父先臣蔡貴易是以克有成立。

初，氏幼孤，母改適張氏，心常耻之。及母死，張氏已營母穴，氏乃典簪珥，治塋別葬，終不令出母祔張也。氏殁于萬曆十二年，年五十九歲，屢經該學里老柯鳳翔、陳榮弼等舉呈旌表，院道府縣等官勘結明白。然以妾故，難爲題請。伏念楊氏單寒女流，青茂寡守，外無朞功之親，内無子女之遺，自非天植其性，何所恃賴而矢靡他？何所顧望而執不移？就令闔户自縊之時，非祖母洪氏苦救苦勸，則亦足以烈烈一時矣。然死易，守死立家難耳。據其别塋葬母，尤見始終微志，雖讀書知理之人，有未及者。夫婦之節，猶臣之忠也。忠無間于崇卑，節何分于嫡庶？查得萬曆十七等年，四川梓橦縣原任永平府同知趙沛然妾周氏，江西吉水縣原任商河縣縣丞李朴妾楊氏，俱以生存，獲蒙表門。然二妾尚有親生兒男，忍死存孤，于情猶易。竊謂必如楊氏而後節爲苦節，難爲極難。伏乞敕下禮部，轉行巡按御史勘明具奏，照例旌表，則不惟楊氏已殁之幽貞，不至泯泯溝瀆，而以風勵天下，其爲世教人紀之助，不淺少矣。臣無任逼切待命之至。

【校勘記】

〔一〕此文引自明蔡獻臣清白堂稿卷二，明崇禎刻本。

【附】旌表庶祖妾貞節楊氏傳〔一〕

蔡獻臣

家大人識王父兼峰公誌銘之陰，又明年萬曆己丑，獻臣成進士，授主事南比部。三徙得南選郎，而家大人亦由四明憲副貴竹，尋參其藩。癸巳滿三載，聞於是王母及曾王母安所，公誥贈中大夫、貴州左參政，而王母恭人洪、曾王母吕，俱稱淑人，吾門寖寖大矣，實我王父母之遺哉？

甲午冬，家大人長浙臬，將入覲，會獻臣在告，乃命鳩工礲石，以表封樹，且奉庶祖母楊氏柩祔焉。楊性淑慧，幼即下揵習紡績，不妄隨鄰舍女嘻咲。既侍王父，頗通小學勸世諸文，事吕、洪二淑人，並曲得其懽。嘗舉女，不育也。年二十四，王父訃自京師，號痛欲殉者數矣，王母所以慰藉百端，乃強起，佐拮据，相依兵火間，如母子然。王母殁，而楊操家甚肅，終身茹荼衣枲不厭。凡吾家所以毋替前烈，而獻臣父子獲有今日者，楊有力焉。生嘉靖丁亥，卒萬曆甲申，時獻臣從四明，婦池安人實視含歛。

初，楊孤母改適張，楊心弗是也。後張營母穴矣，乃爲別厝，不令從，以見志云。今世俗第以一時感慨效節爲奇，考楊始終守死善道，難實百之。矧獨身煢煢，又故妾也。督學吳江顧公移縣扁其貞節，而未反上於朝。獻臣父子幸列仕版，忍負幽冥而不使楊之孤貞顯焉？此天理人心之公，非兒女煦嫗之私。甲辰獻臣以儀郎擢備兵常鎮，將出都，特上祖妾孤貞難泯一疏，事下按臺覆勘具奏，乃得照例旌表貞節云。

【校勘記】

〔一〕此文引自明蔡獻臣清白堂稿卷一三，明崇禎刻本。

（三）烈婦

陳氏，後浦許復晉之妻也。晉渡海府試，中流溺死，訃聞，氏登時縊死，族人議葬祖姑墓側。

張七娘，青嶼人。適後浦許致允，允卒於萬曆壬子十一月十一日，七娘致奠，朝夕哀慘，至十二月廿四日卒哭，即日縊死，年二十。

呂氏，西倉人。適後浦許子輝，輝病歿，氏誓死殉，及襄葬夫禫闋，即吞藥死。

洪和娘，烈嶼青歧人。年十九，歸後浦許元，元家貧，充記室，娶半載，遂割情遠別東征，未幾元病亡。訃至，氏痛哭幾絶，猶冀凶耗未實。及同事人回，詳述死因始末，氏呼天愴地，幾無生氣。姑知，防之甚密，乃強以笑語以解之，日對靈几低聲細語，夜則自治殮服，乘間沐浴，服新衣，襲不盡者，束而負之背，示意殉殮之意，遂以羅巾自縊死，面色如生，時年二十。〔一〕

【校勘記】

〔一〕此文可與本集殉衣篇，爲許爾繩妻洪氏作（留庵詩輯七言古）一詩相參看。

許梅娘，後浦人。適董林宋允山，未幾得痼疾死，父母憐其少無子，逼令再適，臨遣，投海死，潮漲而屍不沉，人皆以爲異。

許瑞娘，後浦人，許堯友女也。適西洪庠生洪伯大，初乳不育，即爲置陳氏爲妾，生二子。伯大疾革，度不起，氏泣殉伯大，卒含哀殮殯畢，收夫遺書付妾曰：「善視兒，使讀書。」遂縊死，年三十二。

許蓮娘，即堯友胞兄堯咨女也。適陽翟陳汝光，徙居浦邊鄉。嘉靖年間，海寇刼其家，將掠之登舟，蓮娘罵不絶口，爲寇所殺。

許酉娘，後浦人。適西倉呂登三，三發憤肄業，得損疾卒。未入殮，氏入房自縊，妯娌知之，救甦，曰：「毋庸，我必殉之，汝亦難防。」越三日復縊，衆知其志不可奪，聽之。越四日縊死。時年二十一，與夫合葬，方作穴，其夫穴中牆忽陷，二柩相連無隔，亦一奇事也。

許九娘，後浦人。適山後王廷岳，岳歿後，有四歲孤兒，氏痛迫欲死，寡母、寡姑勸以撫孤。比小祥，孤痘歿，大慟曰：「吾鞠兒無成，何面目見吾夫乎？」撫柩痛哭，遂勉襄葬事。及大祥，姑與母懷疑，伺之。迨姑出視諸務，紿其母曰：「吾素時病甚，去此里許，有神極靈，胡不爲我禱之，然去必亟歸。」母去未半途，女縊死。年二十九。

許七娘，後浦人，許若文女也。年十七，適水頭陳元登，週歲育一男，越五年，元登病亡。七娘哭奠浹旬，密地飲藥，姑覺抱救，且讓之曰：「汝死小節耳，如呱呱何？且孰爲立孤存祀〔二〕，此關節義不加重乎？」於是勉留之。甫越月，孤痘歿，大慟曰：「無復望矣。今不引決，更待何時？」姑喻其意，而防備甚嚴，飲食寢處必與之偕。然氏志堅不可奪。一日姑赴鄰人之席，囑小婢侍婦，婦潛沐浴更衣，諭婢曰：「我渴甚，可汲水來。」婢出，即以手巾二副縊於樑。比婢來，亟報姑救之，已無及矣。年二十二。

【校勘記】

〔一〕「孰」，原文作「熟」，應誤，徑改。

許良娘，後浦許敬女也。適水頭黄鼎在，在陣殁，氏哀慟矢殉，親鄰勸之曰：「陣亡多有逃脱者，或他投未可知，盍姑俟之。」良娘祝天，日減一餐，冀得夫平安信，復減二餐。嘗至其母家，母曰：「婿死真矣，汝年少，何自苦爲？」不答而歸，從此絶跡。既經年，卒無所聞，遂自縊死。年二十。良娘之姿容端麗，世人罕比。

陳菊娘，新垵人。適平林吕潤，潤死，年二十一，菊年同之，哀毁矢殉，姑讓之曰：「汝欲以二喪累吾老人乎？」乃强就食三年，每日不過再餐，母家探知其意者，曰：「汝年艾，且無子，家貧，將安歸乎？」菊娘拂衣起，告其姑曰：「婦生徒啟人窺伺，不若死之爲愈也。」遂密告於夫之靈曰：「生同爾年，死同爾日。」則沐浴更衣，冀以明朝死，與夫同日也。夫乃十月二十四日死，菊娘以十月二十三日飲藥，家人覺，灌解，越三日乃死，年二十三。

黄順娘，汶水人。年十八，適何厝許文潛，潛遊漳州府庠食餼，困苦攻學，致病將死，囑妻撫三歲男及一幼女。順娘泣曰：「君若不起，决不後君。」潛死，殮畢，即入房縊死，年二十三。

趙氏，浦邊人，庠生趙文顯之女也。適汶水黄士觀，觀客死詔安。訃至，氏年二十，絶水漿七日不死。適值士觀生辰，處分後事，入房縊死。

陳大娘，峰上人。適顔厝盧真賜，賜病死。大娘有遺腹，娩得男，逾年不育，大娘慟哭曰：「所以未即死者，爲夫三世一脈耳，今已矣。何以生爲？」遂縊死，年二十四。

蔡二娘，山兜人。適山後王廷椿。椿苦學隕亡。二娘母往視之，告母曰：「兒負母恩矣。」迨夫殮畢，拜辭舅姑，是夜縊死，年二十五。

戴一娘，李厝庠生戴宗茂女也。適新墺庠生陳耀奎，弱冠遊泮，乃畢婚。家甚淡薄，遊學，卒館中，舁屍歸。一娘痛切矢殉曰：「吾不復生矣。」王姑寬曰：「吾哀吾孫，已與死爲鄰，若孫婦併死，吾豈復有生理。吾獨子無嗣，豈不哀戚，聞汝哭聲，肝腸欲斷。」氏乃吞聲暗淚，目爲之翳。時對王姑微言曰：「凡人刃死則膚傷，藥死則腸穢，若孫婦縊死，死時必沐浴，死後不必令人近吾身。」王姑曰：「此言何謂也？」

笑曰：「戲耳。」十月十三日，夫禫祭，其日即一娘生日也。夕至王姑臥側告曰：「孫婦適浴，誤撒水房中，婆婆倘有事，起宜慎步，勿污履也。」辭歸房中，穿新衣，衣帶用針線密縫，使不可解，蒙履，用帛懸樑而死，挺立如生，頭不反，舌不吐，始悟自言適浴撒水者，實其先浴後縊之語。密縫衣帶者，示其不令人近身之意。時年二十七。

范引娘，金門所人。配本所軍餘楊廷樹，家貧業漁爲活，爲人樸拙。引娘年十六事之，情甚篤愛，風朝雨夜，夫未歸不忍先食。廷樹入海捕魚，遇風淹歿，引娘沿岸哭三日夜，淚盡血出，竟獲夫屍歸葬，哀聲動閭里。預自製殮衣，以夫祀事囑伯仲，以養姑囑妯娌，浴沐更衣自縊，年二十六，顔容不變。與夫合葬太文山東。時鎮守金門所遊擊郭公，申詳按院，批仰府取給，以便題請。而楊家以貧窘辭，其事遂寢，殊爲可惜。

王六娘，東沙人。歸水頭陳台宜，家貧，走食於澎湖，歲數往返，計娶首終僅可兩月，不幸台宜渡海遇風，舟不知所之。家人尚在望信，及得實息，知台宜死於交趾，招魂設几，晨昏舉奠。念夫體冷，欲燎薦其衣，舅姑有難色，氏私謂所親曰：「終當送達。」又密囑外家曰：「我死勿以喪事累舅姑。」撤靈之日，其夜縊死，年十九。將殮，啟視衣笥，所服之衣，皆與夫之舊衣相連結，遂併納棺中，以成其終當送達之志云。

陳八娘，陳坑人。年十七，適古坑董嘉遇，幼失怙恃，與二弱弟相依爲命。家貧甚，娶妻三月，即偕其伴生理省城。八娘父母憐其懸罄難支，令人促之歸寧，可以度日。八娘遂携小叔同往外家居住。無何，忽轉念曰：「業爲人家婦，乃以夫弟累外家，久之能保無厭乎？」遂携小叔歸，變賣衣服，才得微資，晝夜勤女工度日。每歲遇祖先忌祭，八娘供之無失。已而夫隨人入京數年，魚沉雁杳，訛傳夫死，父母詢之他適，八娘正色曰：「女未嘗累父母，胡相迫也？」又數年，浯地大饑，八娘茹草根皮，而祭祀亦不失。所親或勸之曰：「凶歲如此，男子尚不拘常祀，況婦人乎？」八娘泣曰：「所以苟延殘喘者，正不忍先代十餘鬼哭餒耳，豈惜一死哉？」其克苦孝敬，十三年如一日也。忽一日嘉遇自京歸，八娘喜出望外，未有稍尤其夫久客於外。惜未及年，嘉遇之祖墳被族豪葬傷，即以病亡。八娘慘慟，強治喪事，至卒哭日。延請族長集其家，跪而告曰：「小叔幸已長成，先祀有賴，惟夫無嗣，乞以所遺地種若干，充立祭費之田，俾後人不得混侵，庶乎夫可以瞑目。」衆族長會議定約，八娘拜謝曰：「婦可以見夫地下矣。」次日縊死，年三十一，倚床而立，足不離地，面不改色，人莫不嗟異。

盧先生牧洲傳之曰：「婦人能全節難矣。乃若八娘者，節之一字，仍不得以盡之。閱三月之伉儷，十三載之闊别，家無担石，茹苦萬狀，而無幾微怨尤之心，何其厚也。奉先祀無匱乏，何其孝也。撫夫弟至成人，何其慈也。防外家之厭，何其介也。聞變不摇，遇饑不䤹，何其守也。方幸藁砧刀頭，旋悲林竹風折，猶屹然爲定其血食，而後身殉之，何其智也。其生也不虚，其死也不苟，爲人妻、爲人婦、爲人嫂，歷歷無憾，使生爲男子，又何所不爲哉？嗚呼，其卓然不可及也已。」

丘引娘，水頭細户寠人女也。年十八，歸金門所軍謝玉，從征在外。引娘事舅姑至孝，日持齋，只二餐，人問之，曰：「爲舅姑祈壽，爲夫君祈福耳。」夫之叔，老而無子，引娘事之如舅姑，叔病將死，乃呼之曰：「願來生爲犬馬，以報賢姪婦也。」其夫犯軍法被刑，凶信報至，盡出其衣飾，散與親人。母知其將死，泣謂之曰：「獨不念我乎？」答曰：「兒自畢兒事，母有弟在，非兒所及。」次晨縊死，年二十五。面不改色容，咸稱之曰「孝義婦」。

李錦娘，金門所軍人女也。幼許配本所軍餘林繼賢。賢早失怙恃，李家撫成。年十六，諧伉儷，賢識字，以貧充戎幕，從軍三山，獲病而歿。訃至，錦娘痛哭絶粒，毀容誓殉。其母曰：「汝死爲婿得矣。其如父母何？」答曰：「是乃所以爲父母也，使兒靦顔變志，反不爲父母辱耶？」至卒哭日，沐浴更衣，拜辭父母，徧告親鄰曰：「死在今日巳刻。」有女眷愴然不忍食，錦娘曰：「未到巳刻，尚在生人，何怖耶？」時至，舉手相謝，入臥房，少頃縊死。扶其屍坐堂中，面容不改，内外之人，環聚而視，莫不嘆羨。時内閣曾先生諱櫻，别號二雲，寓城中，所官白其事，批云：「李錦娘未嘗誦詩讀書，能識夫婦之大義，甫二十四，夫死則捐軀相殉，不忍獨生，非秉乾坤正氣，純乎理而無欲，孰能與於此？此可以愧臣子之懷二心者，豈但可以風閨閫已哉？仰本官製匾一面，大書『兩儀正氣』四字，前書本閣官銜，後書爲婦李氏立，他日本閣仍表章于朝，請旨旌褒。」越六年而師相亦殉節矣。雖盛典有待，然獲忠貞大臣數語稱揚，勝于華衮之贈，豈不千古猶生哉？

李怨娘，山前人。年十六，適青嶼張子異。越三年，子異以家計窘逼，入南安縣覓館，帶病而歸，離家五里氣絶。方其病篤報至，怨娘曰：「脱有不起，吾當同日死耳。」及夫屍至家，決計必殉，慮姑覺，乃從容滌釜炊爨，示無速死之意。姑方伏子屍痛哭，氏入房縊死，果踐同日之言，年十八。姑已買棺將殮子，念婦節，更先殮其婦，家貧不能再備，鄉人憐之，共捐資以助焉，義也。

黄大娘，汶水人，黄逸叟玄孫女也。年十八，歸斗門陳安泉。泉商於高州，病殁，載柩抵家。大娘往辭其父母曰：「夫死矣，兒將俱死。」父母戒之曰：「死豈易事，汝勿輕言，以爲父母羞。」大娘不答而歸，對其鄰里娌妯一一與之永訣。諸婦女見大娘素性樸拙，衣服容止，素不矜飾，狀類不慧，相與私哂曰：「是豈能殉節者耶？」時夫就葬，翁欲以灰土封墳，大娘懇請曰：「願少遲以待婦。」屆三旬，即促翁姑延道士爲夫招魂追薦。大娘陪親飲食笑語，殊無戚容。道場方半，忽入房縊死，年二十三。

劉細娘，劉澳人。年十九，歸斗門陳肇崗。崗父振奇，由三考任河南典史，因河決淹殁。崗業儒不就，又不善治家，家道益替。細娘精女工，窮日夜以佐家，頗度活。其事姑極敬謹。無何，姑即世，加以役派浩繁，募代力竭。崗無奈赴操作，積勞病殞。殮畢，細娘投繯再四，妯娌救甦，已而轉念夫前後尚有積貸，若傾業償之，翁姑絕嗣，終不血食矣。不然，使夫負逋債之名，死有餘憾。於是針刺紡績，凡可以取直者，靡不竭力爲之。比及三年，盡酬夙貸，遂預製衣履，俟夫大祥日欲死。親鄰覘其意，相與勸之，答曰：「夫死之日，義當俱死，所以苟延至今日者，爲夫債未償耳，今事畢矣，不死何俟？」衆知其志不可奪，共嚴防之。細娘曰：「毋庸，我終一死，若亦難盡防。」次日乘間自縊，瞬息間衆覺而救，已無及矣。亦天將成其節也，年三十九。

徐賽娘，邑東界東浦人。歸金門黄厝黄美，庶出，形貌殊醜，爲人所憎。賽娘年十七入門，事嫡庶二姑，皆得其歡心，而愛敬其夫。畢婚未幾，美遘癘疾甚篤，賽娘侍湯藥不懈，自滌浣其污穢，曰：「不忍使他人厭惡吾夫也。」美竟不起，氣絶猶持不釋手。將入殮，自納於木曰：「速蓋爲幸。」妯娌及姑併力持出。及窆，又自投穴中，強挾之歸，自是百端尋死，姑亦每日預防，乃謂姑曰：「勉爲舅姑暫留，終當遂吾志耳。」無何，父母謀奪其志，遣婢促歸寧，亟叱婢歸，而死計決矣。七月初五日賽娘生日，早起沐浴，私治後事，姑不及覺，遂以紅帕縊死，面不改容，兩手端束，咽喉間絶無喘聲，洵所謂從容就義者也。

王英娘，後半山人。長乃許聘古坑董尾吉，寠甚不能娶，標梅愆期。英娘二十二，倉卒聞警，父母乃趣婿迎歸，又以時未吉，經年始合卺。未合卺以前，期功之親十餘口同居陋室中，未見其夫通授受，其律身之嚴如此，則平昔之端静，與事舅姑之孝謹，處妯娌之和睦，可不言而喻。吉迫於貧，從軍北征，舟次遇風溺歿。越五日夜，訃音未至，屢先形於夢寐，英娘私自飲泣。迨夫之同舟人歸，備述溺狀，英娘大慟曰：「已矣乎。」夜自縊死，年二十四。次日葬於湖山之陽，四山清霽，而墓所雲霧竟日不散，蓋其悽愴之氣所感也。

牧洲盧先生曰：「浯洲諸烈，惟許七娘、王英娘二婦曾受聘失偶，所死殉者乃其更配之夫，故或從而瘢焉。顧初實未婚之閨女，況後來轟轟烈烈，一場正氣，安可殁也？」

翁氏，總兵佘新婢也。僑居後浦，村民歐妹娶焉。夫婦從征，舟次吴淞。妹緣事被刑，瘞於淺土。軍中忌哭泣，氏不敢出聲，而慘悴倍傷，不類人形。其主甚憐，數次欲爲配，誓死不從。及軍南旋，再過吴淞，風利不泊，氏遥望夫墳，哭曰：「本期負骨歸葬，今不能矣。」遂投海而死。年二十三。

牧洲盧先生曰：「翁氏幼爲人婢，純疵未可知，不敢進而與諸烈婦齒，第附之，以俟詳考。」載中又有陳意娘者，適青嶼王忠，忠從戎陣亡。氏聞訃，招魂設几，即日縊死靈前。盧先生云：「可謂得死所矣，前經先許配黄家，臨嫁而夫在羈旅，其姑先迎之過門，夫疾革方歸，未合巹而殁。久之乃改醮，是以黄家雖伉儷未諧，而已居其居，食其食，喪其喪矣。一旦去此他適，非惟形跡不雅，實覺情誼未妥，予極惋惜之，而不爲立傳。蓋嚴乎其所不得不嚴也。」

（四）烈女

陳大娘，陽翟人也。移居邑之北門，幼通女誡及列女傳諸書，許聘林兜呂仲熙，住邑城庫內巷。萬曆庚戌，大娘年十九矣，二家訂以明年夏畢婚，而是冬十月仲熙即世，大娘素服白舃，慟哭矢殉。適呂家婢來遺奠餘，大娘告其母，請往執喪。母以其父外出未回難之。即密諭呂婢，約其姑來，夕與俱往。入門拜舅姑，服衰麻，朝夕哭奠，夜寢柩旁。其父歸，亦難奪其志也。已乃賣簪珥舉奠，臘月朔，令人豎臺於中庭。梳沐結束，先拜天地，次拜舅姑，徧及父母親戚，取約婚帖納之袖中，手持白練，同二婢登臺，二婢泣，大娘顧笑，遂投繯死。邑丞主簿親解其繯，邑侯李青岱臨拜，縉紳士庶多至者，次日面猶如生。

牧洲先生曰：「烈女之難於烈婦也千百，彼於其夫非有可戀之情也，難割之愛也。獨恥以其身再許人，必致命遂志而後已，斯盡得兩間清淑純粹之氣而然，非可勉而能也。萬曆庚戌之歲，吾邑以處女死烈者二，其夏有趙三娘，其冬有大娘，奇矣，盛矣。邑侯並上其狀於當道旌獎之。獨臬司以大娘架臺炫縊、情近好名爲訝。噫，亦太刻矣。夫登臺畢命，色笑從容，且不知死之爲死也，又安知死之爲名乎？邑人又傳大娘寢柩旁時，家人咸聞二人語聲，迫而視之，則寂然。每夜如是，疑死者有靈，感其精誠而至，事涉神怪，存而勿論可也。」

謝愛娘，東山外人。許聘水頭陳五美。天啟辛酉正月初三日，五美病殁，其夕愛娘恍惚見一男子入門忽滅，翌日訃至，遂以死自誓，投繯者再。母曰：「人身難得，何苦至此，且死宜死於陳家，不宜死在我家。」愛娘曰：「固也。」毅然請歸陳家，其兄元愷亦止之曰：「死於彼甚善，萬一中變，豈不爲人恥笑乎？」愛娘曰：「萬不至此。」兄使乘肩輿，答曰：「此豈乘肩輿時哉？」遂備吉凶之服，徒步入門。先以吉服拜舅姑，越三日以凶服哭靈前，朝夕奉奠，日僅食薦靈之飯少許，姑慰之曰：「伯氏有二子，幸撫爲後，不猶愈於死乎？」數日，次姪痘傷，愛娘大痛，自此志決。其家防護甚謹，一日潛縊樓上，繩斷，跌傷唇，引刀自割唇肉，語姑云：「婦已毁形不完，願侍舅姑終身矣。」至撤靈，次日舅姑適野視傭，忽心動，促婢歸省，尚執女工自若，倏報投繯逝矣，三月初四日也。年十八，長瞑，面色如生，與夫合葬，鄉人士咸拜奠焉。浯士劉廷憲報縣申請旌揚，陳家慮多費，自寢其事，輿論惜之。先時愛娘之姑母吉娘，配龜山兜庠生薛鴻經，早殁，年二十餘守節，壽六十七。愛娘之叔應仁娶林大娘，仁死，以祥日自縊。愛娘之兄元曉，娶新垵陳初娘，歲餘曉死，亦以祥日自縊。人稱一門一烈三節云。愛娘未失偶之先，所居宅有榕樹忽吐班枝花，光豔煒煒，四方人争觀之，咸詫異瑞，後乃知爲節婦烈女之徵。

（五）孝婦

蔡一娘，湖尾人。適古寧頭農民李有成，患病日久。其母楊氏年六十六，亦病劇，百藥不效。一娘割右股肉煮羹，先進其姑，後進其夫，姑病幸痊，而夫越八日死。二子尚幼，一娘事姑撫孤，曲盡孝慈，姑以壽終，二子成立，享年七十一，人稱完人云。

李佑姐，斗門人。適官澳漁人蔡公愛，家貧寠，而佑姐以勤儉佐之。姑病膨脹，醫藥罔效，佑姐祝天，割股調羹以進，姑病頓癒。崇禎辛巳，直指李嗣京扁其門曰「淑媛懿行」。

牧洲先生曰：「先儒嘗言割股之非矣。洪武二十七年，詔申明孝道，割股有禁，不許旌表，蓋以傷生虧體，終戚父母之心，忍痛沽名，或開矯僞之習，倘覬旌表，而轉相倣效，則孝非庸行，而反爲奇險之途矣。高祖皇帝慮至深遠也。然其真與僞，亦顧出自何等人耳。蔡一娘、李佑姐，生於窮海之濱，嫁爲農漁之婦，至貧至賤，至愚至拙，非有詩書禮義之誘其衷，美譽榮名之牽其念，姑病垂危，計無所出，割肉充餐，冀幸一效，忘身報親之志，發於誠然，而非有所勉强，欲不謂之孝得乎？夫孝乃百行之首，余傳浯洲節烈已便，適聞蔡、李二氏之事，而深加之，因亟附編末，以示同志，候諮詢既周，當另輯孝婦傳云。」

（六）補遺節婦係黃鏘據蔡厝志補入。

陳氏，良偉胞弟良植妻也。生三女一男而殁。氏年未三十，撫育子女，克苦勤儉。男十五而殁，氏立嗣以繼之，産業悉遺嗣子，嫁女悉資手辦，人以爲知大義也。

盧氏，賢厝人。適後浦許贊夫。家貧，治生無術，渡澎湖溺海死。三娘年二十五，生一女，復生一男，纔四閱月。艱苦撫男成立，家貧未娶而殀殁，女嫁隔江而早死，婦節紀命蹇，一至此也。女生一孫，憐外祖母無依，迎歸終養，年六十五。

劉氏，潮之大成所人也。年十七，歸洪門港洪鼎銘爲側室。其家累世同爨，氏司中饋，均其飲食，家賴以和。銘三子，長孟海，即忠振伯旭也，季曰暄，俱嫡黃氏所出。仲曰曦，劉所出，甫四歲，鼎銘即世，劉佐嫡勤苦鞠孤，時年二十八。厥後三子成立，商販外洋，巨富數十萬，而口茹淡，質樸如常，蓋天性然也。

許靜娘，後浦人。適西園黄貞，貞乃吏目，病死邑中。氏日夜慟哭，迨夫柩回，氏自縊以殉。

何三娘，山頭人。年十八，歸陽耀奎再從兄弟陳以恕。恕多病，畢婚，即隔居調治。三娘罕見其面，以恕病更不起，三娘絶粒誓殉，然恐傷姑心，強茹粒以慰之。及姑與伯謀商葬事，三娘不勝悲痛。其夕縊死，面容不改。其初意欲俟服闋乃死，至是見夫將葬，急爲同穴計耳。年二十二。

周仲娘，年十五，歸浦頭張綬，家貧積勞，傷病重劇。仲娘焚香祝天以身代之。綬竟不起，殮葬畢，仲娘閉户自縊，忽夫現形抱持勸慰，同居知而赴救，獲甦。然志終莫奪，私念已灰，夫之靈筵莫供，惟朝夕空奠盡禮。至撤靈，沐浴更衣縊死，年二十三。塚旁青草蔓繞，不上墳堆者三年。

葉三娘，沙尾人。素性端莊，年十八，適本鄉張一睦，客死漳浦。三娘矢志殉夫，父母知情，遣其幼弟以伺之。執喪三年，絶無少容。至夫大祥日，忽有白雞自天井飛下，三娘曰：「吾夫生屬雞，是真魂來招我也。」乘人不覺遂縊死。殮具未備，人方奔營，有黑貓來守屍，至蓋棺乃去。亦異哉。

楊氏，官澳人，年十四，歸南安黃維禎。時值海氛，禎父挈眷避居永春縣。禎病歿，氏痛哭垂絶，以布數尺製一袋，取夫舊履及病裹頭巾櫛之類，人莫喻其意。翁自外至，呼之不應，令鄰婦入視，已縊死喪帷中，繩索即麻絰也。藏夫履之袋繫在腰間，以夫穿帶之物帶還之意，年十七。時永邑大旱，官紳士庶，咸集祈雨。聞氏死，因往觀，面色如生，莫不嗟異。次日，太常李鳳嶽之子曾震爲擇地，葬於太平里大道之旁，刻石「節婦楊氏之墓」。禮部題疏，奉旨旌表建坊，曰「貞烈之門」。

陳西娘，邑之東界石崎人。乃舉人以焻之女也。年十九，配田墩李起滄，弱冠能文，邑侯曹公諱履泰取爲冠軍。道試列前，入棘闈不售，過苦殞亡。西娘毀容絶粒，姑及母勸之曰：「守節亦云美矣，何必死焉？」於是勺漿茍延，迨卒哭即縊死，年二十七。

黃胤娘，西黃人。十七都青嶼張現妻也。年十七適現，現性賭蕩不守善。有石井鄭翔者，無行之狂悍也。寓居官澳，日誘無賴子弟專事賭博，現預事之。胤娘勸曰：「爾殃必及身，慎無往。」現弗聽，果罹其害，拘繫而榜掠之，迫令賂贖。胤娘曰：「是不可以已也。」密持剃刀踵門，泣請甚哀。翔怒愈熾，榜掠愈慘，冀胤娘見之可以多得賂贖。胤娘呼曰：「若不釋吾夫，吾必死。」翔大罵曰：「爾死猶腓鼠耳，其奈我何？」胤娘遂自刎，而喉內氣管自手扯斷，翔始駭救，已無及矣。現控所司，論如法，不待時而肆之市。彼都人士，莫不嗟嘆婦之烈性，年二十八。噫嘻，有妻若此，現忍不卒爲善士乎？

（七）跋

盧若騰乃余素所尊崇浯鄉之先修典型，其人其事俱已見載於余所撰島噫詩校釋之序語。而此篇浯洲節烈傳，則爲余於校釋滄海紀遺所見。原以爲是篇爲清代黄鏘所鈔録之殘本，然一日讀王忠孝先生浯洲節烈傳序，其言：「（此篇）計五十餘人，人各有傳。」於是細究本篇，計有四十五人，乃知此本即非全本，亦存十之七八。復又有黄鏘自蔡厝志補入之「節婦」十人，總計有五十五人，與王忠孝所言甚近，實可視爲全本傳録。欣喜之餘，乃動念將此書輯録出，回復本來面貌，以志余對牧洲先生之敬意。

唯一所憾之事，不知黄鏘自蔡厝志補入之「節婦」十人，是否與盧牧洲先生原本所撰述之内容重複？若是，此篇浯洲節烈傳即可以本來面目見於後世。若爲黄鏘另行鈔補，則待來者搜羅訪逸，以全原篇之貌。

吴島書於永和僑居寓所

二〇〇三年八月廿四日

二、盧若騰相關資料

（一）隆武帝詔書　李怡來輯録

隆武帝敕盧若騰詔〔一〕

皇帝敕命巡撫浙東温〔二〕、台、寧、處等地方提督軍務兼理糧餉都察院右副都御史盧若騰曰〔三〕：

浙東與閩接壤，山川包絡其間，人文蒸蔚，禮教漸摩，夙稱東南之勝。温、台、寧、處四郡，迫處海濱，尤爲盜藪。邇來蹂躪吴會，歐越震鄰，人民風鶴〔四〕，深可憫念。朕正位福京，矢志安民。茲特命爾前去温州、台州、寧波、處州等府，管督兵馬，查察糧餉，稽覈官方，撫寧黎庶。如有山海寇賊發生，即刻調兵剿蕩，毋致延蔓。文官自司、道而下，武官自參、遊而下，悉聽節制〔五〕。如有奸貪誤事，立行拿問，不得姑息。有應補應换者，急即先行調移劄補，緩即奏請部題選推。各府、州、縣兵馬錢糧，聽爾調度，遠近紳衿軍民人等，聽爾鼓舞約束。其棄城等官，以朕登極頒詔後爲始，犯者立行拿問。凡有僞官，即調兵擒拏，必殺無赦。地方賢才，急爲舉用，其有愿忠效順府縣，並糾合義兵勤王，捐助獨多，謀勇出衆者，即具名奏聞，以憑優敍，或先委用，俾效功能。先將所轄四府收拾鎮定，以待諸師策應光復，時維爾庸，若能並杭、嘉、湖〔六〕、徽、寧等府地方，乘機聯絡，間道出搗，厥勳尤偉。爾封疆大臣，際此多艱，膺兹重任，須忠勤自矢，鼓勵同仇，不得蹈嘗襲故〔七〕，致悞封疆，爾其慎之。欽哉。故敕。

隆武元年八月　日上蓋「敕命之寶」印。

【校勘記】

〔一〕此詔書僅李本有收，此據李本爲底本，並以二〇〇六年仲秋金門賢聚盧氏族譜誥命（下稱「盧譜」）所收相校。

〔二〕「命」，盧譜無此字。

〔三〕「等」「曰」，盧譜無此二字。

〔四〕「人民」，盧譜作「人心」。

〔五〕「聽」，盧譜作「所」。

〔六〕「湖」，李本無，據盧譜補。

〔七〕「嘗」，疑爲「常」。

隆武帝追贈盧若騰祖父母誥命〔一〕

奉天承運，皇帝制曰：勛祈方析〔二〕，珠玉則生，故高閈植槐，率於後人徵之〔三〕。爾庠生盧一桂，乃都察院右副都御史盧若騰之祖父，文章金薤琳瑯，氣韻玉壺風露，如賓舉案，爲善勒箴。架上青箱，訓孫不待外傅〔四〕；胸中赤水，好古肯慕時趨。範世楷嚴，里稟彦方之望；肅家雍睦，門高萬石之風。志阻鵬冥，券收燕翼。茲以覃恩，贈爾爲通議大夫都察院右副都御史。詩書之澤，展也未涯；綸綍爲榮，允哉曷尚。

制曰：鍾郝宜家，孟歐啟祚，則銀管侈述，絢於丹青。爾許氏乃都察院右副都御史盧若騰之祖母，華宗鍾懿〔五〕，天性負醇。解得媪歡，豈知堂北非離理；必存叔胤，寧計階前爲從孤。絣澼而畢婚嫁〔六〕，約裁以周窮困〔七〕。相莊不殊夫耕饁，自慰惟藉此書聲。爰長芝蘭，實爲荇菜〔八〕。茲以覃恩，贈爾爲淑人，九地如生，千秋自壽。

隆武元年十二月　日

【校勘記】

〔一〕此詔書僅李本有收，此據李本爲底本，並以盧譜所收相校。篇題，盧譜作「提督軍務兼理糧餉巡撫溫、台、處、寧等地方都察院右副都御史盧若騰祖父母誥命一道」。
〔二〕「祈」，盧譜作「析」。
〔三〕「後人」，盧譜作「後之人」。
〔四〕「傅」，盧譜作「傳」。
〔五〕「華宗鍾懿」，盧譜作「華鍾宗懿」。
〔六〕「絣澼」，李本作「絣躃」，據盧譜改。「婚嫁」，盧譜作「嫁婚」。
〔七〕「窮困」，盧譜作「窮窘」。
〔八〕「爲」，盧譜作「繇」。

隆武帝追贈盧若騰父母誥命〔一〕

奉天承運，皇帝制曰：璇源歙納〔二〕，流慶以長；畹蘭滋溉，爲王者香。爾贈朝議大夫盧道炳，乃都察院右副都御史盧若騰之父，孝友自天，真醇由性。肇牽洗腆，祇願桑榆破顏；立骨支床，惟因風木飲痛。嗜古若渴，不以治生廢編摩；嫉惡如仇，每從排難呈氣骨。弗求聞達，乃善箕裘。茲以覃恩，贈爾爲通議大夫都察院右副都御史。章天涬錫〔三〕，果慰夢松；華服祗加，庸符式穀。

制曰：羽詵羽楫，麟定麟角，風人每頌以德〔四〕，蓋謂深山大澤，龍蛇生焉。爾封太恭人卓氏，乃都察院右副都御史盧若騰之母，娣姒無間，尊嫜克諧。起必披星，以佐壎篪之讀〔五〕；衣嘗著繲，實急戚黨之窮。訓式斷機，教成畫荻。雋母每詢於退食，陶鮺時却於寄遺〔六〕。式重官常，實遵母誨。茲以覃恩，封爾爲太淑人。榮既尊於崔車，寵應翩乎萊袖。

隆武元年十二月　日

【校勘記】

〔一〕此詔書李本有收，此據李本爲底本，並以盧譜所收相校。篇題，盧譜作「提督軍務兼理糧餉巡撫溫、台、處、寧等地方都察院右副都御史盧若騰父母誥命一道」。

〔二〕「歆納」，盧譜作「欲納」。

〔三〕「章天」，盧譜作「天章」。

〔四〕「風人每頌以德」一句，盧譜作「風人以頌母德」。
〔五〕「以」，盧譜作「用」。「壎篪」，盧譜作「篪壎」。
〔六〕「鮭」，盧譜作「鮓」。

隆武帝封盧若騰與妻誥〔一〕

奉天承運，皇帝制曰：憲臣閫外膚功〔二〕，必掀半壁；元老師中制勝，宜壯長城。況國步多艱，能使余一人寬西顧之憂者，朕以觀乃績焉。爾提督軍務兼理糧餉巡撫溫、台、寧、處等地方都察院右副都御史盧若騰，經權互用，謀斷兼資。帝嘉安攘之猷〔三〕，廷獻循良之策。視師則墨吏解綬，按部而冒兵銷魂〔四〕。將士椎心，焚籍以安反側；右豪斂手〔五〕，設謀而馘僞酋。丕振緝寧〔六〕，宜褒綸綍。茲以覃恩，晋爾通議大夫，錫之誥命。國威有赫，端在文經武緯之庸；醜類長驅〔七〕，殺其鼯鼠釜魚之勢。對揚休命，拭覩新勛。

制曰：望舒曜夕，以儷朝曦，家有良媛，則莫不宜。爾都察院右副都御史盧若騰妻封恭人許氏，孝恭無斁，貞靜有儀。蓄旨佐膏，勗蜚英於佛塔；茹荼從宦，勉永譽於羗絲。折箸則念厘鶺鴒〔八〕，操機而心伴琴鶴〔九〕。聖俞有像〔一〇〕，德曜堪風。茲以覃恩，封爾爲淑人。祗服華章，益徽鞶帨。

隆武元年十二月　日

【校勘記】

〔一〕此詔書李本有收，此據李本爲底本，並以盧譜所收相校。篇題，盧譜作「提督軍務兼理糧餉巡撫温、台、處、寧等地方都察院右副都御史盧若騰並妻誥命一道」。

〔二〕「功」，盧譜作「公」。

〔三〕「安攘」，盧譜作「安壤」。

〔四〕「按部」，盧譜作「按步」。

〔五〕「斂」，李本作「殮」，據盧譜改。

〔六〕「緝」，盧譜作「輯」。

〔七〕「醜類」，盧譜作「醜體」。

〔八〕「鶺鴒」，盧譜作「脊令」。

〔九〕「心」，盧譜作「聲」。

〔一〇〕「像」，盧譜作「相」。

（二）方志傳記　吴島、葉鈞培輯録

明兵部尚書盧若騰〔一〕　福建通志

盧若騰，字閒之，號牧舟〔二〕，同安人。崇禎庚辰進士，授兵部主事。時楊嗣昌督師駐湖廣，好佞佛，請刊布華嚴經祈福。若騰疏劾之，被旨切責。尋遷郎中，出爲浙江參議，領巡海道。劾權閹田國興攬帶貨船、濫用人夫，辱州縣、阻閘口，帝召國興回，論如法。諸豪奴詐取民財，捕至庭下重笞之，一奴著綾袴，加笞焉。時天下已亂，若騰練兵無虚日。雪竇山賊胡乘龍竊發，若騰設方略平之。是時金華諸處咸被蹂躪，而寧波晏如，若騰之力也。尤善撫循罷民。暇則與士子雅歌投壺，論文講業。去而寧波建祠祀之。

福王稱號南京之七月，命若騰以僉都御史督理江北屯田，巡撫鳳陽。繼又改命楊文驄，若騰乞歸。時劉宗周亦被放歸里，若騰馳書曰：「天下有亂形，有亂根。今日文武不和，文又與文不和，武又與武不和，此亂形也。人心之生死，視理欲之消長，盈世界汩没於利欲，絶不體認天理，此亂根也。今日言懲貪而貪已遷推矣，言獎廉而廉已擯棄矣。又如監司守吏，廉者必愛小民、必抑豪右，而縉紳則羅織去之，貪者必徇情面，必畏彊禦，而縉紳則多方庇援之。夫人苟非大賢，受衆人之劫制，未有不改腸易行者。如此而求紀綱刑政之無亂，不可得也。」歸，踰年復起。五月至杭州，而南京破。

既而唐王稱號。八月，命若騰巡撫浙東。時已命孫嘉績及于穎矣，又命若騰，於是浙東遂有三巡撫。九月，若騰至温州，以事權不一，請專責成。王乃命其巡撫温、處、台、寧四府，而寧、台又歸魯王節制，若騰所撫者獨温、處。既又以楊文驄就處州，並以温、處寺田屯鹽充其子鼎卿兵餉。十一月，若騰疏言：「兩郡制以兩撫，是爲十羊九牧。且撫多則標員隨役必多，糜餉不資，無當戰守之用。請裁併歸一，責成文驄。」王命輔臣黄鳴俊酌議去留，而鳴俊以若騰無過，難以議撤。踰年正月，若騰再疏請，王不許。時誠意伯劉孔昭方交搆閩浙間，若騰疏言：「今日之用孔昭，非謂世臣足以繫屬人心，謂恐其歸向魯藩耳。臣愚，竊謂此舉大誤。夫孔昭身爲操江大臣，事急鼠竄，得陛下便宜行事之旨，飛揚跋扈，旬月之間，有衆數千，且請臣與文驄專理餉而兵專歸之彼。此其心不過欲據温、處二郡，爲鄘塢畢老計耳。」既而巡按郭貞一亦交章劾之，遂削孔昭便宜行事。孔昭因怨望，遂日與文驄争括餉，因率兵向温，若騰與賀君堯禦之。夏，唐王加若騰兵部尚書。時禮部尚書顧錫疇奉兵撫安，寓江心寺，孔昭劫戕之。若騰以聞，爲請恤。六月朔，大兵渡江，魯王夜遁台州。七月，大兵入城，若騰偕君堯率家人巷戰。若騰腰臂各中一矢，力竭，乃遁入江。既而唐王敗於汀州，大兵入閩。若騰投水，爲人所救。乃之長泰，偕傅象晉、郭大河失名等募兵起事，所謂「望山之師」也。卒以無糧瓦解。遂奉疏桂王，偕王忠孝、郭貞一等居島山上數年，乃卒於澎湖。

弟若驥，唐王時爲總兵，守盤山關。大兵至，若驥會諸將堅壁死守，相持兩越月。大兵益集，若驥糧匱，遂議決戰，開關門出，敵將周茂被箭死。若驥敗入關，諸將見援絶，請降。若驥度人心已離，夜半率親兵三百餘騎，棄關從温州遁舟山。海東逸史、同安縣志

【校勘記】

〔一〕此文引自福建通志卷三四盧若騰傳，篇題爲編者所加。

〔二〕「牧舟」，盧譜作「牧洲」。

盧若騰傳〔一〕　金門志

盧若騰，字閒之，一字海運，號牧州，賢聚人。崇禎丙子舉人，庚辰進士。御試，召對稱旨。時中外多警，上雅意邊才，授兵部主事，譽望大起。黄道周、沈佺期、范方引爲同志，以氣節相尚。會閣臣楊嗣昌督師湖廣，請刊布法華經祈福〔二〕，若騰疏參嗣昌不能討賊，只圖佞佛。帝以新進小臣妄詆元輔，嚴旨切責，時論壯之。陞本部郎中，兼總京衛武學。三上疏，劾定西侯蔣惟禄，有惡其太直者。外遷浙江布政使司左參議，分司寧、紹巡海兵備道。途次，疏糾權璫田國興攬帶貨船、濫用人夫，辱州縣，阻閘口。有旨召國興回，論如法。居官潔己惠民，剔奸弊，抑勢豪，峻絶餽遺，輕省贖鍰，風裁凛凛。值山賊胡乘龍竊發，平之。士民建祠以奉，有「盧菩薩」之稱。

福王立，召爲僉都御史，督理江北屯田，巡撫盧、鳳，提督操江。嘗與劉宗周書云：「自古未有文武不和，能成大功者。今文武相貳，文又與文貳，武又與武貳，勇私鬥，怯公憤，將來正不知所税駕耳。」明年夏，行次錢塘，而南都亡。同安志所載：歷任鳳陽巡撫，在甲申以前。考明史職官志，鳳陽巡撫，嘉靖三十六年以倭警添設，四十年歸併總督漕運。今據三藩小紀及文集辭浙撫疏，斷爲福王時。至全祖望所稱尚書爲甲申以後官，不載。不知勝朝殉節諸臣，録明史通鑒輯覽，於諸臣之仕唐、桂、魯三王者，概予原官。今謹遵欽定諸書例，補入。唐王授以都察院右副都御史，巡撫温、處、寧、台。時已命孫嘉績、於穎矣〔三〕，又命若騰，因事權不專，疏辭，不許。將赴任，請以總兵賀君堯統靖海營水師，以其弟遊擊若驥扼守盤山關要害。時紹興諸臣奉魯王監國，誠意伯劉孔昭、總督楊文驄分據台、寧、處州，若騰所撫，惟温州一府而已。督師黄道周軍婺源，以沈有茲、徐柏齡隸其麾下，致書有云：「聞至浙東，喜而不寐。不特聲氣可通，亦且形勢相起。」是年，温州大饑，若騰設法賑恤。加兵部尚書，手書「無不敬」三字賜之。按：尚書，諸書皆不載其何時何部，今據文集上桂王疏。秋，率師次平陽，大兵逼，七疏請援，不應。温民擁署呼曰：「願公爲百萬生靈計。」若騰曰：「若欲降耶？先殺吾。」民涕泣散。夜叩紳士王瑞柟、周應期門，議城守。瑞柟曰：「人心已死，非口舌可挽。」相持痛哭。城破，驅家人巷戰，腰臂各中一矢，遇水師救出，偕賀君堯脱入江。上表請自劾，命族弟若驥赴行在。聞閩事壞，痛憤赴水，同官拯起，裂眥曰：「是不欲成我也。」鄭鴻逵招回閩。尋潛入滃州，圖起兵，道出寧波，父老迎謁，垂涕遺之。見事不可爲，仍回閩之曷山，與郭大河、傅象晉輩舉義。屯兵望山，欲乘間圖武安近寨。官裔林某絶其餉道，興師戰不利。

嗣同葉翼雲、陳鼎入安平鎮，轉徙鷺江，偕王忠孝、沈宸荃、曾櫻、許吉燝、辜朝薦、徐孚遠、郭曾一〔四〕、紀許國輩居浯島上，自號「留庵」。永明王因閣部路振飛疏薦，召拜兵部尚書，道阻，不得達。成功卒，張煌言貽書，謀復奉魯王監國，會王薨。康熙三年，將渡臺灣。至澎湖病亟，夢黄衣神持刺來謁。忽問今是何日，侍者以三月十九對，矍然曰：「是先帝殉難之日也。」一慟而絶。遺命題其墓曰「自許先生」。年六十六。

若騰風情豪邁，當時士夫幸博一第，則近地山海之饒，率擁爲世業。或以爲言，夷然不屑。晚一意著述，自天文地理，下逮蟲魚花草，宏通博雅，品藻古人成敗得失，反覆淋漓，斷制嚴謹。至於身世感遇、憂愁憤懣之什，皆根於血性注灑。人比之蔡忠毅道憲。所著有方輿圖考〔五〕、浯洲節烈傳、留庵詩文集、學字、與畊堂值筆、島噫集、島居隨録、島上閒居偶寄各若干卷。通志、府縣志、臺灣府志、諸羅彰化縣志、留庵文集、石齋文集、臺灣外紀、鮚埼亭集、續閩書、林霍詩話、蠡測彙抄、歗雲文抄合參。

【校勘記】

〔一〕此文引自金門志卷一〇人物列傳二宦績盧若騰傳。其他方志書中有關盧若騰之傳記，皆不如福建通志及金門志所載清楚，故不贅附。

〔二〕「法華經」，此處應有誤記，據盧若騰參督撫楊嗣昌疏，應爲「華嚴經」。

〔三〕「於穎」，應爲「于穎」之誤。

〔四〕「郭曾一」，應爲「郭貞一」之誤。

〔五〕「方輿圖考」，應爲「方輿互考」之誤。

尚書前浙東兵道同安盧公祠堂碑文〔一〕　全祖望

明故兵部尚書督師、同安盧公，諱若騰，字牧舟，嘗持節巡守浙東兵備，駐節吾鄉，遷去需次。次年，而北都亡。南都命以都御史，撫鳳陽。未行，南都又亡。閩中晋獨座，踰年又亡。公飄泊天末，以一旅思維國祚，卒死絶域。天之所廢，莫能興也。

公家閩中之同安，而二十年栖海上，邱園咫尺，掉頭不顧。深入東寧，幾如陳宜中之死暹羅，蔡子英之投漠北。故鄉墳墓且如此，況吾鄉特其幕府所在，能必其魂魄繫之也哉。雖然，忠義之神明，固如地中之水，無往不澈者也。而況吾鄉之遺愛，尤有不可泯者。公駐寧時，以天下方亂，練兵無虚日。已而有雪竇山賊，私署年號，潛謀引東陽作亂之徒，乘機竊發。公不大聲色，授方略於陸太守自嶽而定之。故婺中塗炭，而甬上晏然。其撫循罷民，尤爲篤摯。稍暇，則與士子雅歌投壺，論文講業，迄今百年，浙東人思之不能忘，而吾鄉尤甚。初，合祀於蔡觀察報恩祠中，尋卜專祠奉之。

方公以思文之命，撫軍永嘉，甫至，而事勢已瓦解。徘徊鎮下關，嘗浮海至翁洲，因閒行入大蘭諸山寨，吾鄉父老壺漿上謁，公垂涕而遺之。及海上之局，同袍澤者，吾鄉巨公最盛：閣部，則錢公止亭、沈公彤庵。列卿，則馮公簟溪、張公蒼水、陳公逋庵。臺省，則董公幼安、紀公衷文，皆以中流擊楫之蹤，與公最睦。諸公淪喪殆盡，晚歲獨與蒼水同事最久。嘗見林門有閒使至，寄聲問曰：「賀監湖邊棠樹，生意得無盡乎？」然則甬上之爲桐鄉，固公身後之所勿諼也。

嗚呼，公膺六纛之任，蓋在國事既去之後。雖丹心耿耿，九死不移，更無可爲。前此一試吾鄉者，不足展其底蘊也，而已足垂百世之去思。故曰：亡國之際，不可謂無人也。

明史開局以來，忌諱沉淪，漸無能言公之大節者，聊因祠記而發之。

【校勘記】

〔一〕此文引自清全祖望鮚埼亭集外編卷一四。

大司馬牧洲公傳〔一〕 内附翰如公、家千公、細齋公、錯叟公

盧德資

公諱若騰，字閒之，一字海韻，號牧洲，又號留庵，別號四留居士，與畊堂者則書軒之號也。崇禎丙子科舉人，庚辰科中式第六十八名進士，殿試二甲第十五名，御試召文華殿對稱旨。時中外多警，上雅意邊才，授兵部武庫清吏司主事，譽望大起。黃道周、沈佺期、范方引爲同志，以氣節相尚。會閣臣楊嗣昌督師湖廣，請刊布法華經祈福〔二〕，公疏參嗣昌不能討賊，只圖佞佛。帝以新進小臣妄詆元輔，嚴旨切責，時論壯之。陞本部郎中，兼總京衛武學。三上疏，劾定西侯蔣惟禄，有惡其太直者，外遷浙江布政使司左參議，分司寧、紹巡海兵備道。途次，疏糾權璫田國興攬帶貨

船、濫用人夫，辱州縣，阻閘口。有旨召國興回，論如法。居官潔己惠民，剔奸弊，抑勢豪，峻絶餽遺，輕省贖鍰，風裁凛凛。值山賊胡乘龍竊發，平之。士民建祠以奉，有「盧菩薩」之稱。

福王立，召爲僉都御史，督理江北屯田，巡撫廬、鳳，提督操江。嘗與劉宗周書云：「自古未有文武不和，能成大功者。今文武相貳，文又與文貳，武又與武貳，勇私門，怯公憤，將來正不知所税駕耳。」明年夏，行次錢塘，而南都亡。唐王授以都察院右副督御史，巡撫温、台、寧、處。時已命孫嘉績、于穎矣，又命公，因事權不專，疏辭，不許。將赴任，請以總兵賀君堯統靖海營水師，以其弟遊擊若驥扼守盤山關要害。時紹興諸臣，奉魯王監國，誠意伯劉孔昭、總督楊文驄分據台、寧、處州，公所撫，惟温州一府而已。督師黄道周軍婺源，以沈有兹、徐柏齡隸其麾下，致書有云：「聞駕至浙東，喜溢寤寐，不特聲氣可通，亦且形勢相起。」是年温州大饑，公設法賑恤。加兵部尚書，手書「無不敬」三字賜之。秋，清朝率師次平陽，大兵逼，七疏請援，不應。温民擁署呼曰：「願公爲百萬生靈計。」公曰：「若欲降耶？先殺吾。」民涕泣散。夜叩紳士王瑞枏、周應期門，議城守。瑞枏曰：「人心已死，非口舌可挽。」相持痛哭。城破，驅家人巷戰，腰臂各中一矢，遇水師救出，偕賀君堯脱入江。

上表請自劾，命族弟若驥赴行在。聞閩事壞，痛憤赴水，同官拯起，裂眥曰：「是不欲成我也。」鄭鴻逵招回閩。尋潛入滃州，圖起兵，道出寧波，父老迎謁，垂涕遣之。見事不可爲，仍回閩之曷山，與郭大河、傅象晉輩舉義。屯兵望山，欲乘間圖武安。近寨官裔林某，絶其餉道，與師戰不利。

嗣同葉翼雲、陳鼎入安平鎮，轉徙鷺江，偕王忠孝、沈宸荃、曾櫻、許吉璟〔三〕、辜朝薦、徐孚遠、郭曾一〔四〕、紀許國輩居島上，自號「留庵」。永明王因閣部路振飛疏薦，召拜兵部尚書，道阻不得達。成功卒，張煌言貽書，謀復奉魯王監國，會王薨。康熙三年，將渡臺灣。至澎湖，病亟，夢黄衣神持刺來謁，忽問今是何日，侍者以三月十九對，矍然曰：「是先帝殉難之日也。」一慟而絶。遺命題其墓曰：「有明自許先生牧洲盧公之墓。」年六十六。先葬澎湖太武山，後徙回本鄉。

公風情豪邁，當時士夫幸博一第，則近地山海之饒，率擁爲世業。或以爲言，夷然不屑。晚一意著述，自天文地理，下逮蟲魚花草，宏通博雅，品藻古人成敗得失，反覆淋漓，斷制嚴謹。至於身世感遇、憂愁憤懣之什，皆根於血性注灑。人比之蔡忠毅道憲。所著有留庵文集十八卷、島噫詩一卷、留庵詩集三卷、方輿互考四十卷、與畊堂學字三卷、島居隨録二卷、與畊堂值筆七卷、浯洲節烈傳、與畊堂印章、島上間居偶寄，各若干卷。

胞仲弟若驤，字襄甫，號翰如，以舉義，官授總兵。季弟若駒，字遠甫，號家千，禮部儒士。子饒研，字審卿，號細齋，晚稱行素道人，恩蔭太學生，後以大司馬公間關東海，勵節以終。細齋承先志，爲釋衲裝，灌園自給，不問榮辱，著有細齋詠〔五〕。娶晉江蔡氏，丁丑進士贈太僕侍卿謚忠毅、崇祀學宫江門先生女，通書史，能詩，書法秀媚，洊經兵火，遺稿無存。孫昴吾，字載群，號錯叟，淡進取，不求試，讀書不學制藝，以詩文自娱，日取祖父所著書校讎裝演，年九十六〔六〕，猶能作蠅頭小楷，著有方輿互考補遺、錯叟文鈔、戲餘詩文草。

八世胞侄孫德資盥手敬録於賢山之藏拙山房。

【校勘記】

〔一〕此文引自二〇〇六年仲秋金門賢聚盧氏族譜傳記，全文與金門志卷一〇人物列傳二宦績盧若騰傳所載内容幾相埒。

〔二〕「法華經」，據盧若騰參督撫楊嗣昌疏，應爲「華嚴經」。

〔三〕「許吉璟」，金門志作「許吉燝」。

〔四〕「郭曾一」，應爲「郭貞一」之誤。
〔五〕「細齋咏」，金門志卷九人物列傳一隱逸盧饒研傳作「細齋咏業」。
〔六〕「年九十六」，疑有誤。

（三）盧若騰著述考〔一〕

吴島、葉鈞培輯録

【校勘記】

〔一〕盧若騰著述考，引自金門古典文獻探索。

留庵文集十八卷

是書爲盧若騰個人别集，據其篇目，佚文篇目，爲書諸葛士年預書遺囑後、記庚子星異記、楊翹楚事記、僧笑堂遺蹟、記辛卯三月事、記丙申三月六日事、記庚子五月十日事、記島上兵擾事、初第紀事、浙東罪狀（餘不明），均關緊要之史（一九九二年增修金門縣志卷一三藝文志明著書目），爲南明重要之史集。

該書存世者，據悉有二種版本：

一爲寫本十八卷。是書於一九五〇年代猶藏盧若騰後裔處。金門縣志言道：「一九五七年，紹興許如中編新金門志時，於（盧若騰）先生後裔處，覓得留庵文集寫本，大半蠹殘，卷首有乾隆四十年上諭一道，言『朱璘明紀輯略，並無誕妄不經字句，可毋禁燬。外省所以一體查繳者，祇緣從前浙江省因此書附記明末三王年號，奏請銷燬』云云。是則留庵文集必亦遭受查繳，有抵觸忌諱處必以毀棄。殘本難睹全貌，未能考其究竟，惟見文應提及胡虜滿洲等字之處，均係空白。」（一九九二年增修金門縣志卷一三藝文志明著書目）

此一寫本，爲編纂新金門志者（許如中）携去，今不知流落何處，於金已然佚失。惟羅元信於金門藝文訪佚，「大陸北京國家圖書館的綫上目録所載，該館藏有盧若騰的兩部著作：其一是留庵文集的微縮卷片，内容共有十八卷，與金門縣志藝文志所載卷數相合，應爲完整之本」。（羅元信：金門藝文訪佚）

再是林樹梅校本。留庵文集舊題十八卷，清代後浦林樹梅搜得十五卷，末三卷久佚，尚存篇目。（金門志卷一四藝文志著述目録）然此本，今亦未見。

留庵詩集二卷

是集當是盧若騰詩作別集。該集金門各志與李怡來先生皆稱留庵詩集二卷。（一九九二年增修金門縣志卷一三藝文志明著書目，李怡來留庵詩文集序）然清代賢聚盧德資撰大司馬牧洲公傳稱，留庵詩集爲三卷。（二〇〇六年仲秋金門賢聚盧氏族譜大司馬牧洲公傳）

然今書已佚失，未能詳究其裏。

島噫詩一卷

島噫詩凡一百四首，乃盧若騰晚年島居之作。是書頗得士林注重。金門志稱，其遺詩一百四首，筆力清勁，迥非雕刻者所能。（金門志卷一四藝文志著述目録）又盧若騰弟子林霍滄湄詩話：「（島噫詩）身世感遇、憂愁憤懣之什，皆根於血性注灑毫端，非無病而呻吟也，可與蔡忠毅公相伯仲。」［民國十年（一九二一）金門縣志藝文志引林霍滄湄詩話］清代林樹梅：「島噫詩一百四首，蓋天問、哀郢嗣音焉。」（清林樹梅：歗雲文鈔卷六自許先生傳，道光廿四年刊本）近人陳漢光稱其詩：「得知所詠

頗足反映明鄭時代戎馬倥傯中之社會狀況，可作史料讀，亦可作文學作品讀。」（陳漢光：島噫詩弁言）

金門志卷一〇人物列傳二宦績盧若騰傳則作「島噫集」。

該書存世者，據悉有兩種版本：

一爲林樹梅刊本。是本乃清代林樹梅得自同安童宗瑩，爲校而刊之。林樹梅於自許先生傳言：「島噫詩一百四首」，「童君宗瑩録寄三復之，如見先生也。爰校鋟之，以公同好」。（清林樹梅：歗雲文鈔卷六自許先生傳）

是本今東北師範大學圖書館藏有銅活字本一部，書名作「留菴島噫詩集」，卷端題「明通議大夫同安盧若騰閒之著，同里後學林樹梅瘦雲校刊」，又附載「道光壬辰（十二年，一八三二）首夏林樹梅瘦雲書」的校勘識語。目録後鈐「古閩丁芸」及「耕鄰經眼」朱印二方，内文每半葉十行，行二十三字，小字雙行，字數同，四周雙邊，版心黑口，雙魚尾。此書原是光緒十四年中舉的閩縣人丁芸的舊藏，他在當年寫下一則題識：「此集僅一卷，道光十二年，林瘦雲先生從林君文儀借活字銅板排印，僅刷五十部，傳本漸少。余從舊書肆覓得之。」（楊永智：林樹梅刻書考）

另北京國家圖書館亦藏有是本。

再是盧德資抄本。原藏盧家，原封面書寫「明自許先生島噫集」，書内署「同安盧若騰閒之著，八世胞姪孫德資重録」字樣，係舊抄本。全書三十七葉，每葉二十行，每行滿寫二十三字。第一葉「小引」，第二至四葉爲目録，下爲本文，詩計一百四首，九十八題。内「五言古」有三十四首，三十一題。「七言古」有三十三首，題如之。「五言律」有十四首，十三題（目録中尚有得馬、贈達宗上人二首，原書漏録，今併略）。「七言律」有二十三首，二十一題。（陳漢光：島噫詩弁言）

後爲陳漢光等携走，收入臺灣銀行經濟研究室臺灣文獻叢刊第二四五種。（陳漢光：島噫詩弁言）後吴島依是本校釋，於二〇〇二年九月，由臺灣古籍出版社出版印行。

【附】島噫詩弁言[一]

陳漢光

一九五九年春間，余與陳陛章先生合撰盧若騰之詩文，收詩三十五首。同年冬，因金門魯王塚發現，偕廖漢臣兄前往考查，得知若騰留庵文集十八卷、留庵詩集二卷、與畊堂學字二卷、制義一卷、島噫詩一卷等書尚存。返臺後，復得金門縣立圖書館長吴騰雲及許如中先生協助，幸得寓目島噫詩，喜出望外。閲後，得知所詠頗足反映明鄭時代戎馬倥傯中之社會狀況，可作史料讀，亦可作文學作品讀。

原本封面書爲「明自許先生島噫集」，書内署「島噫詩」，並有「同安盧若騰閒之著，八世胞姪孫德資重録」字樣，係舊抄本。全書三十七葉，每葉二十行，每行滿寫二十三字。第一葉「小引」，第二至四葉爲目録，下爲本文，詩計一百零四首，九十八題。内「五言古」有三十四首，三十一題。「七言古」有三十三首，題如之。「五言律」有十四首，十三題（目録中尚有得馬、贈達宗上人二首，原書漏録，今併略）。「七言律」有二十三首，二十一題。

若騰字閒之，一字海運，號牧洲，福建同安金門島賢聚人。明崇禎丙子（九年）舉人，庚辰（十三年）進士，御試召對稱旨，授兵部主事，旋陞本部郎中兼總京衛武學。後外遷浙江布政使司左參議，分司寧紹巡海兵備道。在任遺愛於民，士民建祠以奉，有「盧菩薩」之稱。福王立，召爲僉都御史。唐王立，授以都察院右副都御史，巡撫溫、處、寧、台，後加兵部尚書。清軍南下，若騰守平陽，力戰中矢，遇水師救出。聞閩變，痛憤赴水，爲同官拯起。尋潛入浯州，輾轉入閩海，偕王忠孝、諸葛倬、沈宸荃、曾櫻、許吉燝、辜朝薦、徐孚遠、郭貞一、紀許國、沈光文等居浯洲嶼，自號「留庵」。永曆十八年（清康熙三年，西曆一六六四年），與沈佺期、許吉燝東渡，寓澎湖。病亟，值崇禎當年殉難之日，一慟而絶，享年六十有六。遺命題其墓曰「自許先生」。

若騰風情豪邁，當時士大夫俱幸願一識。晚年一意著述，上自天文地理，下逮蟲魚花草，無不宏通博雅。遺著達十數種，惟多已佚。島噫詩之幸存，實爲珍貴，尚望讀者勿以等閒之作視之。書後，今加「留庵文選」若干篇，皆關當年史事。

【校勘記】

〔一〕此文引自臺灣文獻叢刊收録之島噫詩，原文題作「弁言」，爲方便閲讀區別，編者改爲現題。

李怡來裒聚留庵詩文集二卷

是書乃李怡來裒聚之本。一九六九年，金門李怡來先生裒聚留庵詩文集，説道：「惟聞留庵文集十八卷、留庵詩集二卷、島噫詩一卷等，迄一九五七年尚存其賢聚後裔處，後爲編纂新金門志者携去，今不知流落何處。一九六五年編修縣志時，獲旅菲鄉僑林策勳先生抄寄留庵詩二十餘首，已予編載。」茲值編印金門文獻叢書，故「爰摭録散見於縣志及他書之若騰詩文，計詩一百四十七首，文四十六篇，裒成一集，付梓刊行。第此僅得其大海之一勺耳」。（李怡來：留庵詩文集弁言）

是其内容與臺灣文獻叢刊本之島噫詩幾近雷同，列金門叢書之三。

【附】留庵詩文集弁言〔二〕　李怡來

「留庵」爲有明貞臣盧尚書若騰自號。若騰，字閒之，號牧州，金門賢聚人。崇禎十三年庚辰（西曆一六四〇）科進士，授兵部主事，出爲寧紹兵備道，有惠政，人稱「盧菩薩」。唐王時授都察院右副都御史，巡撫浙東，加兵部尚書銜，駐節平陽。清兵南下，若騰力戰中矢，遇水師救出。聞閩中破，痛憤赴水，爲同官拯起。乃回閩之曷山，與郭大河、傅象晉等舉義，會盟於望山寨，爲清兵所困而潰。輾轉至安平，鄭成功待以上賓，諮以國事，回居金門，自號留庵。永明王召拜兵部尚書，以道阻不能達。永曆十八年（清康熙三年，西曆一六六四）東渡至澎湖，病亟，值崇禎帝當年殉難之日，一慟而絶，年六十六。遺命題其墓曰「有明自許先生」，殆以見志也。

若騰風情豪邁，志節凜然。生平著述甚富，多有關明鄭當年史事。其身世感遇、憂愁憤懣之什，皆根於血性注灑。惜遭時遷徙，遺稿大部散佚。惟聞留庵文集十八卷、留庵詩集二卷、島噫詩一卷等，迄一九五七年尚存其賢聚後裔處，後爲編纂新金門志者携去，今不知流落何處。一九六五年編修縣志時，獲旅菲鄉僑林策勳先生抄寄留庵詩二十餘首，已予編載。兹值編印金門文獻叢書，爰摭録散見於縣志及他書之若騰詩文，計詩一百四十七首，文四十六篇，裒成一集，付梓刊行。第此僅得其大海之一勺耳。

【校勘記】

〔一〕此文引自金門叢書收録之留庵詩文集，原文題作「弁言」，爲方便閲讀區别，編者改爲現題。

方輿互考四十卷

是書盧若騰自言，乃「愁憤無聊，曷消永日，輒披閲輿地諸書，而參證之以經傳史説，凡郡邑、山川、關梁、陵墓、古蹟，同名異地也，並録存之。時有徵據，正其僞誤。以至象形之連貫，流峙之靈奇，動植之珍傀，幽明之變怪，各隨其捃摭所及，條分彙合，以資欣賞。次爲四十卷，命曰方輿互考」。

續福建通志、泉州府志、臺灣府志、同安縣志，誤作方輿圖考十一卷。（清林樹梅：歗雲文鈔卷六自許先生傳，道光廿四年刊本）

該書存世者，據悉有兩種版本：

一爲盧若騰自訂本。盧若騰自言是書四十卷，是其原始版本，今已不傳。

再是林樹梅搜得本。是書清中葉林樹梅曾搜得此書，凡三十六卷，補遺一卷，並稱篇帙繁重，殘闕未全。金門志言：「屢遭兵燹，殘闕久矣。」該本今藏厦門市圖書館，然僅存三十二卷。（陳峰：厦門古籍序跋匯編）

浯洲節烈傳不分卷

是書敘次（浯洲）節孝貞烈，而各繫論斷，爲通志、府縣志所取材。其持論尤爲不苟。（金門志卷一四藝文志著述目録）

原書已佚，本無相關資料，後吴島發現黄鏘滄海紀遺中，曾引浯洲節烈傳之「貞、烈、節、孝」人數，幾達十之七八，故據此鈎逸，而有輯本。

林焜熿稱其作爲島上傳。（金門志序、姓名、凡例）現僅有吳島輯本，收入本集，未單獨印行。

與畊堂值筆七卷

林樹梅稱是書「自天文地理，以逮草木蟲魚，宏通淹博，品藻古人成敗得失，反覆詳盡，斷制嚴謹」。（清林樹梅：歗雲文鈔卷六自許先生傳，道光廿四年刊本）羅聯棠稱是書「皆經史及諸子中心得之語」。（清羅聯棠：島居隨録序）顯見是書應係條記逐列的筆記一體，且金門志稱是書「方之容齋三筆、日知録等書，誠不多讓」。（金門志卷一四藝文志著述目録）

是書據前引林樹梅稱「道光甲申（四年，一八二四），晤盧君九慊於安平，得讀先生值筆七卷」，「其後半尚闕。訪數年，忽見之楊立齋鎮軍幕府，殆貞魂所護持歟」。（清林樹梅：歗雲文鈔卷六自許先生傳，道光廿四年刊本）羅聯棠亦謂「聞其留庵值筆二卷甚佳」，「是書亦佚其後半，他日若獲，裒成全集，以饜學者之心，斯則瘦雲之上願也」。（清羅聯棠：島居隨録序）可知，是書於清代中晚期仍存，林樹梅於盧九慊處見及前二卷，復又於楊立齋幕府見及後五卷，遂成完本，然是否刊印，則無從獲知。而今書已佚失。

島居隨録二卷

書分十門：曰「物生」，曰「物交」，曰「生化」，曰「應求」，曰「制伏」，曰「反殊」，曰「偏持」，曰「物宜」，曰「瑰異」，曰「比類」。徵引博洽，皆格物之作。林樹梅得自吴學元及其族人盧逢時，爲之刊行。（金門志卷一四藝文志著述目録）

上海進步書局印行石印本之筆記小説大觀中，收有島居隨録。其提要稱：「是書爲有明同安盧牧州氏所著，計凡六卷。宇宙間色色形形，無不搜其奇、辨其異，相感相成，相背戾相戕賊，一一載之。朗若列眉，可與張華博物志相頡頏。」（筆記小説大觀第六册，第四六八頁）

可見，是書實爲格物之作。

島居隨録實爲盧若騰絶筆之作，道光七年（一八二七），林樹梅自吴學元手中獲贈該書稿本二册，然而蠹粉剥落，佚失局部，十一年（一八三一）冬天他再囑託傅醇儒拜訪盧氏姪孫盧逢時，乃將全書凑齊，此後正訛補闕，於道光十二年（一八三二）開雕成書。（參見林樹梅在島居隨録目次後的一則題識，載於筆記小説大觀第六册，

第四六八頁）

今日本内閣文庫、厦門大學圖書館皆藏有道光十二年的初刊本，後者封面刊書名及「道光壬辰菊秋，雲龕藏板」，内文鐫刻「將門儒子」「解香讀畫研墨看茶之軒」「林樹梅瘦雲印」三方木印，並加鈐「蒹秋藏書」「閩中郭蒹秋藝文金石記」「閩郭白昜藏書」「陳克綏修竹臥雲軒藏書」「福建省研究院社會科學研究所資料室」「厦門大學圖書館藏書印」六枚藏書章，書前並附訂自許先生傳七葉，版心刊「静遠齋文鈔」。内文版框高十八公分，寬十二點八公分，每半葉十行，行二十字，上下單邊，左右雙欄，版心上下黑口，雙魚尾，中刊書名、卷次、篇目及葉次。分二卷，上卷計四十七葉，下卷計七十葉。每卷首葉次行皆刊「同安盧若騰著，後學林樹梅校刊」。此書另有清代筆記叢刊本及上海進步書局筆記小説大觀石印本。（楊永智：林樹梅刻書考）

【附】刻島居隨録序（一）

羅聯棠

有明貞臣曰盧巡撫牧洲先生，遭時叔季，卓然以文章氣節與閩士相砥礪，士林至今重之。讀其書，益復哀其志，悲其遇，而想見其爲人也。林子瘦雲，倜儻而嗜古，得先生島居隨録，寶同拱璧，顧不欲私爲枕秘，將以壽諸梨棗。竊聞先生著書等身，乃文集僅有存者。又聞其留庵值筆二卷甚佳，皆經史及諸子中心得之語，應尚在人間。是書亦佚其後半，他日若獲，哀成全集，以饜學者之心，斯則瘦雲之上願也。

是書似專爲格物而作。夫不物於物，所以物物。蓋將自元會運世言之，寅開而戌閉，始於乾；品物流形，訖於未濟，辨物居方也。自蠢假緡終言之，卯開而酉閉，和同不可以内一南而物生，始肅不可以贏一北而物成也。孳子紐丑，亥以二首，法乾元坤元，六身象六子，陰陽闔闢，互爲其根，薺成告甘，荼成告苦，敦實豆實，珍若天賜。至焉諸横生盡以養縱生，諸縱生盡以養一丈夫，然故物理可得而推，人極可得而立也。且物生而有象，象而滋，滋而數，數不可窮也。名以命之，類以從之，探絪緼之原，通消息之故，博繁賾之彙〔二〕，極蟲沙之變。然則，是書雖連犿無傷也。劌於目，怵於心，驚猶鬼神，其言若河漢而無涯也。其間珠聯繩貫，似有脈絡；分别部居，似有次第，今皆不敢妄爲附會。獨計先生當顛沛流離之際，憤時事不可爲，欲以澎湖作田横之島，自託殷頑，日與波臣爲伍，所見皆蠻煙瘴雨，鮫人蜑舍，可驚可愕之狀。羈旅塚墓，傾跌至八九不悔，而猶抱遺編究終始，非直比張華之博物，齊諧、夷堅之志怪也，其離騷、天問之思乎？

道光辛卯至日，汀歸化後學羅聯棠序。

【校勘記】

〔一〕此文引自筆記小説大觀第六册。原文題作「序」，爲方便閲讀區别，編者改爲現題。

〔二〕「繁頤」，疑爲「繁賾」之誤。

與畊堂印擬未知卷數

盧若騰湛六書之學，尤工篆隸，自稱「夙有印章之癖」。兵燹之際，諸書悉化煨燼，獨遺印章小篋。乃將其用印輯結成書，爲其子「緣是研窮字義，不但資廣學識，而亦可收攝其放心也」。（明盧若騰：與畊堂印擬自序，收録於明盧若騰撰、吴島校釋島噫詩校釋，第三二四頁）然書已佚，無相關資料。

金門志作與畊堂印擬島上閒居偶寄，顯係斷句之誤。（金門志卷一四藝文志著述目録）

島上閒居偶寄未知卷數

金門志卷一四藝文志著述目録作與畊堂印擬島上閒居偶寄，顯係斷句之誤。（金門志卷一四藝文志著述目録）金門志卷一〇人物列傳二宦績盧若騰傳作島上閒居偶寄。今書已佚，無相關資料。

制義一卷

書已佚，無相關資料，僅書目於蔡獻臣清白堂稿及陳漢光島噫詩弁言可考。另盧若騰有白業自序一文可參考。

焚餘未知卷數

書已佚，無相關資料，僅盧若騰自撰焚餘小引一文可參考。

與畊堂學字二卷

書已佚，無相關資料，僅盧若騰自撰與畊堂學字引語一文可參考。

（四）盧若騰年譜簡編

吴島、葉鈞培纂輯

明神宗萬曆二十八年庚子（一六〇〇），一歲。

盧若騰生。

按：吴島島噫詩校釋、龔顯宗臺灣文學家列傳及厦門人物辭典等著作，均載先生出生於明神宗萬曆二十六年（戊戌，一五九八），然不知所據爲何，故以二〇〇六年仲秋金門賢聚盧氏族譜（下稱盧譜）所載爲據。

先生，諱若騰，字閒之，一字海運，號牧洲，又號留庵，别號四留居士，世居福建泉州府同安縣翔風里十九都賢聚。

按：先生牧洲之號，亦有作牧州、牧舟、穆洲等，想係因音訛誤繕所致，今均以盧譜所載爲據。又相傳先生乃牧馬侯陳淵轉世，故字以牧洲。（浯洲見聞録載：「達宗和尚，住太文巖，明末人。能詩，學辟穀。嘗謂盧若騰曰：『公牧馬侯後身，改號牧州（洲），加馬名，當得第。』每盧至，歡然款接。遇俗客，則崖岸自放，人因呼爲傲和尚，以兼學辟穀，『傲』『餓』音同，譃之也。」（見金門志卷一二人物列傳四仙釋達宗和尚傳）

按：先生係屬金門盧氏亨房第十一世「甫」字輩者。考其弟，字襄甫、遠甫者，均依其譜昭穆排序名字，獨先生其字未見論輩排序，恐有遺闕。（盧譜）又，先生一字海運，亦有作「海韻」者。

先生祖父盧一桂，字必登，號雲逵。邑之庠生，爲一鄉儒宗。性莊嚴，居於鄉，人人敬服，爲先生啓蒙之師。祖母許氏。

先生父盧道炳，字懋幾，別號象溟。性亦剛毅，善善嫉惡，不可以威力劫制。性亦耿介，重然諾，自少至老，未嘗有不信之言。母卓氏，十七都（編者按：即下塘頭）處士卓碧泉之女。

友王忠孝（字長孺，別號愧兩，福建惠安人）八歲。

友徐孚遠（字闇公，晚號復齋，江南華亭人）二歲。

友辜朝薦（字端敬，號在公，廣東揭陽人）二歲。

明神宗萬曆二十九年辛丑（一六〇一），二歲。

鄉賢許獬會試會元，殿試二甲第一名。

明神宗萬曆三十年壬寅（一六〇二），三歲。

明神宗萬曆三十一年癸卯（一六〇三），四歲。

明神宗萬曆三十二年甲辰（一六〇四），五歲。

明神宗萬曆三十三年乙巳（一六〇五），六歲。

明神宗萬曆三十四年丙午（一六〇六），七歲。

明神宗萬曆三十五年丁未（一六〇七），八歲。

十二月十二日，先生弟翰如生。

按：先生弟翰如，諱若驤，字襄甫，號翰如。隆武間以都督僉事敕授總兵。

（盧譜）

明神宗萬曆三十六年戊申（一六〇八），九歲。

鄉友洪旭（字念藎，號九峰，後豐港人）生。（洪旭生年，係依洪篤湖後豐洪氏族譜所載祖墳「被鄭開掘去」之相關問題探討）

友沈佺期［字雲右（編者按：一作「雲又」），號復齋，福建南安人］生。

明神宗萬曆三十七年己酉（一六〇九），十歲。

十月十一日，先生夫人許氏生。（盧譜）

明神宗萬曆三十八年庚戌（一六一〇），十一歲。

明神宗萬曆三十九年辛亥（一六一一），十二歲。

明神宗萬曆四十年壬子（一六一二），十三歲。

先生學業，自幼至長無外傅，皆其祖父盧一桂親自教授。年十三，尚不許讀時文，日令研習經史，學性理之道，熟读唐宋各大家文集。先生曾回憶道：「經以貫理，史以該事，事理流通，心地靈澈，然後摹倣時文，不過費一歲之功耳。若胸中先有時文爲主，以浮詞障蔽性靈，縱連掇科名，終是無根之華，何裨世用？」（留庵文輯雜文誥命通議大夫都察院右副都御史雲逵暨配誥贈淑人許氏行略暨一九九二年金門縣志卷一二人物志義行盧一桂傳合參）故其爲文古樸，爲詩能見真性情。

友沈光文（字文開，號斯庵，浙江鄞縣人）生。

明神宗萬曆四十一年癸丑（一六一三），十四歲。

鄭鴻逵（原名芝鳳，中武舉人改鴻逵，字曰漸，又字聖儀，號羽公，鄭芝龍弟，福建南安人）生。

明神宗萬曆四十二年甲寅（一六一四），十五歲。

明神宗萬曆四十三年乙卯（一六一五），十六歲。

友郭貞一（字元侯，號道憨，福建同安人）生。

明神宗萬曆四十四年丙辰，清太祖天命元年（一六一六），十七歲。
鄉賢林釬，殿試一甲第三名。
明神宗萬曆四十五年丁巳，清太祖天命二年（一六一七），十八歲。
明神宗萬曆四十六年戊午，清太祖天命三年（一六一八），十九歲。
魯王朱以海（諱以海，字巨川，號恒山，别號常石子）生。
明神宗萬曆四十七年己未，清太祖天命四年（一六一九），二十歲。
明光宗泰昌元年庚申，清太祖天命五年（一六二〇），二十一歲。
友張煌言（字玄著，號蒼水，浙江鄞縣人）生。
明熹宗天啓元年辛酉，清太祖天命六年（一六二一），二十二歲。

友紀許國（字石青，福建同安人）生。

明熹宗天啓二年壬戌，清太祖天命七年（一六二二），二十三歲。

荷蘭人據澎湖，出没浯嶼（厦門港外）、東碇諸地，海濱戒嚴。（二〇〇七年續修金門縣志大事志）

明熹宗天啓三年癸亥，清太祖天命八年（一六二三），二十四歲。

荷蘭人登金門料羅灣，浯銅把總丁贇出汛拒戰死焉。（二〇〇七年續修金門縣志大事志引清白堂稿）

明熹宗天啓四年甲子，清太祖天命九年（一六二四），二十五歲。

鄭成功（幼名福松，名森，字明儼、大木，因蒙隆武帝賜明朝國姓朱，更名成功，福建南安人）生。

明熹宗天啓五年乙丑，清太祖天命十年（一六二五），二十六歲。

明熹宗天啓六年丙寅，清太祖天命十一年（一六二六），二十七歲。

鄭芝龍泊金門、廈門，樹旗招兵。（二〇〇七年續修金門縣志兵事志）

明熹宗天啓七年丁卯，清太宗天聰元年（一六二七），二十八歲。

明思宗崇禎元年戊辰，清太宗天聰二年（一六二八），二十九歲。

正月十八日，先生父盧道炳卒。（盧譜）

明思宗崇禎二年己巳，清太宗天聰三年（一六二九），三十歲。

春，海寇李魁奇（福建惠安人）縱横海上，攻陷後浦堡，死被執者數百人，大掠後聯艘而去。已而鄭芝龍與毓英統船追捕，官軍從城仔角出援，李魁奇逃至下洋澳，被陳秀刺死，餘船悉降。巡撫熊文燦遣張彬詣料羅犒賞。六月，鄭芝龍斬叛寇楊六、楊七於金門洋。先生庠友許雲衢、許夢粱死於此變之中。七月，先生乃作哭許雲衢、夢粱二庠友遇害詩。（見留庵詩輯五言律）

明思宗崇禎三年庚午，清太宗天聰四年（一六三〇），三十一歲。

明思宗崇禎四年辛未，清太宗天聰五年（一六三一），三十二歲。

明思宗崇禎五年壬申，清太宗天聰六年（一六三二），三十三歲

明思宗崇禎六年癸酉，清太宗天聰七年（一六三三），三十四歲。

海寇劉香老駕小船出金門劫掠（小腆紀年作崇禎八年四月事），按察使曾櫻保使鄭芝龍剿之。鄭芝龍合粤兵擊於四尾遠洋，劉香老勢蹙，自焚溺死。（二〇〇七年續修金門縣志兵事志）

秋，先生鄉試畢返鄉途中，於蕭家渡結識晉江蔡道憲（字元白，别號江門，謚忠毅），後爲兒女親家。（見留庵文輯雜文賜進士湖廣長沙府推官殉難贈太僕寺卿謚忠毅蔡公傳）

十月，鄭芝龍與荷蘭軍隊於金門外海爆發料羅灣海戰。

明思宗崇禎七年甲戌，清太宗天聰八年（一六三四），三十五歲。

明思宗崇禎八年乙亥，清太宗天聰九年（一六三五），三十六歲。

先生與同社友人遊金門城嘯卧亭、寶月庵，作乙亥九日，偕諸同社登嘯卧亭，還飲寶月庵題壁詩。（見留庵詩輯五言律）

明思宗崇禎九年丙子，清太宗崇德元年（一六三六），三十七歲。

鄉賢蔡獻臣爲先生制義作題文元盧海韻制義，曰：「歲丙子，侍御應公觀風，特首拔君，而雨殷熊令君又從闈中暗摸舉海韻焉。予閲其經書義，則詞縝理邃，不復作角丱伎顆。而二三場諸作，則談事談理，靡不自出胸臆，而斐然成一家言，非今之抄策套襲舊説、僅取飾觀者比也。海韻將赴公車行矣，而書坊請所爲文，問言于予。予謂此海韻怒飛垂天時也。乃余之知海韻又不徒以文者，余與海韻論天下事，洞若觀火，而嚴取予、忘恩怨，徒步鄉市，依然諸生時，則異日之所樹立，又可不龜決矣。」期望甚殷。

鄉試得售。先前先生應童子試之時，曾三次見擯於督學使者，其父甚憂，其祖盧一桂極有信心地説道：「吾與若弟，皆早廁黌序，狃於小售，竟艱大就。今造物以屢蹶此子，蓋將苦其心，練其識，沉其諧，而後奢其報焉。吾方以爲幸，若顧以爲戚乎？」（留庵文輯雜文誥贈通議大夫、都察院右副都御史雲逵暨配誥贈淑人許氏行略暨一九九二年金門縣志卷一二人物志義行盧一桂傳合參）

明思宗崇禎十年丁丑，清太宗崇德二年（一六三七），三十八歲。

六月十一日，先生子審卿生。

按：盧審卿，諱饒研，審卿字也，號細齋。恩蔭國子監生。先生間關東海，勵節以終，饒研承先志，爲釋衲裝，灌園自給，不問榮辱。著有細齋咏業。（金門志卷九人物列傳一隱逸盧饒研傳暨盧譜合參）

明思宗崇禎十一年戊寅，清太宗崇德三年（一六三八），三十九歲。

爲盟友張朱佐（字士弼，福建同安人）作醉綠齋外課敘。（留庵文輯序）

按：據羅元信金門藝文訪佚推測，「（該）序文没有記年份，然同書另一篇陳鍾瑛（字石文，晋江人，著有密庵初集等）序文繫年『戊寅』，當是崇禎十一年（一六三八），盧若騰作序大概在同時」。

明思宗崇禎十二年己卯，清太宗崇德四年（一六三九），四十歲。

明思宗崇禎十三年庚辰，清太宗崇德五年（一六四〇），四十一歲。

春，成進士。時中外多警，上雅意邊才，御試特問：「邊隅多警，何以報仇雪恥？」先生召對稱旨，特授兵部主事，譽望大起。黄道周、沈佺期、范方引爲同志，以氣節相尚。（崇禎朝野紀、烈皇小識卷六、金門志卷一〇人物列傳二宦績盧若騰傳合參）

按：崇禎十三年庚辰科進士，先生爲中式第六十八名進士，殿試二甲第十五名（見盧若騰相關資料方志傳記大司馬牧洲公傳），同榜有方以智、周亮工、郭貞一、沈宸荃等人。

七月，會閣臣楊嗣昌督師湖廣，請刊布華嚴經祈福，先生疏參嗣昌不能討賊，只圖佞佛。帝以「新進小臣妄詆元輔」，嚴旨切責，時論壯之。

按：楊嗣昌與金門先賢蔡復一頗有交情，蔡復一曾爲其祖父撰封御史楊雲眠公小傳（見遯庵蔡先生文集釋譯），而先生登第後第一聲就對之加以抨擊，金門鄉先賢的歷史境遇，殊堪玩味。

明思宗崇禎十四年辛巳，清太宗崇德六年（一六四一），四十二歲。

楊嗣昌兵敗自殺。不久，先生升爲兵部武選司郎中，兼統京衛武學。

九月，鄉賢蔡獻臣卒。

明思宗崇禎十五年壬午，清太宗崇德七年（一六四二），四十三歲。

先生曾三次上書彈劾定西侯蔣惟禄，由此得罪了當朝權貴，外遷爲浙江布政使司左參議，分司寧波、紹興巡海兵備道。

八月，先生赴浙上任。途次，疏糾權璫田國興攬帶貨船、濫用人夫，辱州縣、阻閘口。有旨召國興回，論如法。季秋途中，先生作壬午季秋之浙海，黄河曉發，次黄泰階韻詩。（見留庵詩輯五言律）

是年，鄭經（一名錦，字賢之、元之，號式天，暱稱「錦舍」，鄭成功之子）生。

明思宗崇禎十六年癸未，清太宗崇德八年（一六四三），四十四歲。

十二月，雪竇山賊胡乘龍竊發，先生設方略，使太守府陸自嶽旬日平之。

明思宗崇禎十七年甲申，清世祖順治元年（一六四四），四十五歲。

先生在浙江寧、紹四年任上，潔己愛民，興利除弊，地方豪强勢力收斂劣迹，不敢再爲非作歹。浙江百姓稱之爲「盧菩薩」，爲感激先生的功德，在他離任後，建祠堂以示紀念。

按：浙江鄞城東渡門有祠祀盧牧洲。康熙間，當道重修，丹青壯麗，額曰「德馨民社」。先生孫勗吾聞之，作詩記事，有「廉吏當年惟茹蘗，桐鄉異代尚招魂」之句。（金門志卷一六舊事志叢談引戲餘草）

五月，聞北京之變，悲憤填膺，泣盡繼血，伏枕三月，奄奄瀕死，前後乞休七次。（見留庵文輯疏辭浙撫疏）

歲暮，方入里門，福王召爲僉都御史，督理江北屯田，巡撫盧、鳳，提督操江。然先生眼見馬士英和阮大鋮把持朝政，大亂國家綱紀，痛恨權臣的明争暗鬥，故而疏辭，雖未獲允，然稱以病劇，拒不赴任。時嘗與劉宗周書云：「自古未有文武不和能成大功者。今文武相貳，文又與文貳，武又與武貳，勇私鬥，怯公憤，將來正不知所稅駕耳。」正是此狀。（留庵文輯疏辭浙撫疏與金門志卷一〇人物列傳二宦績盧若騰傳合參）

是年，鄭彩、鄭聯據金、厦二島。

明福王弘光元年乙酉，唐王隆武元年，清世祖順治二年（一六四五），四十六歲。

春，先生在鄉養病，時友人招憩金門城寶月庵，乃作乙酉春日病中，友人招憩寶月庵，即席次舊韻詩。（見留庵詩輯五言律）

孟夏四月，將赴中都鳳陽，行至福建南平大横驛，作乙酉孟夏將赴中都，次大横驛諸公韻詩。（見留庵詩輯七言律）

仲夏五月，南京陷落。弘光帝被殺。先生舟行至浙江錢塘，邂逅田孺雋，盤桓數日，作乙酉仲夏，舟次錢塘，邂逅田孺雋年丈，周旋數日，聞南都之變，悲賦奉呈爲別詩。（見留庵詩輯七言律）乃還，歸過福建南平黯淡灘，再作題太保廟壁詩。（見留庵詩輯五言古）

閏六月，鎮江總兵鄭鴻逵奉唐王入閩，巡撫張肯堂等迎立於福州，進封鴻逵爲定國公。（二〇〇七年續修金門縣志兵事志引明史紀事、綱鑒補遺、南疆繹史、海紀輯要、東平紀略、小腆紀年）清師進仙霞關，鄭芝龍獻款，鴻逵與成功諫不納，率部衆退安平，屯金門。（二〇〇七年續修金門縣志大事志引海紀輯要）時，張國維等以魯王監國紹興。

七月三十日，聞走報人報：唐王授以都察院右副都御史，巡撫温、處、寧、台之任。時已命孫嘉績、于穎矣，又命先生，因事權不專，八月稱病疏辭，不許。（留庵文輯疏辭浙撫疏與金門志卷一〇人物列傳二宦績盧若騰傳合參）

九月，將赴任，請以總兵賀君堯統靖海營水師，以其族弟遊擊若驥扼守盤山關要害。時紹興諸臣奉魯王監國，誠意伯劉孔昭、總督楊文驄分據台、寧、處州，若騰所撫，惟温州一府而已。

十月，督師黄道周軍婺源，以沈有茲、徐柏齡隸其麾下。先生致書有云：「聞至浙東，喜而不寐。不特聲氣可通，亦且形勢相起。」

是年，温州大饑，先生多方設法賑恤。（金門志卷一〇人物列傳二宦績盧若騰傳）

明唐王隆武二年丙戌，清世祖順治三年（一六四六），四十七歲。

夏，永曆帝加先生兵部尚書，手書「無不敬」三字賜之。（留庵文輯疏上永曆皇帝疏與金門志卷一〇人物列傳二宦績盧若騰傳合參）

秋七月，率師次平陽，大兵逼，七疏請援，不應。温民擁署呼曰：「願公爲百萬生靈計。」若騰曰：「若欲降耶？先殺吾。」民涕泣散。夜叩紳士王瑞柟、周應期門，議城守。瑞柟曰：「人心已死，非口舌可挽。」相持痛哭。城破，驅家人巷戰，腰臂各中一矢，遇水師救出，偕賀君堯脱入江。先生上表請自劾，命族弟若驥赴行在。（留庵文輯疏泣陳失事緣由仰請聖明處分疏與金門志卷一〇人物列傳二宦績盧若騰傳合參）

八月，清軍大舉進逼閩北，唐王敗於汀州，被殺。先生得知後，悲憤交加，跳水自殺，爲同官救起，先生裂眥曰：「是不欲成我也。」

秋，鄭彩、鄭聯遁居金、厦，北迎監國魯王於舟山，次中左所。進彩爲建威侯，尋次長垣，進建國公，自署兵部。（二〇〇七年續修金門縣志大事志引南疆繹史）定虜侯鄭鴻逵聞訊，召請先生回福建。

不久，先生潛入滃州，圖起兵。道出寧波，父老迎謁，垂涕遺之。見事不可爲，仍回閩之曷山，與郭大河、傅象晉輩舉義，屯兵望山，欲乘間圖武安近寨。官裔林某絶其餉道，興師戰不利。

此後，先生與葉翼雲、陳鼎從安平鎮（晋江安海）轉入厦門，偕同王忠孝、沈宸荃、曾櫻、許吉燝、辜朝薦、徐孚遠、郭貞一、紀許國等居住在浯島，自號「留庵」。

十二月，福州破，唐王舊官屬南奔，聚烈嶼，鄭成功會之。供明太祖位，設祭，訂盟恢復。（二〇〇七年續修金門縣志大事志引行朝録）

明桂王永曆元年丁亥，清世祖順治四年（一六四七），四十八歲。

永明王因閣部路振飛疏薦，召拜先生爲兵部尚書，因道阻不得達。

春，楊耿分踞浯洲，縉紳多罹其毒。楊耿，鄭芝龍舊部將也，監國魯王封爲同安伯。

夏四月，鄭成功合鄭彩、楊耿兵入海澄破九都。

八月，鄭成功會鄭鴻逵攻泉州不克，退屯安平，鴻逵遁回金門。

九月，楊耿在金門覘後浦埭田百頃，外與海鄰，可以威劫，觀兵堤下，聲言決流而入，實冀以厚賄償，居民倉卒無以應，遂盡決堤岸。於是良田變成海國，民苦埭累者數十年。（見二〇〇七年續修金門縣志兵事志引繹史、許氏家譜。另留庵詩輯七言古築埭一詩，楊耿決堤一事作「戊子」年。）

明桂王永曆二年戊子，清世祖順治五年（一六四八），四十九歲。

正月，先生赴長泰，偕傅象晉、郭大河等募兵起事，所謂「望山之師」也。（福建通志卷三〇盧若騰傳）並之長泰青陽山，探訪盧氏同宗，作青陽盧氏譜序。（留庵文輯序青陽盧氏譜序）

五月，鄭彩專横，以私憾執大學士熊汝霖（字雨殷，浙江餘姚人，爲先生鄉試房師）及義興伯鄭謙遵，皆投之海。先生聞訊，作哭熊雨殷老師詩。（留庵詩輯七言律）

冬十一月，先生與邱建曾合平和賊萬禮等攻漳浦，兵敗遁逃。（重纂福建通志卷二六七至二六八外紀國朝順治五年）

錢肅樂（字希聲，號止亭，浙江鄞縣人）憂憤，疾動而卒。先生聞之，作哭錢希聲先生詩。（留庵詩輯七言律）

鄭成功往南澳募兵，聞永明王立粵西，遂遥奉永曆年號，稱「招討大將軍罪臣」，

於金、厦練兵。（二〇〇七年續修金門縣志大事志）

明桂王永曆三年己丑，清世祖順治六年（一六四九），五十歲。

明桂王永曆四年庚寅，清世祖順治七年（一六五〇），五十一歲。

八月，鄭成功襲鄭彩及鄭聯軍，據有金、厦兩島。（二〇〇七年續修金門縣志大事志）

是年秋，先生居鄉，嘗登太武山，作仲秋初登太武巖，次蔡發吾韻詩。（留庵詩輯七言律）又遊將軍泉，作庚寅九日遊將軍泉詩。（留庵詩輯七言律）

明桂王永曆五年辛卯，清世祖順治八年（一六五一），五十二歲。

正月，厦門陷落，曾櫻（字仲含，號二雲，江西峽江人）在城中，家人請登舟，櫻曰：「此一塊清浄地，正吾死所。」遂自經。門人阮文錫、陳泰冒險出其屍，鄉紳王忠孝殮之，殯於金門。（金門志卷一二人物列傳四流寓曾櫻傳）先生作送曾則通扶櫬歸江右詩。（留庵詩輯五言古）

三月，清巡撫張學聖偵知鄭成功遠出，以馬得功襲破厦門，乘勝進攻金門。時金門水師單弱，忽大霧，咫尺不見人，清兵不得進，援師集，霧始散，因得保全。（二〇〇七年金門縣志兵事志）先生乃作神霧詩以志。（留庵詩輯七言古）

是年，鄭成功迎魯王至厦門，尋移金門，月致供億惟謹。（魯春秋永曆五年）

是年，沈光文漂流到臺灣。

明桂王永曆六年壬辰，清世祖順治九年（一六五二），五十三歲。

夏四月，鄭成功移師金門之白沙，親歷各要口，以鄭擎柱爲知州，築礮臺，撥勁旅守之。

五月，鄭成功練兵後浦。

六月，鄭成功軍次浯洲青嶼澳。（二〇〇七年續修金門縣志大事志、兵事志合參）

張煌言擊楫北征，呼先生共濟，先生以「當事者方忌人而不能容人，而又好役屬人」，稱病杜門以避之。（留庵文輯書與張煌言書）

明桂王永曆七年癸巳，清世祖順治十年（一六五三），五十四歲。

六月初二日，妻許氏卒。（盧譜）

明桂王永曆八年甲午，清世祖順治十一年（一六五四），五十五歲。

鄭成功改廈門爲思明州，建儲賢、儲材二館，禮待避地遺臣。

冬十月，鄭成功伐漳州，十邑俱下。分所部爲七十二鎮，改中左所爲思明州，命六官治理國事，奉監國魯王、瀘溪王、寧靖王居金門，悉贍給之，禮遇縉紳盧若騰、王忠孝等，待以客禮，軍國大事時輒咨之，皆稱爲老先生而不名，極尤尊敬。（二〇〇七年續修金門縣志兵事志。海紀輯要作「乙未」年。）

明桂王永曆九年乙未，清世祖順治十二年（一六五五），五十六歲。

監國魯王因失其衆，自去監國號。（二〇〇七年續修金門縣志大事志）

夏，鄭成功築浯洲城。五月祭旗，大演陸師，六月大演水師。

十一月清定遠大將軍世子濟度入閩，議取兩島。時島兵驟熾，濟度至泉州，使人招撫，不納。鄭成功令廈門居民搬移過海，官兵家口搬住金門、鎮海等處，空島以待。（二〇〇七年續修金門縣志大事志、兵事志合參）

明桂王永曆十年丙申，清世祖順治十三年（一六五六），五十七歲。

三月，濟度調各澳船隻，令泉州城守韓尚亮統衆出泉州港。鄭成功令諸鎮出圍頭外迎擊，沉清船一艘。忽颶風大作，尚亮舟居風下，覆没殆盡，清兵大潰。（二〇〇七年續修金門縣志大事志）先生作丙申三月初六日大風覆虜詩。（留庵詩輯五言古）

六月，清頒禁海令。

秋七月，鄭成功以洪旭協鄭泰守金門，遣中提督、左右先鋒等十五鎮，船發料羅，入閩安鎮，登南臺，成功繼至，攻福州。不克，鹵獲輜重而回。（二〇〇七年續修金門縣志兵事志）

魯王將入粵，先生次韻賜詩，作魯王將入粵，賜詩留別，次韻奉和。（留庵詩輯五言律與龔顯宗臺灣文學家列傳合參）

明桂王永曆十一年丁酉，清世祖順治十四年（一六五七），五十八歲。

三月初八，定國公鄭鴻逵卒於金門所，先生作輓鄭定國。（留庵詩輯七言古）

五月二十五日，先生母卓氏卒。（盧譜）

六月，鄭成功令忠振伯洪旭守金門，率衆攻福州。（二〇〇七年續修金門縣志大事志）

明桂王永曆十二年戊戌，清世祖順治十五年（一六五八），五十九歲。

三月初三日，孫載群生。

按：盧載群，諱昜吾，載群字也，號錯叟。淡進取，不求試。讀書不學制藝，以詩文自娛，日取祖父所著書校讎裝演。年九十六，猶能作蠅頭小楷。著有方輿互考補遺、錯叟文鈔、戲餘草。（金門志卷九人物列傳一隱逸盧饒研傳與盧譜合參）

是年，永曆帝遣太監劉國柱齎印册航海至厦，晋封鄭成功爲延平郡王。四月，議北伐，宜先靖南，攻取許龍。成功自率虎武衛等鎮，開至浯洲，星夜順流而南，不及會船，即直搗其港，許龍隻身逃脱，鹵其輜重歸。五月，以楊來嘉爲親丁鎮，同洪旭守金、厦，自率兩島甲士十七萬衆，大舉北伐，入浙江，連克樂清、瑞安、平陽諸邑。至羊山遇颶風，飄歿八千餘人，乃退泊

舟山修整。（二〇〇七年續修金門縣志兵事志）

明桂王永曆十三年己亥，清世祖順治十六年（一六五九），六十歲。

是年新正有雨，先生作己亥元旦喜雨詩。（留庵詩輯七言律）

六月，先生自稱：「予不能酒，而有茗癖，終日與泉作緣。」乃於浯地四處搜泉，共得其四，乃作浯洲四泉記。（留庵文輯記）

七月，鄭成功師由崇明入長江，連克江陰、瓜洲、鎮江，登焦山望祭孝陵，縞素誓師，進圍南京，東南大震，傳檄郡邑，太平、寧國、池州、徽州等二十餘州縣望風歸順。

十月中，清總督郎廷臣用詐降緩兵計，鄭成功敗還，復者盡失，退守金、廈。（金門縣志大事志、兵事志合參）先生作金陵城詩紀之。（留庵詩輯七言古）

是年，先生議築後浦埭。（留庵文輯雜文）

是年，先生友王忠孝移浯，住賢厝鄉，凡三年，隱於村落，耕漁自給，中間戒心者二。（惠安王忠孝公全集卷二自狀）並詩紀曰：「一從鷺水徙浯岑，遷客低徊無限心。忽見寒鷗輕站浪，時聞野鶴曠騰音。盡拋書劍塵生面，半散交遊淚滿襟。

潦倒題詩消旅思，何時得到中興吟？」（惠安王忠孝公全集卷一〇移語）

明桂王永曆十四年庚子，清世祖順治十七年（一六六〇），六十一歲。

元旦，先生作庚子元旦詩二首。（留庵詩輯七言律）

元宵，先生作庚子元夕詩。（留庵詩輯五言古）

春，先生爲丘葵詩集作丘釣磯詩序。（留庵文輯序）

五月，清將軍達素、總督李率泰合滿漢軍，大船出漳州，小船出同安，大舉犯思明。並檄廣東許龍、蘇利攻金門。鄭成功以陳鵬守高崎，遏同安。鄭泰出浯洲，遏廣東。以馬信、林習山守烈嶼，鄭泰同英兵鎮陳瑞，護官兵家口移過金門。黄安守金門城仔内角，自勒諸部扼海門。初十向午，戰於海門，鄭成功乘風鏖擊，鄭泰復自浯嶼引兵回擊，風吼濤立，一海皆動，清兵大敗，殭屍滿海。其趨高崎者，恃有陳鵬約降，涉水争先。鵬將陳蟒、陳璋未與謀，見事急，奮力鏖擊，清兵披重鎧，退陷於漳，十死六七，首領吕哈喇被擒。許龍、蘇利後二日至，知兩路告衂，望太武山而還。達素受成功所貽巾幗不敢報，回福州自殺。於是竟成功之世，無敢再言覆島者。（二〇〇七年續修金門縣志兵事志）先生爲紀此役，作

庚子五月初十日破虜詩。（留庵詩輯五言古）

六月，鄭成功駐金門後浦，令思明州將士兵丁眷口，移住金門，百姓搬移過海，聽其自便，撥諸提鎮，分扎汛地取糧。（二〇〇七年續修金門縣志大事志）

秋前，先生遊太武山，作庚子秋前三日，太武山登眺，次甯静王壁間韻詩。（留庵詩輯七言律）

秋，作秋日庚子答時人詩。（留庵詩輯五言律）

除夕，作庚子除夕詩。（留庵詩輯五言古）

明桂王永曆十五年辛丑，清世祖順治十八年（一六六一），六十二歲。

辛丑春，重建太武海印巖，其秋落成矣。先生分别作募建太武寺疏、重建太武寺碑記（留庵文輯疏、記），遊太武巖（留庵詩輯七言律）。冬閏，洪鐘特姻丈招同王愧兩（王忠孝）、諸葛士年（諸葛倬）二先生來遊，次蔡清憲（蔡復一）先生舊韻，並於寺前石門關題「海山第一」。

鄭成功謀闢疆土，令洪旭、黄廷輔、世子鄭經監守各島。以參軍蔡協吉佐户官鄭泰守金門，船隻齊集料羅。三月初一、初三日，率兵二萬五千，捩舵束甲，自料羅發航，東指臺灣，由鹿耳門入，克赤嵌城。荷人退保熱蘭遮城，成功圍攻之。至十二月初三日荷人始降，遂奄有臺灣，開府墾荒，勵精圖治。（二〇〇七年續修金門縣志兵事志）先生有東都行詩紀之。（留庵詩輯五言古）

仲夏，先生作辛丑仲夏，恭賀魯王千秋詩。（留庵詩輯七言律）

仲秋，先生作辛丑仲秋初度，王孟鄰茂才以詩寄贈，次韻答之詩。（留庵詩輯七言律）

八月，清命户部尚書蘇納海至閩，遷海邊居民之内地，離海三十里，村社田宅悉焚棄，百姓失業流離，死亡千萬。（二〇〇七年續修金門縣志大事志引小腆紀年）

另，沈光文成立「海外幾社」，亦援先生爲友，以與尚書張煌言、都御史沈佺期、都御史曹從龍、光禄寺卿陳士京等結爲詩社，互相唱和，當時稱「海外幾社六子」。（見連横臺灣詩乘）

清聖祖康熙元年壬寅（一六六二），六十三歲。

三月，先生聞「鬼鳥」之事，以果報有信，作鬼鳥詩。（留庵詩輯七言古）

四月，永明王被吴三桂絞殺於昆明。

夏五月初八日，鄭成功薨於臺灣，世子鄭經東渡入嗣，仍據兩島。（二〇〇七年續修金門縣志兵事志）先生爲延平王嗣子鄭經撰代延平王嗣子告諭將士文。（留庵文輯雜文）

仲夏，壽魯王，先生作泰山高詩。（留庵詩輯七言古）

七月，先生於厦門聞晋江義僕葉茂林事，感作葉茂林詩。（留庵詩輯七言古）

九月，盗賊闖入先生家中，無長物可盗，憤然離去。先生作暴客行志之。（留庵詩輯七言古）

十一月十三日，魯王薨於金門。（二〇〇七年續修金門縣志大事志引魯王壙志）鄭成功在臺灣去世後，此前張煌言貽書先生，謀復奉魯王監國。

是年，王忠孝爲盧若騰浯洲節烈傳作序。（見惠安王忠孝公全集卷一文類）

是年，先生生活窘迫，作冷竈詩自況。（見龔顯宗臺灣文學家列傳，詩見留庵詩輯五言古）

清聖祖康熙二年癸卯（一六六三），六十四歲。

冬十月，清靖南王耿繼茂，總督李率泰，提督馬得功，降將黄梧、施琅等，配荷蘭夾板船，出泉州攻金、厦兩島。海戰於金門烏沙頭，卒以寡不敵衆，鄭軍敗潰，退守銅山（東山）。清兵入島盡收之，拆城垣，焚毁房屋，遺民數十萬，多遭兵刃，男婦纍纍，童稚成群，若驅犬羊，連日不絶。而投誠兵所至，搜掠財物，發掘塚墓，隳城焚屋，斬刈樹木，逐棄其地。（二〇〇七年續修金門縣志大事志引泉州府志、小腆紀年）

先生亦膺此禍，十月十八日浮家抵南澳，借寓城中，二十二日作避氛南澳城中有虎詩，自注云：「已而漸聞人言守將杜輝謀叛，然未有跡。十一月十五日，忽遇虜差官於市，悟其事已成，亟挈家登舟。杜遣兵遮阻，不許出城。余執大義，力與之争，更深始得脱，夜半解維。次日，諸避難在城在舟者，盡被俘獻虜矣。」另有虜遷沿海居民一詩，記清兵遷島禍民之事。（留庵詩輯五言古）

十二月，鄭經在銅山，人心離散，營鎮多叛，而金、厦之舊將殘兵、官員紳士，無船可泛者，或投誠，或逃遁，流離失所，死亡殆盡矣。又清兵入島，遂隳其城，焚其屋，棄其地，遷沿海遺衆於界内而還。（二〇〇七年續修金門縣志大事志引小腆紀年與金門縣志兵事志合參）

清聖祖康熙三年甲辰（一六六四），六十五歲。

先生渡臺灣，三月初二日，至澎湖。（見臺灣外記）初微恙，不二日病亟，夢黃衣神持刺來謁。忽問今是何日，侍者以三月十九對，矍然曰：「是先帝殉難之日也。」一慟而絕。遺命題其墓曰「自許先生」，葬於澎湖太武山麓。

按：先生於甲辰時遁跡而至澎湖，居澎之太武鄉，病不二日而歿，葬於太武山南，墓題曰「自許先生」。康熙二十三年（一六八四），臺灣納入清朝版圖，而盧若騰子在金水夢見其父託夢，訴其居於澎湖清苦孤寒，欲返金門。其子乃迎其骨歸葬，建其墓於故里。故清代林樹梅曾考其墓曰：「先生之孫勗吾自撰其父饒研墓志曰：『通議公之殯於澎也，屬紅夷之警。忽夢公告以寒，覺而心動，復買舟至澎，啓攢歸葬於浯。』福建續志、臺灣府志俱載先生墓在澎湖，不知爲廢塚也。今依墓志正之。」（金門志卷二分域略墳墓引歗雲文鈔）

參考文獻

一、盧若騰著作

島噫詩，明盧若騰撰，臺北：臺灣銀行經濟研究室，一九六八年五月出版，收録於臺灣文獻叢刊第二四五種。

留庵詩文集，明盧若騰撰，李怡來纂，金門：金門縣文獻委員會，一九六九年九月出版，收録於金門叢書之三。

島居隨録，明盧若騰撰，揚州：廣陵古籍刻印社，一九九五年影印，收録於筆記小説大觀第六册。

島噫詩校釋，明盧若騰撰，吴島校釋，臺北：臺灣古籍出版有限公司，二〇〇二年九月出版。

浯洲節烈傳，明盧若騰撰，吴島輯佚，未刊印。

二、方志譜牒

方志

民國廿七年（一九三八）福建通志，孫學雷主編，北京：北京圖書館出版社，二〇〇四年影印出版。

乾隆重修泉州府志，清懷蔭布撰，臺南：登文印刷局，一九六四年影印出版。

金門志，清林焜熿纂輯，清林豪續修，臺北：臺灣銀行經濟研究室，一九六〇年出版，收録於臺灣文獻叢刊第八〇種。

民國十年（一九二一）金門縣志文徵，左樹燮修，劉敬纂，北京：九州出版社，厦門：厦門大學出版社，二〇〇六年影印出版，收録於臺灣文獻匯刊第五輯，臺灣輿地資料專輯一至二。

一九六八年重修金門縣志，金門縣文獻委員會編，金門：金門縣政府編印，一九六八年出版。

一九九二年增修金門縣志，金門縣立社教館編，金門：金門縣政府編印，一九九二年出版。
二〇〇七年續修金門縣志，李仕德總編纂，金門：金門縣政府編印，二〇〇九年出版。
乾隆廿五年（一七六〇）續修臺灣府志，清余文儀主修，黃佾等纂輯，臺北：成文出版社，一九八四年影印出版，收録於中國方志叢書臺灣地區第五號。

譜牒

乾隆乙亥浯卿陳氏世譜，家印本。
金門珠浦許氏族譜，許嘉立匯編，金門：金門縣許氏宗親會，一九八七年出版。
二〇〇六年仲秋金門賢聚盧氏族譜，金門盧氏族譜編修委員會編修，金門：金門縣盧氏宗親會，二〇〇六年出版。

三、古典文獻

詩文別集

釣磯詩集，宋丘葵撰，金門：金門縣文獻委員會，一九七〇年六月出版，收録於金門叢書之七。

清白堂稿，明蔡獻臣撰，北京：北京出版社，二〇〇〇年據明崇禎刻本影印出版，收録於四庫未收書輯刊第六輯第二二册。

遯庵蔡先生文集釋譯，明蔡復一撰，郭哲銘釋譯，金門：金門縣文化局，二〇〇七年三月出版。

惠安王忠孝公全集，明王忠孝撰，南投：臺灣省文獻委員會，一九九三年出版。

張蒼水詩文集冰槎集，明張煌言撰，南投：臺灣省文獻委員會，一九九四年出版，原收録於臺灣文獻叢刊第一四二種。

沈光文全集，明沈光文撰，龔顯宗編，臺南：臺南縣立文化中心，一九九八年出版。

鮚埼亭集，清全祖望撰，臺北：華世出版社，一九七七年三月出版。

歗雲文鈔，清林樹梅撰，道光廿四年（一八四四）刊本。

别史筆記

崇禎朝野紀，明李遜之撰，臺北：臺灣銀行經濟研究室，一九五七年出版，收録於臺灣文獻叢刊第二五〇種。

海紀輯要，明夏琳撰，臺北：臺灣銀行經濟研究室，一九五八年出版，收録於臺灣文獻叢刊第二二種。

滄海紀遺譯釋，明洪受撰，清黄鏘補録，郭哲銘譯釋，金門：金門縣文化局，二〇〇八年十二月出版。

臺灣詩乘，連横撰，臺北：臺灣銀行經濟研究室，一九六〇年出版，收録於臺灣文獻叢刊第六四種。

臺灣外記，清江日昇撰，臺北：臺灣銀行經濟研究室，一九六〇年出版，收録於臺灣文獻叢刊第二三種。

南疆繹史，清温睿臨、李瑶撰，臺北：臺灣銀行經濟研究室，一九六二年出版，收録於臺灣文獻叢刊第一三二種。

小腆紀年，清徐鼒撰，臺北：臺灣銀行經濟研究室，一九六二年出版，收録於臺灣文獻叢刊第一三四種。

烈皇小識，明文秉撰，臺北：臺灣銀行經濟研究室，一九六九年出版，收録於臺灣文獻叢刊第二六三種。

繹史，清馬驌撰，臺北：商務印書館，一九六九年出版，收録於國學基本叢書。

明史紀事本末，清谷應泰撰，臺北：三民書局，一九九四年出版。

四、近代著作

臺灣文學家列傳，龔顯宗著，臺北：五南圖書出版公司，二〇〇〇年三月出版。

厦門人物辭典，厦門市圖書館編，厦門：鷺江出版社，二〇〇三年六月出版。

厦門古籍序跋匯編，厦門市圖書館編，陳峰編撰，厦門：厦門大學出版社，二〇〇九年九月出版。

金門古典文獻探索，金門縣宗族文化協會編，金門：金門縣文化局，二〇一一年三月出版。

五、期刊論文

羅元信：金門藝文訪佚，金門日報副刊，一九九九至二〇〇四年。
楊永智：林樹梅刻書考，東海中文學報第十五期，臺中：東海大學，二〇〇三年七月。

圖書在版編目(CIP)數據

留庵詩文集/(明)盧若騰撰；吴島，莊唐義，葉鈞培點校. 一 福州：福建教育出版社，2023.8
(八閩文庫)
ISBN 978-7-5334-9539-8

Ⅰ.①留… Ⅱ.①盧… ②吴… ③莊… ④葉… Ⅲ.①中國文學 一 古典文學 一 作品綜合集 一 明代 Ⅳ.①I214.81

中國版本圖書館 CIP 數據核字(2022)第 230611 號

留庵詩文集

作　　者：[明]盧若騰　撰　吴島、莊唐義、
　　　　　葉鈞培　點校
責任編輯：祝玲鳳
裝幀設計：張志偉
美術編輯：季凱聞
出版發行：福建教育出版社
電　　話：0591-87115073(發行部)
網　　址：http://www.fep.com.cn
地　　址：福建省福州市夢山路 27 號
郵政編碼：350025
經　　銷：福建新華發行(集團)有限責任公司
印刷裝訂：雅昌文化(集團)有限公司
地　　址：深圳市南山區深雲路 19 號
開　　本：890 毫米×1240 毫米　1/32
印　　張：11.375
字　　數：227 千字
版　　次：2023 年 8 月第 1 版第 1 次印刷
書　　號：ISBN 978-7-5334-9539-8
定　　價：72.00 元